AF214996

SKANDAL IM CHALET AM SEE

ROMAN

CHALET AM SEE - REIHE
BUCH DREI

ANNA CAMILLA KUPKA

BUTTERFLY PUBLISHING

Copyright © 2023
Butterfly Publishing
Anna Camilla Kupka
Zürich, Schweiz
Text: Anna Camilla Kupka
Umschlaggestaltung: Hannah Sternjacob
Redaktion: Vanessa Streng
Alle Rechte vorbehalten.

1

„Ich werde das nie lernen, Alex, nie, nie, nie!"

Frustriert haut Lucy ihren Golfschläger in den Boden. Doch trotz ihrer beachtlichen Muskelkraft bleibt er komplett unbeschädigt. Die Dinger sind stabiler, als sie dachte!

Ihr Freund muss lachen.

„Lucy, wenn das so weitergeht, werde ich dich zu einem Aggressionstherapeuten schicken. Du kannst hier auf dem Golfplatz nicht so herumtoben. Das ist verpönt." Vorsichtig versucht er, ihr den Schläger zu entwenden. Aber sie hält fest. Sie braucht ihn schließlich noch, um ihrem Unmut Luft zu machen. Irgendwann wird auch dieses Stück Metall noch klein beigeben!

„Ich tobe, so viel ich will. Es sind eh nur alte Spießer hier", erwidert sie stur.

Dabei betrachtet sie missmutig die Männer mit runden Bäuchen und absurd karierten Hosen, die neben ihnen spielen. Dass einige von ihnen auch noch Schirmmützen auf dem Kopf tragen, rundet das Klischee vom Golfspieler in ihren Augen ab. Nicht zum ersten Mal fragt sie sich heute, was sie hier eigentlich macht. Und dazu noch an diesem schönen Sommertag.

Kurz darauf spürt sie, wie ihr Handy in der Hosentasche vibriert. Gut, jede Abwechslung ist willkommen! Sie schaut drauf und schlagartig ändert sich ihre Stimmung. Übermütig fängt sie an, auf der Stelle hoch und runter zu hüpfen.

„Sie kommen, sie kommen!" Voller Freude fällt sie Alex um den Hals. Vergessen ist der Frust von eben. Ganz im Gegenteil – was könnte es Schöneres geben, als hier auf dieser grünen Wiese zu stehen – das Leben ist wunderbar!

Ihr Freund hingegen schaut sich nervös um.

„Lucy, wirklich, Handys sind auf dem Golfplatz ebenfalls verpönt. Kannst du das Ding nicht mal wegstecken? Und herumzuspringen gehört auch nicht gerade zu der typischen Routine eines Golfers. Aber sag schon – wer kommt?"

„Sophie, Aishley, Patrick und Nicolai", singt Lucy und tänzelt um ihren Golfschläger herum. „Sie kommen in mein Chalet am See!" Dann nimmt sie den Schläger und nutzt ihn als Majorettenstab. Sind die Dinger also doch zu etwas gut!

Alex schüttelt lächelnd den Kopf.

„Schon wieder die Londoner! Du kannst doch nicht ständig dieselben Gäste haben. Das ist schließlich nicht der Sinn von einem Gasthaus, oder?"

Lucy grinst ihn gutgelaunt an.

„Ganz ehrlich? Wenn's nach mir ginge, hätte ich am liebsten nur diese vier da! Langsam macht mir die Vorstellung Angst, fremde Leute bei mir zu beherbergen. Was ist, wenn die alle super anstrengend sind? Oder solche Mützen wie die da hinten tragen?" Skeptisch sieht sie zu der Gruppe hin, die ungeduldig darauf wartet, dass Lucy und Alex ihr Loch zu Ende spielen. Leicht beschämt zieht Alex sie zur Seite und gibt den anderen ein Zeichen, vorbeizugehen.

„Ja, ein wenig anstrengend sind die meisten Gäste schon, da hast du wohl recht", pflichtet er Lucy bei. Er muss es ja wissen. Ihm gehört eines der größten und etabliertesten Hotels am Tegernsee. „Aber sie halten sich ja nicht permanent im Hotel auf. Zwischendurch hast du immer wieder Ruhepausen", fügt er hinzu und meint wohl, dass sie sich dabei besser fühlt. „Letztlich gibst du ihnen nur den Rahmen für ihren Urlaub", fährt er seinen Vortrag fort. „Den Rest werden sie schon selbst machen. Du siehst also, so wahnsinnig viel wird nicht von dir abverlangt. Einfach nur, guten Service zu bieten und dein wunderbares, unwiderstehliches Selbst zu sein." Damit nimmt er sie in den Arm und versucht, sie zu küssen.

Lucy wehrt ihn kichernd ab.

„Alex, ist das auf dem Golfplatz nicht auch verpönt?"

„Total verpönt", bestätigt er mit schelmischem Blick. „Vor allem, wenn die Frau, die du küsst, deine offizielle Partnerin ist. Ein Busserl mit der heißen Affäre wird da schon eher verziehen."

Jetzt ist es an Lucy, laut aufzulachen. „Also, wenn du mit deinen heißen Affären lediglich ‚Busserl' austauschst, dann muss ich mir ja keine Sorgen machen! Weniger sexy geht's kaum. Aber jetzt sag schon, was sagst du dazu, dass die vier kommen?"

„Ich freue mich für dich, klar. Ich mag Sophie und Aishley ja auch. Und ich gehe davon aus, dass deren Männer auch cool sind. Ich wundere mich halt nur ein bisschen, das ist alles. Sie waren doch gerade erst da. Zumindest die beiden Damen."

„Gerade! Wie kannst du von ‚gerade' sprechen? Das ist schon ein paar Wochen her. Außerdem war dieser Urlaub von Anfang an geplant. Sie wollten im Sommer nach Italien, zu Nicolais Familie. Und ich habe sie bekniet, statt nach Mailand nach München zu fliegen und für ein, zwei Wochen hierzubleiben. Dann können sie ja immer noch weiter. Und das haben sie gerade bestätigt. Trallala trallala, ich freu' mich ja so." Lucy führt wieder ihren Freudentanz auf und schert sich einen verdreckten Golfball um die Blicke, die ihr zugeworfen werden. Ganz im Gegenteil – ein bisschen Freude würde denen auch mal guttun! Dann wendet sie sich wieder strahlend an Alex: „Weißt du was? Ich schlage ihnen vor, dass sie Patricks Hunde noch mitbringen, Rex und Leo. Ui, das wird ein Spaß!"

„Lucy, bist du irre?", versucht Alex dem schnell Einhalt zu gebieten. „Du hast mir erzählt, er hätte Labradore. Mit deinem Golden Retriever und dann noch zwei Labradoren, meinst du nicht, da wird es ein wenig unruhig im Chalet? Vor allem, da ja hoffentlich irgendwann noch andere Gäste kommen. Die wären bestimmt nicht begeistert davon, von einer ganzen Hundearmee begrüßt zu werden."

Lucy denkt kurz nach.

„Ich schaffe es, das immer wieder zu verdrängen, dass auch noch andere kommen werden. Aber du hast recht, dann sage ich besser nichts. Die Hunde leben ohnehin bei Patricks Eltern auf dem Land."

„Ja eben, und auf dem Weg nach Italien wäre das mit denen bestimmt auch nicht sehr gemütlich geworden. Von dem Flug nach München mal ganz abgesehen. Wie kommen die vier dann von hier aus nach Italien? Fahren sie?"

„Ja, das nehme ich mal an. Wir hätten die Hunde ja sonst für die Zeit bei uns behalten können." Sie will noch weiter ausholen und wieder anfangen, zu argumentieren, aber auf Alex' Blick hin schließt sie schnell wieder den Mund. „Okay, okay, keine Hunde", murrt sie mit gesenktem Blick, um dann wieder hoffnungsvoll aufzuschauen: „Du Alex, meinst du, meine anderen Gäste, die ich irgendwann bekommen werde, werden nett sein? Oder genauso spießig wie die Leute hier?"

Alex tut so, als würde er kurz überlegen. „Definitiv spießig", nickt er dann mit Überzeugung. „Ich kann mir nichts anderes vorstellen."

Dann bricht sein Gesicht wieder in ein Lachen aus und er zwickt Lucy in die Seite.

„Lucy, mein Schatz, du musst damit aufhören! Du kannst nicht jeden Gast, den du bekommst, vorher analysieren. Stell dir mal vor, das würde ich im Tegerngold machen! Nimm die Leute so, wie sie sind! Das passt doch auch zu deinem ganzen Yoga-Trallala."

„Yoga-Trallala!" Lucy schüttelt empört den Kopf, aber dann legt sich ein verschmitztes Lächeln auf ihr Gesicht. „Weißt du, was das Beste ist, Alex? Patrick und Nicolai spielen beide Golf. Mit Leidenschaft. Das heißt, ich bin dann endlich von dieser Last erlöst. Komm, wollen wir etwas zu Mittag essen gehen?"

„Aber wir haben doch gerade erst angefangen ..."

„Wirklich? Für mich fühlt es sich schon wie Stunden an!"

Und damit lässt sie den Golfschläger einfach fallen und stürmt in Richtung Clubhaus davon. Schmunzelnd blickt Alex ihr einen Moment hinterher, bevor er die Ausrüstung zusammensucht und ihr kopfschüttelnd folgt.

2

A m nächsten Tag ist Lucy gerade dabei, die Blumen in ihrem Garten zu gießen, als plötzlich Alex mit einem dicken Grinsen vor ihr steht.

„Hat Emma es dir schon mitgeteilt?", fragt er ohne weitere Einleitung.

Lucys Grinsen ist fast ebenso breit wie seins. Seit sie weiß, dass ihre Freunde kommen, kann sie nicht mehr aufhören, zu planen. Hach, es ist doch wundervoll, so ein Chalet zu haben!

Daher lächelt sie Alex jetzt fröhlich an und fragt: „Was hätte sie mir denn mitteilen sollen? Gibt es eine Überraschung?"

„Allerdings!" Alex hat diesen stolzen Ausdruck im Gesicht, der nicht immer etwas Gutes verheißt. Hoffentlich hat Lucy sich da nicht zu früh gefreut.

„Also?", hakt sie etwas verhaltener nach, während sie einen besonders schönen Rosenstrauch mit Wasser versorgt.

„Du hast deine ersten offiziellen Gäste im Chalet am See, Lucy! Wo wir doch gestern noch davon gesprochen haben. Sie kommen nächste Woche an. Freitag, um genau zu sein."

Lucy wird blass. Sie stellt die Gießkanne neben sich auf den Boden. „Was heißt das, meine ersten offiziellen Gäste? Am Freitag kommen doch Sophie, Aishley, Nicolai und Patrick."

„Ja, und noch vier andere. Es sind ja schließlich noch zwei Apartments frei."

Lucy muss sich hinsetzen. Glücklicherweise befindet sich eine Bank gleich neben ihr. „Das meinst du hoffentlich nicht ernst, Alex? Du hast doch da noch nichts zugesagt?"

„Sicher habe ich zugesagt, Lucy! Mensch!" Er rauft sich die Haare. „Du hast hier ein Gästehaus! Um das zum Laufen zu bringen, hast du Unmengen an Zeit und Geld reingesteckt. Und die Einzigen, die du hier haben willst, sind deine Freunde. Und so, wie ich dich kenne, wirst du denen wahrscheinlich noch nicht einmal etwas berechnen."

„Natürlich werde ich das", erwidert Lucy empört. „Sie werden doch hier nicht umsonst wohnen. Das war vorher, bevor ich wirklich aufgemacht hatte. Aber jetzt wird jeder Penny abgerechnet."

Während sie das sagt, zweifelt sie an ihren eigenen Worten, aber da fährt Alex schon fort: „Ah, da kommen wir ja endlich zum Kern der Sache. Ich freue mich, dass du es wahrnimmst. Du hast mittlerweile aufgemacht, Lucy! Das Chalet ist ‚open for business'!"

„Ja, aber doch nicht so schnell!" Lucy verschränkt trotzig die Arme vor der Brust, während Alex baff den Kopf schüttelt.

„Wie lange willst du denn noch warten? Soll ich jetzt endlich mal erzählen oder willst du weiterhin blocken, bevor du überhaupt weißt, worum es geht?"

„Okay, okay", grummelt Lucy. „Erzähl schon!" Ihre Freude ist jedenfalls weg.

„Es ist eigentlich ganz einfach. Es haben Gäste im Tegerngold angerufen und ich habe gehört, wie Graham sie vertrösten musste, da wir ausgebucht sind. Da habe ich schnell den Hörer genommen und das Chalet am See angepriesen. So heiß angepriesen, wenn ich hinzufügen darf, dass sie künftig wahrscheinlich nie mehr ins Tegerngold kommen wollen."

„Aber wieso?", fragt Lucy perplex. „Wieso hast du das getan?"

„Wieso ich Gäste für dich akquiriert habe? Ist das dein Ernst? Weil ich dich liebe und dir helfen will, wieso sonst? Und ich hatte eigentlich gedacht, du würdest dich freuen."

„Aber du wusstest doch, dass meine Freunde aus England kommen."

„Ja, richtig, um dich zu besuchen. Aber dein Chalet ist doch ein Geschäft. Ich hätte gedacht, dass du dich auch mal über andere Gäste freuen könntest."

„Irgendwann schon, aber noch nicht jetzt", grummelt Lucy.

„Irgendwann schon!" Alex verdreht die Augen. „Du hast schon das gesamte letzte Sommergeschäft mit dem Umbau und allem verpasst, solltest du da nicht froh sein, diesen Sommer voll nutzen zu können? Ohne gleich am Anfang unbelegte Zimmer zu haben?"

Lucy weiß, dass sie sich kindisch anhört, aber wenn sie ehrlich ist, hat sie ein wenig Muffensausen. Denn sobald fremde Gäste da sind, wird es ernst. Dann wird man sehen, ob sie wirklich ein Gästehaus leiten kann. Sie selbst ist sich da nicht so sicher und ihre Angst, zu versagen, ist größer, als sie zugeben will.

„Okay, gut", lenkt sie schließlich ein. „Sagen wir mal, die kommen bei mir unter. Was mache ich dann mit ihnen?"

Jetzt guckt Alex sie wirklich fassungslos an. „Was du mit ihnen machst? Natürlich das Gleiche, was du ständig auch mit deinen Freunden machst: sie bewirten. Nur bekommst du diesmal Geld dafür. Ist doch zur Abwechslung auch mal nicht schlecht."

„Ja, ich weiß. Aber was sind das überhaupt für Leute?"

„Woher soll ich das wissen? Es sind zwei Pärchen. Sie kommen aus Düsseldorf."

„,Woher soll ich das wissen?'", äfft Lucy ihn nach. Ihre Stimme nimmt selbst in ihren eigenen Ohren einen unangenehm schrillen Klang an. „Das ist deine Antwort? Du weißt gar nicht, wen du da zu mir schickst?"

„Ich habe sie doch am Telefon nicht nach ihrem Lebenslauf gefragt!"

„Aber du hättest sie wenigstens mal googeln können, bevor du sie zu mir ins Hotel schickst!"

„Da! Da war das wichtige Wort, Lucy! Hotel. Man googelt Gäste nicht, bevor sie ins Hotel kommen. Sie kommen einfach. Stell dir mal vor, wir würden alle Gäste aus dem Tegerngold googeln. Wir hätten ja nichts anderes mehr zu tun. Davon mal abgesehen, dass es unglaublich langweilig wäre."

„Aber am Anfang hast du sie bestimmt noch gegoogelt."

„Nein, habe ich nicht. Aber das tut nichts zur Sache. Ich habe jedenfalls Emma Bescheid gesagt, damit sie die beiden Apartments von den Buchungsplattformen runternimmt. Du bist das erste Mal ausgebucht, Lucy, freu dich doch!"

„Jaja", murrt diese. „Und was ist, wenn das Mörder sind?"

Alex verdreht nochmals die Augen und zieht Lucy dann zu sich. „Es ist sehr unwahrscheinlich, dass es Mörder sind", flüstert er ihr ins Ohr, bevor er anfängt, daran zu knabbern.

3

"K risensitzung", ruft Lucy ins Telefon. „Ihr müsst alle kommen, sag den anderen Bescheid."

„Um Gottes willen, was ist denn los?", fragt Babs erschrocken. „Was ist denn jetzt schon wieder passiert, Lucy? Dein Leben wird aber auch nie langweilig!"

„Ich bekomme meine ersten Gäste", antwortet Lucy atemlos. „Damit wird's ernst, Babs. Ich habe keine Ahnung, was ich tun soll. Und die Freiheit, mit der ist es jetzt vorbei. Stattdessen werde ich zum Sklaven meiner Hausgenossen mutieren! Es sind auch noch Düsseldorfer – ausgerechnet! Kannst du dir vorstellen, wie viele Sonderwünsche die haben werden? Es weiß doch jeder, wie verwöhnt die sind! Wären es wenigstens Kölner, würden die den ganzen Tag nur trinken und ich hätte meine Ruhe."

Babs lacht herzlich auf: „Ach, daher weht also der Wind. Du fängst jetzt also an, richtig zu arbeiten. Ja, Lucy, Gäste zu haben, gehört zu dem Leben einer Hotelchefin dazu. Und wenn du trinkende Gäste haben willst, dann hättest du vielleicht etwas auf Mallorca beim Ballermann aufmachen sollen!"

„Ich weiß nicht, ob ich das genau durchgedacht habe. Ich weiß doch gar nicht, wer die sind! Ah, gute Idee, ich werde die gleich mal googeln. Sagst du den anderen Bescheid? Sag ihnen, es gibt Speis und Trank. Dann kommen die schon. Auch wenn's kurzfristig ist.“

„Okay, ich gebe mein Bestes.“ Babs lacht immer noch. „Bis später dann.“

AM ABEND GUCKT Alex Lucys Freunde reihum an und schüttelt grinsend den Kopf.

„Hat sie euch wirklich zu einer Krisensitzung einberufen, weil sie ihre ersten Gäste erwartet? Ganze vier Gäste! Die Frau ist doch unglaublich!“

„Von wegen vier! Du vergisst die anderen vier – die aus London!“, wirft Lucy atemlos ein. „Damit sind das acht! Acht Gäste, Knall auf Fall. Wer würde da keine Panik schieben?“

„Wie viele Gäste habt ihr im Tegerngold, Alex?“, fragt Michi feixend.

„Mehr als acht, da kannst du dir sicher sein.“

„Haha, macht euch nur lustig über mich. Aber ich hab' Neuigkeiten: Ich habe die Engländer überredet, zwei Tage früher zu kommen. So kann ich mich ein wenig an alles gewöhnen und habe die moralische Unterstützung von guten Freunden!“

Jetzt lacht Alex so laut, dass er mit seinem Stuhl zurückkippt und Lucy Sorge hat, er könne umfallen.

„Du hast alle vier dazu animiert, früher hier hinzukommen? Was ist Patrick noch mal? So ungefähr der größte Medienmogul Englands – oder auch der Welt oder was weiß ich. Sophie – eine berühmte Designerin. Aishley – eine ebenfalls berühmte Fotografin. Und Nicolai, nun ja, ich weiß nicht, was der macht. Aber wahrscheinlich auch etwas wahnsinnig Wichtiges. Und du hast diese Leute dazu gebracht, alles stehen und liegenzulassen, da du Angst hast, dass acht Gäste an einem Tag zusammen ankommen?"

„Nein, natürlich nicht deswegen", erwidert Lucy empört. „Sondern, damit wir ein bisschen Zeit füreinander haben. Denn wenn die Düsseldorfer einmal hier sind, bin ich voll eingespannt."

„Eine Sekunde, darf ich mal kurz unterbrechen?", fragt Michi jetzt. „Wieso sind wir eigentlich zu einer Krisensitzung hier?"

Lucy guckt ihn fassungslos an. „Ist das nicht klar geworden? Wegen meiner Gäste!"

„Weil ein Gasthaus seine ersten Gäste bekommt, deklarierst du eine Krise? Ja, ist schon klar. Sorry, war 'ne blöde Frage von mir!"

Er schaut sichtlich verwirrt zu Marcel und Hannah rüber, die sich vor stummem Lachen kaum mehr halten können. Auch wenn sie sich alle Mühe geben, nicht laut loszuprusten. Doch schon ist es zu spät und sie gackern los, wobei alle außer Lucy einstimmen.

„Selbst im Café habe ich zu jeder Zeit mehr als acht Gäste", verkündet Hannah unter fröhlichem Glucksen. „Und ich habe' mich wirklich nie für besonders belastbar gehalten."

„Die wohnen aber auch nicht bei dir!"

„Natürlich nicht! Ist ja ein Café und kein Gasthaus, daher wohnen sie bei dir." Sie prustet wieder los.

„Lucy, du bist zum Schießen", stellt jetzt auch Marcel fest. „Wenn ich daran denke, was wir für einen Stress hatten, um dieses Chalet eröffnen zu können, und jetzt hast du's und kriegst plötzlich kalte Füße. Wenn du willst, montiere ich die Brandschutztür wieder ab, dann musst du wieder schließen!"

„Hör bloß mit der Brandschutztür auf", rufen alle im Chor und Lucy scheint die Einzige zu sein, die das nicht lustig findet.

„Als mein Anwalt solltest du an meiner Seite stehen, Marcel, und mir nicht in den Rücken fallen", knurrt sie ihn an. „Und ihr – ihr alle, ihr seid unsensibel, das wollte ich euch nur mal sagen. Es ist euch ganz egal, wer hier wohnt. Wenn ihr mich dann eines Tages in meine Einzelteile zerlegt in der Tiefkühltruhe findet, werdet ihr euch an diesen Abend zurückerinnern und eure Worte bereuen."

„Sollte das passieren, dann werden wir unsere Worte bereuen, ich versprech's", wirft Babs grinsend ein. „Aber gib's zu, Lucy, du hast deine neuen Gäste doch schon längst gegoogelt. Also erzähl, wer kommt denn?"

„Politiker!", sagt Lucy und verdreht mit einem Seufzen die Augen. „Politiker kommen in mein Haus! Das sind die Schlimmsten! Und das passt so gar nicht zu Yoga!"

„Vielleicht sollten die Leute in Zukunft einen Bewerbungsbogen ausfüllen, bevor sie sich hier einquartieren dürfen", bemerkt Alex schmunzelnd. „Und ganz oben solltest du draufschreiben: ‚Politiker und fast alle anderen unerwünscht'."

„Nicht fast alle anderen. Aber Politiker – wirklich?"

„Sieh es doch positiv. Die morden nur sehr sporadisch", stellt Babs fröhlich fest. „Zumindest in unseren Breitengraden. Aber jetzt sag mal ehrlich. Du wirst vier Politiker hier haben? Das ist schon irgendwie witzig, das passt nun wirklich nicht."

„Nein, nur zwei", erwidert Lucy bedrückt. „Er ist Bürgermeister von irgendeinem Kaff außerhalb von Düsseldorf, SPD, und seine Frau ist ebenfalls Lokalpolitikerin in der CDU. Die werden sich doch die ganze Zeit streiten, welche Partei das bessere Programm hat! Und dann womöglich noch versuchen, mich da mit reinzuziehen. Dabei interessiert mich Politik nicht die Bohne! Und das andere Pärchen, da scheint sie in einer Werbeagentur zu arbeiten und ihr Mann ist Industrieller oder so was. Über den findet man nicht viel. Er scheint Amerikaner zu sein. Auch das noch!"

„Ah, das muss auch noch auf den Bewerbungsbogen." Alex hat mittlerweile vor Lachen Schluckauf bekommen. „Düsseldorfer und Amerikaner müssen es gar nicht erst versuchen!"

„Zu spät", seufzt Lucy. „Ich kann sie ja schlecht wieder ausladen. Siehst du, was du mir da eingebrockt hast, Alex?"

Mit leicht beleidigtem Gesichtsausdruck schaut sie in die Runde. Aber anstatt Mitleid von ihren Freunden zu bekommen, sieht sie, wie sich alle weiterhin köstlich amüsieren.

„Emma!", ruft Alex dann und sein ehemaliges Zimmermädchen, jetzt die Hausdame im Chalet am See, kommt herein.

„Ja?", fragt sie und guckt dann die versammelte Mannschaft lächelnd an. „Hat Lucy euch schon von der Invasion erzählt, die uns hier erwartet?"

„Oh ja", antwortet Alex grinsend. „Was glaubst du, warum wir hier zusammengekommen sind? Doch nicht etwa zum Spaß. Der NATO-Krisengipfel ist nichts dagegen."

Lucy erkennt, dass auch Emma sich jetzt das Lachen verkneifen muss.

„Jedenfalls", fährt Alex fort, „wollte ich nur kurz wissen, ob du das Gefühl hast, dass hier alles bereit ist für die Gäste. Denn langsam werde auch ich nervös. Mein Name hängt da schließlich dran, denn ich habe das Chalet empfohlen. Und wenn ich sehe, wie Lucy regelrecht auseinanderfällt, bin ich mir bald nicht mehr sicher, ob das solch eine gute Idee war!"

„Natürlich ist alles bereit, Alex", beteuert Emma mit sanfter Stimme und ihrem netten Lächeln. „Bereiter könnte es gar nicht sein. Und wir müssen ja nur dafür sorgen, dass sie hier einen angenehmen Aufenthalt haben. Glücklicherweise sind wir nicht für die Unterhaltung zuständig."

„Eben", mischt Michi sich ein. „Dafür sorge ich dann

mit der Wassersportschule. Und abends versuchen wir, sie in die Weinbar zu locken, nicht wahr, Babs?"

„Schön, dass du die Weinbar über den ganzen Stress, den du mit der Wassersportschule hast, noch nicht vergessen hast", knurrt Babs, die jetzt als Inhaberin der Weinbar Michis Chefin ist. Dass er nebenbei eine Wassersportschule auf Lucys Grundstück führt und Babs trotz ihres Reichtums noch im Tegerngold als Masseurin arbeitet, ist eine andere Geschichte.

„Außerdem hattest du ja schon andere fremde Gäste hier und das hat auch geklappt", schaltet sich Hannah ein, woraufhin die anderen sie warnend anblicken.

Da schießt es auch schon aus Lucy heraus: „Super Beispiel, Hannah! Du magst dich erinnern, dass ich daraufhin das Chalet schließen musste. Ich würde dies also nicht gerade als Beispiel für eine erfolgreiche Beherbergung anführen."

„Na ja, wie man's nimmt", erwidert Hannah ungerührt. „Die Beherbergung an sich war ja durchaus okay, sie hat dir sogar einen Artikel in einem feinen Magazin eingebracht. Und wenn du wegen der fehlenden Brandschutztür nicht hättest schließen müssen, hättest du Alex vielleicht niemals beweisen können, wie wichtig er dir ist. Womit er möglicherweise nicht hier mit uns an einem Tisch sitzen würde."

„Und womit er mir nicht eine Düsseldorfer Gangsterbande ins Chalet gejagt hätte", ergänzt Lucy knurrend, bevor sie warnend hinzufügt: „Und kein Wort jetzt, alle Politiker sind Gangster, das weiß doch jeder!"

„Angie nicht!", antwortet Emma prompt und will dann wissen: „Braucht ihr mich hier noch? Ich würde sonst noch eine Runde mit Rosie gehen und mich dann langsam in Richtung Bett begeben. Ich muss mich schließlich geistig auf die Gangsterbande vorbereiten." Sie grinst frech und Lucy fällt mal wieder mit Erstaunen auf, wie sehr Emma sich verändert hat.

„Nein, wir brauchen hier nichts mehr, Emma, geh ruhig nach Hause." Sie lächelt sie an. „Und versuche bitte, bis nächste Woche den Schwarzgurt in Karate absolviert zu haben!"

„Ich werde mein Bestes geben!" Emma verabschiedet sich von der Runde und verschwindet dann mit Lucys Golden Retriever an die frische Luft. Lucy entscheidet, dass es Zeit wird, auch mal frische Luft in das Gespräch einfließen zu lassen. Ihre Freunde scheinen ihre Bedenken weniger ernst zu nehmen als sie, dann können sie jetzt stattdessen auch noch ein wenig feiern. Mit ihren Sorgen wird sie sich allein herumschlagen müssen.

4

"Lucy, läufst du noch ein paar Meter mit mir?", fragt Babs sie am nächsten Morgen nach der Yogastunde.

"Oh, eine schöne Idee!" Lucy strahlt ihre Freundin an. "Warte, ich ziehe mir nur schnell Schuhe an. Mensch, Babs, der Sommer ist da! Ist das nicht herrlich? Ich könnte die ganze Zeit nur draußen stehen, die Arme zum Himmel heben und die Wärme aufsaugen. Meine Knochen brauchen das regelrecht!"

"Ich weiß genau, was du meinst! Was glaubst du, wie die Winter hier für mich als Griechin sind? Zum Teil ist es kaum auszuhalten. Aber vielleicht sollten wir mal mit dem Skifahren anfangen, das könnte noch lustig sein. Es ist eigentlich eh eine Schande, dass ich es bislang nicht probiert habe, obwohl ich schon so lange hier bin."

"Also ich versuche jetzt gerade erst mal, Golf zu lernen. Was für ein Scheißsport, sag' ich dir! Ich treffe keinen Ball vernünftig. Aber Alex besteht darauf, dass ich es weiter probiere. Sobald es einmal ‚Plopp' macht, macht es dann wohl unglaublichen Spaß. Behauptet er jedenfalls. Ich glaube nur nicht, dass es bei mir jemals ploppen wird. Vielleicht hat er die Hoffnung bis zum Winter aufgegeben, dann können wir immer noch schauen, ob wir mit dem Skifahren beginnen. Aber jetzt ist erst mal Sommer, lass uns den genießen, solange er andauert. Komm, ich bin fertig!"

Gemeinsam laufen sie den Weg zum Tegerngold hoch, wo Babs nicht nur arbeitet, sondern auch in der Mitarbeiterunterkunft lebt, und lassen sich dabei die Sonne auf die Nase scheinen. Lucy muss daran zurückdenken, als sie und Alex noch vor ein paar Wochen kurzzeitig getrennt waren und der Weg zum Tegerngold ihr damals wie eine Tortur erschienen ist. Sie ist immer noch dankbar dafür, dass sie ihr Problem gelöst und beide ihre Leben unter einen Hut bekommen haben: er mit seinem mondänen Tegerngold, das hoch auf dem Berg thront und all den Luxus bietet, den man von einem 5-Sterne-Hotel erwartet, und sie mit ihrem eher gemütlichen, aber dafür sehr feinen Chalet, das direkt am Wasser liegt.

„Was ist eigentlich in Hannah und Sven gefahren?", fragt Babs jetzt. „Ich hatte noch letztens das Gefühl, dass es mit ihnen nicht so gut läuft – dass Hannah klammert und Sven sich ihr entwindet. Aber seit dem Brunch nach deiner Rückkehr aus London wirken die beiden wie das harmonischste Pärchen überhaupt. Weißt du, was da passiert ist?"

„Allerdings", antwortet Lucy mit einem Schmunzeln. „Es ist genau, wie du sagst. Hannah hat geklammert und sah sich schon wieder als die Matriarchin einer Großfamilie, während Sven sich dafür noch zu jung fühlt und einfach das Leben genießen will. Und da nichts davon kommuniziert wurde, haben die unausgesprochenen Erwartungen zu regelrechten Unterströmungen geführt, die die ganze Beziehung zum Wackeln gebracht haben."

„Hannah, typisch!", sagt Babs und schüttelt den Kopf.

„Ja, ich glaube wirklich, Sven war kurz davor, auszubrechen. Aber dann habe ich Hannah darauf angesprochen – notgedrungen, glaub' mir – und es war, als sei ein Felsbrocken von ihren Schultern gefallen. Plötzlich merkte sie, dass sie sich eigentlich auch viel lieber auf das Café und ihre diversen Expansionspläne konzentrieren will, als sofort eine Familie zu gründen. Und da fiel ihr auf, dass sie unterbewusst geglaubt hatte, eine Familie würde von ihr erwartet werden. Da, wo sie herkommt, kennt man das nicht anders. Das ist der übliche Lauf der Dinge. Wenn du eine Beziehung eingehst, dann denkst du auch gleich über Familie nach. Dass dies gar nicht so sein muss, hat eine unglaubliche Last von ihr genommen!"

„Kleinkariertes Denken halt", grummelt Babs, immer noch verständnislos.

Lucy muss lachen. „Sei nicht so gnadenlos! Aber klar, so ist das auf dem Land nun mal. Da ist das normal, da muss Nachwuchs her. Da siehst du mal, wie tief unsere Konditionierungen reichen. Wir denken, etwas ist unser eigener Wunsch und dabei war das eigentlich der Wunsch unserer Urväter!"

„Gott sei Dank, habe ich das abgeschüttelt." Babs schüttelt sich im sprichwörtlichen Sinne. „Ansonsten wäre ich jetzt mit einem reichen Reederei-Jungen verheiratet und müsste jeden Tag Empfänge für die anderen feinen Damen und Herren organisieren. Auf denen wir uns dann über das Dienstpersonal beschweren würden, um danach zu vergleichen, wer mehr Geld hat. Puh, die Vorstellung allein!"

„Apropos Geld", sagt Lucy. „Ich weiß, dass Alex nichts sagt, aber er macht sich schon Sorgen, dass du bald das Tegerngold verlassen könntest. Ich meine – wie lange kann man erwarten, dass eine Multimillionärin oder Milliardärin, oder was auch immer du bist, im Tegerngold als Masseurin arbeitet?"

„Lucy!" Babs bleibt abrupt stehen und schaut ihre

Freundin empört an. „Das ist genau der Grund, weshalb ich euch von meinem Geld nichts erzählt habe! Ich möchte nicht, dass ihr mich als irgendeine stinkreiche Nudel anseht. Ich bin immer noch Babs. Und ich war schon so reich, als ich mich im Tegerngold beworben habe. Was sollte sich jetzt also ändern?"

„Dass dir jetzt auch noch die Weinbar gehört, dank Daddys Großzügigkeit. Da wäre es doch normal, wenn du deine Zeit darein investieren wolltest. Vor allem jetzt, wo Michi wegen der Wassersportschule weniger Zeit hat."

„Ich weiß, darüber habe ich auch schon nachgedacht", gibt Babs zu und schaut gedankenverloren in die Ferne. „Und natürlich habe ich in Erwägung gezogen, den Job im Tegerngold an den Nagel zu hängen und mich ganz der Weinbar zu widmen. Aber weißt du was? Ich will das nicht. Ich mag die Weinbar, sehr sogar, aber ich möchte nicht nur in einer Bar arbeiten und meine ganze Energie darauf ausrichten. Das ist einfach nicht meine Welt. Denn so gerne ich auch mit euch einen trinke, so mag ich Betrunkene nicht besonders und kenne mich vor allem kaum mit Wein aus. Das ist die eine Sache, wo wir Griechen tatsächlich nicht so gut sind!"

„Na, wenn's nur das ist", gibt Lucy lachend zurück und spürt, wie ihr stellvertretend für Alex ein Stein vom Herzen fällt. „Aber Betrunkene gibt's ja nun in der Weinbar wirklich nicht oft. Das ist doch eher ein gediegener Laden."

„Na ja, auch da gibt es nichts, was es nicht gibt. Und ich möchte zwar keine Reedergattin sein, aber dafür auch nicht gleich eine Bardame."

„Lieber eine Masseurin?" Jetzt muss Lucy wirklich lachen. Ihre Freundin hat manchmal eine ganz eigene Logik.

„Ja klar, lieber eine Masseurin." Babs guckt sie erstaunt an. „Mir macht es wirklich Spaß, weißt du? Ich benutze gerne meine Hände und die meisten Leute, die zu mir kommen, sind dankbar für das, was ich mache, und vor allem sind sie so gut wie immer nüchtern. Und wenn sie es mal nicht sind, da sie zum Beispiel vorher einen ausgiebigen Lunch genossen haben, dann schlafen sie unter meinen Händen ein und quatschen mich nicht voll. In einer Bar müsste ich die womöglich anlächeln."

„Stimmt, das ist nicht so ganz dein Ding", pflichtet Lucy ihr bei.

Aber Babs ist noch nicht fertig. „Außerdem", fährt sie fort, „bin ich wirklich gerne im Tegerngold. Mit meinen Kollegen verstehe ich mich bestens, ich liebe mein Zimmer mit Seeblick und mein Chef vögelt meine beste Freundin. Was will man mehr?"

Lucy stupst ihr spielerisch in die Seite. „Dein eigener Chef zu sein, zum Beispiel. Aber wie gesagt, ich will dich ja nicht überreden."

„Nee, mich überredet man nicht so schnell, keine Sorge. Ich schaue mich mittlerweile schon nach einer weiteren Hilfe für die Weinbar um, die gibt es hier wie Sand am Meer. Dann wird Michi im Sommer etwas entlastet und im Winter kann er dann wieder voll übernehmen. Das bekommen wir schon hin. Aber da du hier so von ‚eigener Chef' tönst: War das gestern echt dein Ernst?"

„Was?"

„Na, dass du keine Gäste haben willst?"

„Doch natürlich will ich Gäste haben! Nur halt …" Lucy zögert etwas. Wie soll sie das jetzt beschreiben, ohne komplett idiotisch zu wirken? „Ich glaube, ich habe nicht wirklich bedacht, dass das dann Wildfremde sind, die einfach bei mir im Haus wohnen. Irgendwie habe ich mir immer Leute vorgestellt, die so sind wie du und ich. Aber doch keine Politiker! Außer dieser Werberin sehen die auch alle uralt aus. Ich glaube, ich hatte einfach ein anderes Bild im Kopf."

„Ach, Lucy, komm, das kann doch nicht dein Ernst sein!

Und wenn sie alt sind, dann sind sie zumindest zahlungskräftig. Würde man zumindest hoffen."

„Ja, ich weiß."

„Weißt du, vielleicht wird's Zeit, dass du deine Spiritualität mal wirklich lebst und alle Menschen so nimmst, wie sie sind. Selbst wenn es alte Politiker sind."

„Aus Düsseldorf", fügt Lucy hinzu.

„Ja, selbst das sollte der weite Geist vergeben können", stellt Babs fest und verdreht die Augen. „Also, Bella, ich muss da jetzt rein. Danke, dass du mich bis hierher begleitet hast. Wir sehen uns die Tage?"

Damit verabschieden sie sich mit zwei Küsschen und Lucy bleibt allein zurück. Dann dreht sie sich um und geht zurück in Richtung Chalet. Es gibt viel zu tun. Nächste Woche wird sich ihr Leben ändern. Ob zum Guten oder zum Schlechten – das wird sich zeigen …

5

Es ist so weit, sie kommen! Natürlich noch nicht die Fremden, da hat Lucy noch eine kurze Gnadenfrist, aber ihre Freunde aus London reisen heute an! Obwohl es noch gar nicht lange her ist, dass sie sich das letzte Mal gesehen haben, ist Lucy so aufgeregt und hibbelig, dass Alex irgendwann lachend den Kopf schüttelt.

„Lucy, du bist wie ein Schulmädchen kurz vor den großen Ferien! Sag mal, freust du dich auch jedes Mal so, wenn wir beide uns wiedersehen?"

Lucy muss kurz überlegen. „Außer während unserer Auszeit, waren wir eigentlich nie richtig getrennt. Und da war ich sehr nervös, als ich dich wiedergesehen habe. Zu Recht, wie sich herausstellte." Alex hat sie damals eiskalt abblitzen lassen. „Aber jetzt würde ich mich auf dich mindestens so freuen wie auf die vier."

„Da bin ich ja beruhigt!" Alex lacht und biegt in ein Parkhaus auf dem Münchner Flughafen ein. Lucy hat darauf bestanden, ihre Freunde abzuholen, und Alex hat angeboten, sie zu fahren. Da die vier samt Gepäck jedoch noch nicht einmal in seinen Geländewagen passen würden, tuckert Hannah mit ihrem Auto hinterher.

„So lieb, dass du mich fährst", bemerkt Lucy jetzt.

„Ist doch klar. Ich bin mal auf die beiden Männer gespannt. Aber du sagst, die sind okay, nicht wahr?"

„Nicht nur okay, die sind beide wundervoll. Übrigens sind sie auch echte Hingucker. Aber während Patrick eher der kernige Typ ist, ist Nicolai an Schönheit kaum zu überbieten."

„Was, schöner als ich?" Alex reißt in gespieltem Erstaunen die Augenbrauen in die Höhe.

„Na, in meinen Augen natürlich nicht." Lucy zwinkert ihm zu, aber das sieht er nicht, da er gerade das Auto gekonnt in eine enge Parklücke manövriert.

„Und so ein schöner Mann lässt dich kalt?", hakt er nochmals nach und schaltet den Motor aus. Das Thema beschäftigt ihn offenbar.

„Eiskalt", bestätigt Lucy. „Ich kann seine Schönheit sehen, die ist auch wirklich nicht zu übersehen, aber das war's. Für mich bist du wirklich der Tollste."

„Na, dann muss ich mir ja keine Sorgen machen." Lachend beugt Alex sich zu ihr herüber und drückt ihr ein Küsschen auf die Nase. Dann steigen sie aus und bewegen sich in Richtung Flughafengebäude. Hannah muss noch ein Telefonat erledigen und folgt ihnen in einigem Abstand.

„Und Aishley ist da gar nicht eifersüchtig bei so einem schönen Mann?" Nicolai scheint Alex tatsächlich nicht loszulassen.

„Aishley und eifersüchtig! Da würde eher die Hölle einfrieren. Deshalb bewundere ich sie ja so. Sie ist so sehr bei sich, so etwas habe ich noch nie gesehen!"

„Mehr als Sophie?"

„Ja, sogar noch mehr als Sophie. Sophie liegt mir von den beiden noch ein wenig mehr am Herzen, da sie eher ist wie ich, irgendwie menschlicher. Aber ich komme nicht umhin, Aishley zu bewundern. Und ein bisschen wie sie sein zu wollen. Wie schön muss das sein, niemals eifersüchtig zu sein. Puh, was für eine Freiheit! Kannst du dir das vorstellen, Alex? Keine Eifersucht zu empfinden?"

„Hm, wenn ich ehrlich bin, auch nur schwierig. Ich werde schon immer ganz nervös, wenn ein neuer Mann bei deinen Yogastunden auftaucht. Den würde ich am liebsten immer gleich vergraulen."

Lucy bleibt stehen und blickt ihren Freund erstaunt an. „Wirklich? Das hätte ich nie gedacht. Das hast du nie gezeigt!"

„Natürlich zeige ich das nicht, ich mache mich ja nicht zum Affen. Ich weiß doch, dass das zu deinem Job gehört. Aber das heißt nicht, dass es mir nicht auch manchmal ein wenig Angst macht. Vor allem, wenn mal so ein flexibler Kerl auftauchen wird. Wenn ich da an meine stümperhaften Yogaversuche zurückdenke …"

„Du warst gar nicht stümperhaft! Du musst einfach nur mal wieder kommen!"

„Damit ich das alles live mit ansehen muss? Nein, danke, Madame. Dieser Typ mit dem Wahnsinns-Sixpack damals hat mich schon ganz kirre gemacht. Vor allem, als er immer wie zufällig sein T-Shirt hochrutschen ließ. Ich wär am liebsten zu ihm rübergegangen und hätte es für ihn runtergehalten. Was glaubst du, wieso ich dich immer zum Golf schleppen will? Damit ich dir auch mal zeigen kann, was ich so draufhabe."

Lucy zieht ihren Freund an sich und gibt ihm einen innigen Kuss.

„Du bist so süß, Alex. Das wusste ich nicht, dass du so fühlst. Ehrlich nicht. Und an den Typen mit dem Sixpack erinnere ich mich gar nicht mehr", lügt sie. „Aber könnten wir das Thema Eifersucht nicht einfach fallen lassen? Das haben wir doch gar nicht nötig. Und meinst du, du könntest dir in Zukunft etwas anderes als Golf einfallen lassen, um mich zu beeindrucken?"

KURZ DANACH HAT Lucy sowohl Sixpack als auch Golf vergessen, da ihre Freunde vollbepackt aus dem Gate kommen. Jubelnd läuft sie auf sie zu, Hannah und Alex im Schlepptau.

„Da sind sie, da sind sie!", ruft sie, als sei es nicht sowieso schon allen klar.

Sobald die vier in der Empfangshalle sind, fällt sie ihnen um den Hals und stellt Patrick und Nicolai den anderen beiden vor. Der Rest kennt sich ja schon. Sie ist froh, zu sehen, dass Alex die Männer sofort zu mögen scheint, was auch an der umfangreichen Golfausrüstung liegen könnte, die beide dabeihaben. Keine Sekunde, in der sie nicht an diesen Sport erinnert wird!

„Golf, ganz nach meinem Geschmack", verkündet Alex da auch schon und nimmt Aishley und Sophie ihre Taschen ab. Da die beiden Männer kein Deutsch sprechen, wird jetzt vermehrt auf Englisch kommuniziert werden müssen. Das ist jedoch kein Problem, denn Lucys Freunde wechseln ebenso wie sie selbst ganz automatisch zwischen den beiden Sprachen hin und her. Manchmal ist ihnen gar nicht mehr bewusst, welche Sprache sie gerade sprechen. Das ist ein guter Nebeneffekt von der Arbeit in der Tourismusbranche.

„Lass nur, Alex, das machen wir", bietet Patrick an und will Alex eine der Taschen abnehmen. Aber mit seinem eigenen Koffer und der Golfbag ist das kaum möglich.

„Unsinn, ich hab' das im Griff", widerspricht Alex. „Wenn ihr mir nur versprecht, dass wir mal zusammen spielen."

„Na, was denkst du denn?", erwidert Patrick. „Nur

deinetwegen haben wir die Sachen mitgebracht. Lucy hat erwähnt, dass du ein ziemlicher Golf-Fan bist und sie etwas weniger, da dachten wir uns, dass wir uns deiner annehmen."

„Und sie etwas weniger' – ja, so kann man das wohl ausdrücken", erwidert Alex lachend und Lucy ist erleichtert, dass die Männer so gut miteinander klarkommen. Zumindest Patrick scheint Alex direkt sympathisch zu sein. Nicolai hingegen guckt er skeptisch von der Seite an, aber Lucy kann sich auch nicht vorstellen, dass es irgendeinen Mann gibt, den Nicolai mit seinem blendenden Aussehen nicht verunsichern würde. Nur er selbst scheint sich seiner Ausstrahlung kaum bewusst zu sein.

„Die Typen und ihr Golf!", stellt Sophie lachend fest und sie und Aishley haken Lucy und Hannah unter. „Worüber Männer sich so unterhalten können. Erzählt ihr lieber mal, was es Neues gibt!"

„Nicht viel", erwidert Lucy. „Ihr wart ja quasi gerade erst da, so viel ist zwischendurch nicht passiert. Aber trotzdem fühlt es sich an, als hätten wir uns seit Ewigkeiten nicht gesehen!"

„Ja, jeder hier hat euch vermisst", schaltet sich nun auch Hannah ein. „Aber bevor wir weitererzählen – Aishley, ist dein Freund einem Magazin entsprungen? Ich glaube, so etwas habe ich live noch nie gesehen! Selbst Alex scheint eingeschüchtert zu sein, denn sonst ist er ja immer der attraktivste Mann am Platz."

„Ach, das ist lieb, dass du das sagst", gibt Aishley schmunzelnd zurück. „Ich sage ihm das lieber nicht, sonst wird er zu arrogant. Ich selbst sehe ihn gar nicht mehr so. Die oberflächliche Attraktion verflüchtigt sich ja irgendwann. Und glaube mir, er hat auch andere Seiten. Wenn er kotzend über der Kloschüssel hängt, ist auch Nicolai nicht gerade schön!"

„Kotzend über der Kloschüssel?", erkundigt sich Hannah erstaunt.

„Ja, es stellte sich nämlich heraus, dass unser lieber Italiener einen äußerst empfindlichen Magen hat."

„Hätte bei dem englischen Essen jeder", knurrt Hannah. „Das zeigt nur, dass sein Magen Geschmack hat."

„Nicolai hat einen empfindlichen Magen?", fragt Sophie belustigt. „Wirklich, Aishley? Das wusste ich gar nicht."

„Jetzt weißt du's, aber sag' bloß nichts zu ihm! Er geht damit nicht gern hausieren, das könnte ja seiner Perfektion einen Abbruch tun. Aber als er letztens mit Patrick in Hongkong war, war das wohl die Hölle für ihn. Denn er kann scharf nicht gut vertragen, während es für Patrick wohl nicht scharf genug sein kann. Und Patrick hat die ganze Zeit voller Enthusiasmus für ihn mitbestellt!"

„Typisch!", bestätigt Sophie lachend. „Patrick musste wieder den Mann von Welt raushängen lassen und Nicolai hat nichts gesagt. Aber jetzt genug von den Kotzgewohnheiten Nicolais. Erzählt ihr doch endlich, wie es euch geht! Was ist mit Michis Wassersportschule? Ist die mittlerweile fertig?"

„Sie ist fertig und sieht echt gut aus. Um ehrlich zu sein, ist es ja nicht viel mehr als ein etwas eleganterer Verschlag. Aber er hat die ganze Ausrüstung gemietet und zum Teil sogar gekauft und ist auch schon kräftig dabei, die Sachen zu verleihen und sich manchmal sogar als Lehrer zu versuchen. Er hat sogar eine Ausschanklizenz bekommen und ein paar Tische vor der Sportschule aufgebaut. Das ist schon gemütlich, wenn man so davorsitzt, direkt am See."

„Oh, klingt gut", pflichtet Sophie ihr enthusiastisch bei. „Wobei ich lieber bei dir im Garten bleibe. Das fühlt sich schon richtig wie zu Hause an."

„Geht mir genauso", stimmt Aishley zu und dann sind sie auch schon bei den Autos angekommen. Die drei Männer erscheinen kurz darauf, ebenfalls in ein Gespräch vertieft. Es scheint sogar, dass Alex sein Konkurrenzdenken mittlerweile zur Seite geschoben hat, denn er schlägt Nicolai lachend auf die Schulter und sagt etwas, das Lucy nicht hören kann.

Nachdem das Gepäck auf beide Autos aufgeteilt wurde, versucht Hannah darauf zu bestehen, dass alle in Alex' Auto mitfahren und sie das Gepäck mitnimmt.

„Ihr habt euch so viel zu erzählen", sagt sie. „Mir macht das nichts, wirklich. Und Alex' Auto ist groß genug."

„Kommt gar nicht infrage", bestimmt Aishley resolut und setzt sich ohne weitere Anstalten in Hannahs Auto. „Wir lassen dich doch hier nicht den Gepäckchauffeur spielen."

„Eben!", bestätigt Lucy. „Komm, Sophie, wir fahren auch mit Hannah mit, dann können die drei sich darüber unterhalten, wer den längsten Abschlag hat oder wie das auch immer heißt!"

Und so quetschen sie sich in Hannahs Auto, während die Männer Alex' riesigen Geländewagen für sich haben.

„Da können sie gleich schon mal anfangen, im Kopf die Schläge durchzugehen!", murmelt Aishley. „Bloß keine Sekunde verpassen!"

SOBALD SIE AM Chalet angekommen sind, will Hannah gleich weiter in ihr Café, aber Lucy überredet sie, noch etwas bei ihnen zu bleiben.

„Ach komm, Hannah, Marie kann das doch alles machen. Die Mädels freuen sich so, dass du hier bist. Bleib noch ein wenig und chill mit uns."

Trotz Hannahs Widerworte sieht Lucy, dass diese sich eigentlich freut und daher auch schnell überreden lässt. Sie bauen im Garten ein regelrechtes Buffet mit Brezeln, Leberkäse und diversen Aufstrichen auf, um den Tag einfach zu genießen. Champagner gibt es natürlich auch, das wäre bei diesen speziellen Engländern gar nicht anders möglich. Nachdem alle das Chalet ausführlich bestaunt und gelobt haben, sitzen sie nun im Garten zusammen und prosten sich zu.

„Auf uns."

„Auf uns", geht es reihum, bis Lucy bedauernd seufzt: „So gemütlich wird es leider nicht mehr lange bleiben."

„Auf das Thema hatte ich schon gewartet!" Alex schlägt sich vor die Stirn, aber kann sich gleichzeitig ein Grinsen nicht verkneifen.

„Vielleicht gehe ich doch lieber wieder in das Café zurück." Hannah zwinkert ihm zu. „Selbst meine Kuchen haben mehr Gesprächsthemen als Lucy im Moment."

„Ihr seid ja auch nicht die, die skrupellose Killer bei sich aufnehmen müssen. Oh nein, die hat der Herr netterweise an mich weitergeleitet."

„Skrupellose Killer?" Aishley guckt sie begeistert an. „Lucy, sag nicht, das wird hier wieder so spannend wie beim letzten Mal. Also, man kann ja über den Tegernsee sagen, was man will, aber langweilig wird es hier nicht."

„Nun erzähl schon! Es kommen skrupellose Killer her?", fragt jetzt auch Sophie interessiert. „Wie gut, dass unsere Männer uns mit ihren Golfschlägern verteidigen können!"

„Na ja, ‚Killer' ist vielleicht ein wenig übertrieben", gibt Lucy zögerlich zu. „Aber es ist auch nicht so viel besser als das: Politiker!"

„Oh Gott, doch nicht Boris Johnson?", fragt Nicolai entsetzt. „Dann fahre ich wieder. Das geht zu stark gegen mein ästhetisches und moralisches Empfinden."

„Ach was, doch nicht Boris Johnson! Wenn es wenigstens jemand so Bekanntes wäre. Nein, Lokalpolitiker!"

„Oje", meint jetzt auch Sophie. „Aber andererseits – so schlimm ist das doch auch nicht."

„*Düsseldorfer* Politiker!", seufzt Lucy auf, als würde das alles sagen.

„Hey", entgegnet Sophie. „Da lebt mein Vater. Ich liebe Düsseldorf! Ist 'ne coole Stadt."

„Mag ja sein", erwidert Lucy, „dass die Stadt cool ist. Aber jeder weiß doch, wie verwöhnt die da alle sind. Erwartungen von vorne bis hinten und am besten soll alles leuchten und glitzern. Da kann mein Chalet doch gar nicht mithalten."

„So ein Quatsch", mischt sich nun auch Aishley ein. „Das Chalet kann überall mithalten. Und ich mag Düsseldorf auch. Hat eine bombastische Kunstszene. Vor allem in der Fotografie. Was will man mehr?"

„Na, wenn das so ist", grummelt Lucy und fühlt sich mit ihrer Meinung allein auf weiter Flur. Aber da die anderen Gäste ja erst in zwei Tagen kommen, nimmt sie sich vor, jetzt noch mal ausgiebig mit ihren Freunden zu feiern. Ein kleiner Teil ihres Herzens freut sich ja auch auf die neue Herausforderung. Der Teil, der nicht von dieser irrationalen Angst überschattet wird …

6

Und dann wird es ernst! Die Düsseldorfer sollen heute ankommen, womit Lucys Gnadenfrist beendet ist. Es fängt schon damit an, dass sie keine genaue Ankunftszeit angegeben haben. ‚Voraussichtlich irgendwann nachmittags‘ haben sie auf Lucys Nachfrage per E-Mail geantwortet. Lucy versucht, zu verdrängen, dass sie sich auch ungern festlegt, wenn sie Gast ist, aber sie findet es jetzt äußerst unbequem, nicht zu wissen, wann sie alle hier sein werden.

„Lucy, jetzt hör doch auf, dich so zu stressen", fordert Emma sie zum wiederholten Male auf. „Es gibt doch gar kein Problem. Alles ist vorbereitet und ich bin den ganzen Tag hier. Mach du doch einfach deine Sachen und denk nicht weiter darüber nach, wann sie eintreffen werden."

„Jaja, das sagst du jetzt so", knurrt Lucy. „Und was ist, wenn du dann doch nicht da bist? Man kann den Gastgebern ruhig mal eine ungefähre Vorstellung davon geben, wann man ankommt. Es geht ja auch ein bisschen um mich. Ich muss dann schließlich da sein. Und ich habe Besseres zu tun, als hier den ganzen Tag auf die feinen Herrschaften zu warten."

Emma verdreht ganz entgegen ihrer Gewohnheit die Augen.

„Du musst natürlich nicht da sein, Lucy. Ich kann mich um alles kümmern. Das ist wirklich kein Problem. Mach doch einfach, wonach dir ist."

„Von wegen, kein Problem. Sie möchten doch die Inhaberin treffen. Wenn die nicht gleich selbst da ist, um sie zu begrüßen, sind die doch beleidigt!"

„Lucy!" Emma spricht mittlerweile wie zu einem Kleinkind. „Sie müssen die Inhaberin nicht gleich in den ersten Minuten kennenlernen! Dazu werden sie noch genügend Gelegenheit haben. Wie oft bist du schon irgendwo angekommen, ohne gleich den Chef oder die Chefin persönlich zu treffen? Das erwartet kein Mensch. Sie erwarten, dass ihnen die Zimmer gezeigt werden und man sie herumführt. Das war's. Und das werde ich schon bestens schaffen. Also, jetzt entspann dich und mach, wonach dir ist. Was hast du denn vor?"

„Weiß ich noch nicht", gibt Lucy kleinlaut zu. „Aber bestimmt etwas Besseres, als hier rumzuhängen."

Dann schaut sie auf, da gerade ihre Londoner Freunde versammelt in die Küche kommen. Sie haben kleine, gepackte Reisetaschen dabei. Lucy deutet erschrocken darauf: „Was ist das denn? Ihr haut doch nicht ab?"

„Nur für eine Nacht", beruhigt Aishley sie lachend. „Wir zeigen den beiden Herren München. Wir dachten uns, dass wir dich besser allein lassen, wenn du deine ersten echten Gäste empfängst. Dann ist hier nicht so ein Trubel!"

Lucy schaut sie fassungslos an. „Ihr verlasst das sinkende Schiff? Jetzt? In meinem Moment der Not?"

„Moment der Not!" Sophie geht zu ihr herüber und legt lachend die Arme um sie. „Ich denke, es wäre eher ein

Moment der Not, wenn niemand außer uns hier hinkäme. Dass jetzt mal Fremde kommen, ist eher ein Zeichen von Erfolg. Da brauchst du uns hier nicht auch noch. Und die Männer wollten mal München sehen. Das wollen wir ihnen nicht vorenthalten."

„Jaja, das sagt ihr so", murmelt Lucy gekränkt, „dass ich euch hier nicht brauche. Was ist, wenn die schrecklich sind? Dann habe ich niemanden zum Lästern hier."

„Dann gehst du zu Michi rüber", entgegnet Sophie. „Er scheint mir hervorragend im Lästern zu sein. Und Emma ist bestimmt auch nicht abgeneigt."

Doch diese schüttelt resolut den Kopf.

„Kommt nicht infrage, über Gäste wird nicht gelästert", sagt sie mit fester Stimme, um dann etwas weicher hinterherzuschicken: „Tut mir leid, das sollte nicht so brüsk rauskommen, aber ich meine es ernst. Die Zimmermädchen im Tegerngold haben immer gelästert und ich habe da mitgemacht. Wir hatten ja sonst nicht viel zu reden. Bis Babs mir mit ihrem ‚leben und leben lassen'-Motto über den Weg lief. Ich finde, damit lebt es sich besser, und ich glaube wirklich nicht, dass man über Gäste hinter deren Rücken lästern sollte. Ich bin mir sicher, sie spüren das. Und", führt Emma die für sie ungewohnt lange Rede fort, „es ist einfach auch nicht richtig. Sie zeigen sich doch hier ganz intim. Wir sind in ihren Zimmern und alles. Da hinter ihrem Rücken über sie zu sprechen, ist doch ein Vertrauensbruch, findet ihr nicht?"

Patrick fängt an, langsam in die Hände zu klatschen.

„Eine weise Frau", sagt er und sieht Emma beeindruckt an. „Nur so kann man Erfolg haben, Emma, da hast du komplett recht. Wenn man seine Kunden zu schätzen weiß. Also, Lucy", er zwinkert dieser liebevoll zu, „du kannst dir an deiner Hausdame wirklich ein Vorbild nehmen. Kein Lästern über die Gäste, hörst du? Vor allem nicht über uns!"

„Bis eben nicht!", erwidert Lucy knurrend. „Aber jetzt, wo ihr mich einfach sitzen lasst …"

„Also, ich glaube, ich bleibe hier", verkündet Nicolai strahlend. „So verzweifelt war noch keine Dame, wenn ich wegfahren wollte. An dieses Betteln, dass ich doch bitte bleiben soll, daran könnte ich mich glatt gewöhnen. Aishley, magst du dir davon nicht eine Scheibe abschneiden?" Lachend kneift er seiner Freundin in die Seite, die ihm sogleich mit einem zusammengerollten Magazin einen Hieb auf den Kopf verpasst.

„Das hättest du wohl gern! Du bekommst ohnehin schon viel zu viel Aufmerksamkeit! Also, Lucy, trotz deines verzweifelten Gesichtsausdrucks und des vorwurfsvollen Blicks sind wir dann jetzt mal weg. Du wirst das schon überleben. Wann kommen sie denn?"

„Siehst du?", raunt Lucy Emma zu, „es ist normal, dass man wissen will, wann sie kommen!" Den anderen teilt sie mit: „Keine Ahnung. Die Herrschaften haben es nicht für nötig befunden, mir ihre Ankunftszeit mitzuteilen. Irgendwann zwischen jetzt und Mitternacht, nehme ich an, plus minus eine Stunde. Wie kommt ihr überhaupt nach München?"

„Alex hat uns netterweise sein Auto geliehen", klärt Aishley sie auf. „Wir wollten uns eins mieten, aber er hat darauf bestanden."

„Ah, ihr seid also alle drin verwickelt, in den Komplott", beschwert sich Lucy.

„Ja, richtig, in den großen Lucy-Komplott", antwortet Patrick und kann sich ein breites Grinsen nicht verkneifen. „Ich hab' dir schon immer gesagt, Lucy, auf dem Golfplatz werden die wirklich großen Deals geschlossen, so auch dieser Lucy-Komplott hier, der ohne Zweifel in die Geschichtsbücher eingehen wird. Da war die Meuterei auf der Bounty gar nichts gegen!"

„Glaub' mir, ich habe schon mehr als genug getan, um in die Tegernseer Geschichtsbücher einzugehen", erwidert Lucy und jagt ihre Freunde dann heraus. „Los, raus mit euch. Geht nur eurem Vergnügen frönen, während ich hier allein den Feind erwarte!"

In Windeseile schnappen ihre Freunde ihre Taschen und verschwinden nach draußen. Nur Emma bleibt mit ihrer Chefin zurück.

„Also, was gibt's noch zu tun, Emma?" Lucy klatscht aufmunternd in die Hände.

„Nichts, wirklich, absolut gar nichts. Es ist alles perfekt. Wieso gehst du nicht ein wenig raus? Vielleicht mit Rosie spazieren? Hannah bringt später noch Kuchen vorbei, damit unsere neuen Gäste einen Snack haben, wenn sie ankommen."

„Und wenn sie nachts ankommen?"

„Dann ist es ein Mitternachtssnack." Sie pfeift kurz, genau wie Lucy es auch gern könnte, und Rosie kommt angelaufen. Emma krault den Hund hinter einem Ohr und holt dann die Leine, die sie Lucy resolut in die Hand drückt.

„So, Rosie, ich glaube, Mama Lucy will mit dir spazieren gehen!"

Lucy kann sich ein Grinsen nicht verkneifen.

„Emma, irgendwie scheinen sich die Rollen hier vertauscht zu haben. Habe ich dir sonst nicht immer gesagt, was es zu tun gibt?"

„Sonst schon, aber jetzt muss ich wohl mal die Zügel in die Hand nehmen." Emma grinst ihre Chefin an.

Da schwant es Lucy. „Weißt du, was mir gerade auffällt, Emma?"

„Nein, was denn?"

„Dass du ja in dem ganzen Hotelgewerbe viel erfahrener

bist als ich. Du bist schließlich schon seit Jahr und Tag im Tegerngold und hast Tausende von Gästen kommen und gehen sehen, während ich gleich gerade mal meine ersten Gäste begrüße. Kein Wunder, dass du so entspannt bist."

„Ja, und wenn du wüsstest, was ich alles gesehen habe, vor allem in den Zimmern … aber lass gut sein, das willst du gar nicht wissen. So, jetzt geh endlich. Rosie wird schon ganz unruhig."

Lucy muss wieder grinsen. „Weißt du was, du hast recht. Jetzt, wo mir bewusst wird, was ich hier für eine erfahrene Mitarbeiterin habe, kann ich wirklich ganz ruhig gehen. Dass ich das vorher nicht gesehen habe … ts ts. Meinst du, ich kann auch nach München fahren?"

„Kommt gar nicht infrage!", ruft Emma und wirft ihr lachend Rosis Ball entgegen, den Lucy geschickt fängt. „Ich bin immer für dich da, aber die Verantwortung liegt letztlich bei dir. Also, tu etwas, das dich auf andere Gedanken bringt! Und Lucy?"

„Ja?"

„Ich glaube, es ist für die Gäste wirklich am besten, wenn du entspannt bist. Sie wollen hier schließlich nur Urlaub machen. Was soll denn schon passieren?"

Ja, stimmt eigentlich, denkt sich Lucy. *Was soll denn schon passieren?*

7

Gegen sechzehn Uhr hört Lucy das Knarren von Autoreifen auf dem Schotter vor dem Haus. Ihr Puls fängt an, schneller zu schlagen. Das müssen sie sein – ihre Gäste!

Sie schreitet erhobenen Hauptes zur Haustür, um sie zu begrüßen, aber Rosie ist schneller und rast an ihr vorbei auf den Hof. Dort steigen gerade aus einem Mercedes und einem BMW die Neuankömmlinge aus. Eines der Autos hat ein Düsseldorfer Kennzeichen, das andere ‚ME‘, das – wie Lucy mittlerweile weiß – für Mettmann, den Kreis um Düsseldorf herum, steht. Dann wandern ihre Augen zu den vier Personen, die jetzt aus den Autos steigen. Zunächst erscheint ein langer dunkler Lockenkopf, der ein hübsches, junges Gesicht umrahmt. Das muss Tanja sein, die für die Düsseldorfer Agentur arbeitet und das jüngste Mitglied der Runde ist. Ihr Partner ist wesentlich älter und hat nur noch wenige Haare auf dem Kopf. Dafür ist er groß und hat eine ganz ansehnliche Figur. *Hat sich für sein Alter gar nicht schlecht gehalten*, denkt sich Lucy, während sie zu den beiden rübergeht. Tanja hat sich schon über Rosie gebeugt und liebkost den Hund, der überaus glücklich über die Aufmerksamkeit zu sein scheint.

„Wie schön, dass ihr da seid!" Mit ausgestreckter Hand geht Lucy auf die beiden zu und schüttelt die ihr dargereichten Hände. „Wir duzen uns hier im Chalet am See. Ist das in Ordnung für euch? Sonst können wir natürlich auch gerne zum Sie wechseln!"

„Nein, das ist ganz in Ordnung", bestätigt Tanja und strahlt sie mit weißen, großen Zähnen an. „Ich fühle mich eh immer so alt, wenn die Leute mich siezen. Und Dick ist ja ohnehin Amerikaner, dem ist das Siezen total fremd. Ich bin übrigens Tanja."

„Ich bin Lucy, die Besitzerin des Chalets." Lucy lächelt die beiden an und ihr Puls beruhigt sich. Die scheinen doch ganz sympathisch zu sein. Dass Dick Amerikaner ist, wusste Lucy natürlich schon. So viel hatte sie über ihn herausfinden können. Aber viel mehr auch nicht.

„Ach, Amerikaner", tut sie dennoch erstaunt. „Können wir trotzdem Deutsch sprechen?", fragt sie in perfektem Englisch.

„Ja, natürlich", antwortet Dick, der wieder zu Deutsch gewechselt ist, während er Lucy jetzt kräftig die Hand schüttelt. „Ich bin schon so lange hier, da macht das für mich keinen Unterschied mehr."

Einen Akzent kann Lucy nichtsdestotrotz heraushören. Texas, schätzt sie. Er sieht auch aus, als ob er aus Texas sei. Aber das wird sie noch herausfinden!

Wie aus dem Nichts taucht Emma jetzt neben ihr auf und nimmt sich der Gäste und ihres Gepäcks an, während Lucy zu dem anderen Paar hinübergeht.

„Helmut, musst du denn immer ...", hört sie die Frau ihren Mann piesacken, bevor diese Lucy entdeckt und sie nett anlächelt.

„Sie müssen die Inhaberin sein, wie schön, von Ihnen

persönlich begrüßt zu werden!" Auf Lucys fragenden Blick hin gibt sie zu: „Ich habe Sie gegoogelt. Nachdem wir nicht ins Tegerngold konnten, wollte ich prüfen, was Herr von Meyenhofen uns da empfohlen hat. Und ich muss sagen, es sieht wirklich nett aus!" Wohlwollend schaut sie an der schönen Fassade des Chalets hoch. „Und einen süßen Hund haben Sie!"

Rosie hat sich mittlerweile zu ihnen gesellt, da die anderen mit Emma im Haus verschwunden sind, und erhält auch von dieser Frau ihre Streicheleinheiten.

„Danke!", antwortet Lucy strahlend und weiß gar nicht mehr, wieso sie etwas gegen Düsseldorfer hatte. Wobei die beiden hier die mit dem Mettmanner Kennzeichen sind. Dann begrüßt sie den Mann, der wesentlich kleiner und unscheinbarer als seine Frau ist, und teilt ihnen mit: „Wie ich auch schon euren Freunden sagte, wir duzen uns hier im Chalet eigentlich. Ist das auch für euch in Ordnung? Sonst können wir natürlich auch gerne beim Sie bleiben."

„Absolut in Ordnung", beteuert der Mann und schüttelt ihr ebenfalls enthusiastisch die Hand. Wie Lucy auffällt, hält er sich allerdings von Rosie fern. Er ist vielleicht ein Katzenmensch. Oder mag Tiere einfach nicht. Auch das soll es geben.

„Ich bin Helmut", stellt er sich freundlich vor, „und meine Frau heißt Henriette."

„Fast wie Helmut und Hannelore", entfährt es Lucy. „Äh, Kohl", erläutert sie dann verlegen. Wieso ist ihr das nur herausgerutscht? „Sorry", korrigiert sie sich schnell. „War ein blöder Kommentar. Nur – weil ihr ja auch Politiker seid. Ich habe euch nämlich auch gegoogelt", gibt sie jetzt zu und schaut leicht beschämt auf den Boden.

„Keine Sorge", entgegnet Henriette mit lautem Lachen. „So werden wir nicht zum ersten Mal genannt. Wobei Helmut sich eher in Helmut Schmidts Fußstapfen treten sieht als in Kohls. Passt von der Partei her besser. Und wenn du meine Kochkünste sehen würdest, würdest du mich nicht mehr Hannelore nennen, meine Liebe, sei dir da sicher!"

Lucy ist die Frau gleich sympathisch. Helmut findet sie da etwas weniger zugänglich.

„Googeln Sie denn all Ihre Gäste?", fragt er jetzt erstaunt.

„Äh, du. Wir hatten ja ‚du' gesagt", berichtigt Lucy ihn lächelnd. „Und ich werde wahrscheinlich nicht für alle Ewigkeiten meine Gäste googeln, aber jetzt habe ich mich wohl selbst verraten. Ihr seid nämlich meine ersten offiziellen!"

„Was, deine ersten Gäste?", quiekt Henriette erfreut. „Das ist ja eine Ehre! Wobei ich da erstaunt bin, dass Herr von Meyenhofen dich empfohlen hat. Denn da kann er ja noch gar nicht wissen, ob das Chalet wirklich gut ist!"

Ein misstrauischer Ausdruck legt sich auf ihr Gesicht und Lucy entschließt sich mit einem Seufzer, die Hosen herunterzulassen. Irgendwann werden sie es sowieso mitbekommen.

„Alex, also Herr von Meyenhofen, ist mein Partner, mein Freund", teilt sie ihnen mit. „Daher wahrscheinlich die Empfehlung!"

„Ah, Vetternwirtschaft", bemerkt Henriette schmunzelnd. „Das muss dir vor uns gar nicht peinlich sein. Das ist in der Politik normal, in der Lokalpolitik sogar am schlimmsten, da die Presse uns nicht so genau beobachtet. Da wäscht eine Hand die andere. Also, schauen wir uns das Juwel mal an. Von außen sieht es auf jeden Fall fantastisch aus!"

Lucys Brust schwillt vor Stolz an, und sie will gerade die Taschen nehmen, als Emma schon wieder neben ihr auftaucht.

„Das mache ich", sagt sie lächelnd. „Check du die Gäste doch ein, Lucy."

„Kommt nicht infrage", widerspricht Helmut, „dass eine Dame meine Koffer trägt. Ich nehme das alles. Zeigen Sie mir doch nur, wo wir hinmüssen."

An das ‚du' wird er sich wohl nicht gewöhnen, denkt Lucy sich.

KURZ DARAUF STEHT sie mit allen vier Gästen an der Rezeption und lässt sich die Pässe zeigen. Alle vier haben unterschiedliche Nachnamen, wie ihr auffällt. Die Frauen haben die Namen der Männer nach der Hochzeit also nicht angenommen. Sehr emanzipiert. Und Dick, der eigentlich Richard heißt, kommt nicht aus Texas, sondern aus Oklahoma. Na ja, macht für sie auch keinen Unterschied.

Sobald die administrativen Aufgaben erledigt sind, bietet sie ihren Gästen Kaffee und Kuchen an.

„Ein wenig Stärkung", bemerkt sie, „bevor ihr heute Abend sicherlich eines der wundervollen Restaurants am Tegernsee ausprobieren wollt."

„Ja, wir gehen heute Abend in die Tegernstube", antwortet Henriette. „Da hatte Herr von Meyenhofen dann doch noch ein Plätzchen für uns. Aber ich muss ganz ehrlich sagen, ich bin gar nicht so unglücklich darüber, dass wir hier unten wohnen. Gefällt mir fast noch besser als das Tegerngold. Zumindest, was ich vom Tegerngold bislang auf Bildern gesehen habe", fügt sie an Lucy gewandt hinzu. „Und ich weiß ja nicht, wie es euch geht", bezieht sie jetzt die anderen mit ein, „aber ich finde, ein Stück Kuchen hört sich gut an. Wobei ich keinen Kaffee brauche, sondern finde, dass wir mit Champagner auf unseren Urlaubsanfang anstoßen sollten."

Lucy beobachtet, wie Henriette dabei Tanja zuzwinkert, und beschließt, herauszufinden, wie sie alle zueinanderstehen.

„Prima", sagt sie daher jetzt. „Ich würde vorschlagen, wir führen euch herum und dann können wir hier unten anstoßen und eine Kleinigkeit essen, falls ihr nichts dagegen habt."

Sie sieht, wie Emma sie erstaunt anguckt, und muss sich ein Grinsen verkneifen. Sie weiß ja, dass sie die Gäste nicht so wirklich wollte und ursprünglich war geplant, dass diese ihren Kuchen bei sich in den Apartments essen, aber jetzt hat Lucy ihre Meinung geändert. Im Gegenteil, sie findet es fast schade, dass die vier heute Abend auswärts essen gehen werden, während sie hier festhängt. Vielleicht sollte sie auch Alex anrufen und ein Dinner-Date ausmachen, aber den Gedanken verwirft sie gleich wieder. Er ist im Moment viel zu beschäftigt. Im Tegerngold brummt es zurzeit nur so.

8

Bei Champagner und Kuchen erfährt sie mehr über ihre neuen Gäste. Sie hat darauf bestanden, dass der Champagner aufs Haus geht, und sieht vor ihrem inneren Auge schon Alex die Augen verdrehen. Er hat immer das Gefühl, dass sie am liebsten alles umsonst weggeben würde, und während sie selbst nicht ganz so weit gehen würde, muss sie ihm doch ein wenig zustimmen. Es gibt ihr einfach immer noch ein komisches Gefühl, für Dinge etwas zu berechnen, die sie auch so hergeben kann. Aber darüber wird sie sich jetzt keine Gedanken machen. Sie findet es richtig, ihren Gästen zur Begrüßung etwas aufs Haus anzubieten, wobei es in Zukunft vielleicht eher Prosecco, Sekt oder Cava statt des teuren Champagners sein wird.

Während sie gemütlich zusammensitzen und von Thema zu Thema springen, wird ihr bestätigt, dass Helmut in der SPD ist, was sie sich durch die Bezugnahme auf Helmut Schmidt ohnehin hätte denken können. Henriette hingegen ist in der christlichen, viel konservativeren CDU und scheint sich damit sehr wohlzufühlen.

„Ich brauche dieses ganze Liberale nicht", verkündet sie

mit Überzeugung. „Meine Wähler wollen Stabilität und Sicherheit und das verspreche ich ihnen. Dieses ganze neumodische Zeug, inklusive dieses ganzen ‚Genderns‘, kann mir getrost gestohlen bleiben. Für mich ist ein Mann immer noch ein Mann und eine Frau eine Frau, egal, wie sie angesprochen werden. Und ob es etwas dazwischen gibt – was weiß ich denn. Auf Facebook gibt es mittlerweile schon sechzehn unterschiedliche Geschlechter, von denen man auswählen kann, hab' ich gehört, da blickt doch keiner mehr durch.“

Täuscht Lucy sich, oder schaut die junge Werberin Henriette bei diesen Worten erstaunt an? Aber darüber kann sie sich im Moment nicht weiter Gedanken machen, da Helmut jetzt seine Hand auf Henriettes Arm legt und beruhigend zu ihr sagt: „Schatz, jetzt hör' doch auf damit. Wir müssen doch nicht immer gleich alle unsere Gedanken so offen auf den Tisch legen. Erst einmal sind wir hier im Urlaub und außerdem verschreckst du unsere Gastgeberin womöglich noch mit deinen Ansichten.“

Ha, hat Lucy es doch gewusst! Schon in den ersten Minuten streiten sie sich wegen ihrer unterschiedlichen Meinungen, das kann ja noch heiter werden! Aber überraschend schnell gibt Henriette nach: „Da hast du recht, mein Lieber. Das ist hier weder der richtige Ort noch der richtige Zeitpunkt dafür. Erzähl du doch lieber mal, Lucy, wie kamst du dazu, so ein schönes Chalet aufzumachen? Ich muss sagen, wir sind alle restlos begeistert!“

Selbst Dick, der bislang nur auf einem seiner drei Handys herumgetippt hat, schaut bei den Worten kurz auf und nickt zustimmend. Lucys Herz hüpft in ihrer Brust. Sie kommt nicht umhin, stolz auf ihr Chalet zu sein! Dann erzählt sie ihnen kurz von dem Erbe, das sie von London an den Tegernsee verschlagen hat, und wie sie sich entschlossen hat, das riesige Grundstück zu einem Gästehaus mit Yoga-Angebot umzuwandeln. Die ganze Geschichte, wie sie am Anfang boykottiert wurde, Alex für den Bösewicht hielt und dann nach erstmaliger Öffnung das Chalet wieder schließen musste, lässt sie aus. Zum einen würde dies zu weit führen und zum anderen war der lokale Bürgermeister in die Intrigen gegen sie involviert und sie möchte nicht ganz so deutlich ihre Abneigung gegen Politiker zeigen. Zumindest gilt diese Abneigung einigen Politikern gegenüber, denn sie ist bereit, zuzugeben, dass Helmut und Henriette vielleicht eine Ausnahme bilden. Sie scheinen wirklich ganz vernünftig zu sein. Außer der eigenartigen Ansichten von Henriette bezüglich Menschen, die nicht in das althergebrachte Schema passen, natürlich, aber was kann man von Konservativen schon erwarten? Das muss sie nicht weiter erstaunen. Doch trotz ihrer unterschiedlichen Ansichten bemerkt Lucy, wie sie das Gespräch genießt, und sie wundert sich über sich selbst, als sie ungefragt eine weitere Flasche Champagner öffnet. Vielleicht wird es doch ganz lustig sein, denkt sie sich, mal mit anderen Menschen zu tun zu haben. Denn es ist durchaus möglich, dass sie mittlerweile ein wenig zu einer Einsiedlerin geworden ist. Aber das wird sich nicht lange aufrechterhalten lassen, mit immer neuen Leuten um sie herum! Und so nimmt sie sich vor, es einfach zu genießen, und beruhigt sich selbst mit dem Gedanken, dass an den Tegernsee ja eher gediegene Menschen kommen und nicht nur Ganoven. Dann reißt sie sich aus ihren Gedanken und wendet sich jetzt Tanja zu, die ihr von dem Quartett immer noch am liebsten ist. Schon allein deshalb, weil sie mit Abstand die Jüngste in der Gruppe ist.

„Und du, Tanja? Du arbeitest also in einer Werbeagentur, ja? Wie habt ihr euch denn alle kennengelernt?", fragt sie und deutet mit dem Kinn auf die anderen in der Runde.

„Ach, eigentlich kannte ich zuerst Henriette. Wir sind im selben Fitnessstudio und haben uns da immer nett unterhalten. Als sie erfuhr, dass ich mich auf PR und Krisenmanagement spezialisiere, hat sie vorgeschlagen, mich Helmut vorzustellen, um seine Partei eventuell als Kunden für mich zu gewinnen."

„Und die Konservativen benötigen kein Krisenmanagement, nein?", unterbricht Lucy sie mit einem Grinsen, woraufhin Henriette lachend einwirft: „Wahrscheinlich mehr als jeder andere, aber wir arbeiten schon lange mit einer Agentur zusammen, der wir sehr treu sind. Das ist in unserer DNA – Loyalität." Sie blickt ihren Mann schelmisch von der Seite an. „Ich wusste jedoch, dass Helmut jemanden in diesem Bereich sucht. Die Sozialdemokraten sind da nicht ganz so zurückhaltend wie wir, wenn es um fliegenden Wechsel geht. Schaut euch nur mal Schröder an – zum fünften Mal verheiratet, mehr muss man dazu glaube ich nicht sagen!"

Lucy spürt, wie ihr Gesicht warm wird. „Ich weiß leider nicht so viel über deutsche Politik", gibt sie leicht beschämt zu. „Dadurch, dass ich noch nicht so lange in Deutschland lebe, habe ich von der Politik nicht viel mitbekommen. Helmut Kohl kenne ich natürlich", beeilt sie sich, schnell hinterherzuschieben. „Und Angela Merkel. Aber die kennt ja jeder."

„Ja, die kennt jeder", knurrt Helmut und auch Dick wendet sich wieder seinem Handy zu.

Jetzt ist es an Henriette, ihren Mann zurückzupfeifen. „Doch nicht in so einem Ton, Helmut, was soll Lucy denn von uns denken? Es ist sehr einfach, zu vergessen, dass du hier nicht groß geworden bist", sagt sie dann wieder an Lucy gewandt. „So einwandfrei, wie du Deutsch sprichst!"

„Oh, danke!" Lucys Gesicht wird gleich noch ein wenig heißer, aber sie lässt sich trotzdem nicht vom Thema abbringen. Sie hat schließlich noch nicht alles erfahren, was sie wissen wollte, und wer weiß, ob sich solch eine Gelegenheit wie heute noch mal bietet.

„Also hat es geklappt", sagt sie jetzt mit einem Strahlen an Tanja gewandt, „und du machst die PR für die Sozialdemokraten?" Sie ist stolz, dass sie sich dieses für sie doch recht komplizierte Wort merken konnte.

„Ja, in der Region", erwidert Tanja mit einem Lächeln. „Nicht auf nationaler Ebene natürlich. Noch nicht", murmelt sie dann und Lucy sieht, wie sie Helmut dabei zuzwinkert und er zurückzwinkert. Recht vertraut wirkt das, findet sie, aber andererseits ist das auch kein Wunder. Sie macht ja immerhin sein Krisenmanagement, da werden die beiden sich gut kennen.

„Und so habt ihr euch alle angefreundet?", lässt Lucy nicht locker.

„Ja, so haben wir uns angefreundet", bestätigt Tanja. „Henriette und Helmut haben uns netterweise öfter mal zu sich in ihren wunderschönen Garten auf einen Drink oder zu einem Dinner eingeladen und waren dabei so nett, nicht über Politik zu reden. Denn Dick hat mit Politik wirklich gar nichts zu tun." Dabei streichelt sie ihm liebevoll über den Arm und Lucy fragt sich heute nicht zum ersten Mal, wie so ein hübsches, junges Ding an so einen alten Typen mit so wenig Charisma geraten ist. Dies herauszufinden würde jetzt aber zu weit führen, sie kann schließlich nicht völlig in die Privatsphäre ihrer Gäste eindringen. Trotzdem nimmt sie sich vor, es im Laufe der nächsten Tage zu erfahren. Laut fragt sie Dick jetzt: „Und du bist Unternehmer, habe ich das richtig verstanden?"

„Richtig verstanden oder richtig gegoogelt?", antwortet dieser mit einem Grinsen, das Lucy recht entwaffnend findet – auch wenn sie nicht umhinkommt, zu bemerken, dass er nicht gerade die gepflegtesten Zähne hat. „Denn ich glaube nicht, dass mein Job bislang erwähnt wurde", nimmt er den Faden wieder auf und Lucy wird noch ein wenig heißer.

„Äh, bei der Anmeldung", sagt sie, aber dann fällt ihr ein, dass sie bei der Anmeldung gar nicht nach dem Beruf gefragt hat. *Muss ich in Zukunft machen*, nimmt sie sich vor. Denn wer weiß, was man möglicherweise für interessante Gäste hat und das nicht mitbekommt, da man vergisst, sich nach ihrem Beruf zu erkundigen. Vielleicht kommt ja sogar mal eine Berühmtheit! Wäre das peinlich, wenn sie die dann nicht erkennen würde! Es ist also doch gut, dass sie ihre Gäste vorher googelt. Jetzt ist die Gesprächspause schon so lang, dass sie sich nichts mehr aus den Fingern saugen muss. Es ist ohnehin jedem klar, wie verlegen sie ist.

„Ich bekenne mich schuldig", sagt sie daher kleinlaut, aber sieht nur nette, wohlwollende Blicke um den Tisch herum. „Wie gesagt, ich war ein wenig neugierig."

„Sind wir doch alle", beruhigt Henriette sie. „Ist völlig menschlich! Und – was hast du über Dick herausgefunden?"

„Nicht viel", gibt Lucy zu. „Eigentlich fast gar nichts. Nur, dass er Unternehmer ist." Mit neu gewonnenem Mut fragt sie jetzt: „Was machst du denn genau?"

„Von allem ein bisschen." Dick scheint ihr ausweichen zu wollen und Lucy fragt sich, ob sie mit ihren Fragen zu weit gegangen ist. „Vor allem Stahl, Öl und Gas", fügt er dann doch hinzu, bevor Tanja einspringt.

„Glaub mir, Lucy, das ist für Außenstehende fast noch langweiliger als Politik. Und Dick ist so nett, uns nicht mit diesen Dingen zu behelligen. Dafür spricht er gerne über Kultur, falls du da auch Interesse dran hast."

Lucy fühlt sich langsam wie ein richtiger Banause, und zwar einer, der kulturell noch hinter einem Mann aus Oklahoma zurücksteht.

„Interesse natürlich schon", sagt sie und wischt nervös ein paar Kuchenkrümel vom Tisch. „Aber ich habe mich da leider in letzter Zeit wenig mit beschäftigt." Da fällt ihr etwas ein und sie strahlt die anderen an. „Morgen jedoch", sagt sie, „da kommen die anderen Gäste zurück. Die sind heute für einen Tag nach München gefahren. Und die", betont sie voller Stolz, „sind so kulturell, wie es nur geht. Und sie haben auch noch was mit Düsseldorf zu tun, ihr müsst euch unbedingt kennenlernen!"

Puh, aus dem Schneider! Sie beschließt, das Kaffeekränzchen hiermit abzuschließen. Bevor sie sich womöglich noch ein weiteres Mal in die Nesseln setzt!

ABENDS ERZÄHLT sie Alex am Telefon von ihrem ersten Tag mit den neuen Gästen und er muss lachen.

„Das hört sich doch fantastisch an, mein Schatz. Die scheinen sich ja richtig wohlzufühlen! Aber was für ein Stress für dich, wenn du bei allen Gästen solch ein Verhör durchführen musst. Das ist doch auf Dauer nicht tragbar!"

„Ach, was, jetzt bin ich fertig. Und ich muss sagen, so interessant sind sie nun wirklich nicht!"

9

Am nächsten Morgen tritt Lucy noch leicht verschlafen vor ihr Chalet, um die ersten Sonnenstrahlen zu begrüßen. Erstaunt sieht sie, dass Tanja auch schon wach ist und auf dem Hof mit Rosie spielt.

„Guten Morgen", ruft Lucy ihr zu. „So früh schon auf?"

„Guten Morgen", gibt Tanja fröhlich zurück und ihre ungewöhnlich weißen Zähne blitzen in der Sonne. „Ja, ich bin Frühaufsteherin. Möchte mein Leben nicht im Bett verplempern. Außerdem wollte ich auch zur Yogastunde." Sie schaut auf die Uhr. „Die fängt bald an, nicht wahr? Leitest du die?"

Lucy guckt ebenfalls auf die Uhr. Zehn Minuten hat Tanja noch.

„Das freut mich ja, dass du das Yogaangebot in Anspruch nimmst", sagt sie. „Viele der Stunden mache ich, das stimmt. Aber mittlerweile übernimmt auch Josephine mehr und mehr, so wie auch heute Morgen. Sie macht das super, es wird dir gefallen." Sie muss lachen, als sie sieht, wie Rosie sich enthusiastisch vor Tanja auf dem Boden wälzt und

Verrenkungen macht, die durchaus an Yogaübungen erinnern.

„Siehst du, Rosie macht sich auch schon warm", stellt sie lachend fest. „Hast du denn vorher schon einmal Yoga gemacht?"

„Oh ja, ich bin ein großer Fan. Könnte mir ein Leben ohne gar nicht mehr vorstellen. Apropos Fan: Wir waren ja gestern im Tegerngold essen. Wow, ein ganz schön imposanter Palast ist das! Und ich glaube, ich habe auch deinen Freund gesichtet. Nur kurz zwar, aber er war kaum zu übersehen. Extrem gutaussehend? Extrem charismatisch?"

„Ja, das ist Alex", bestätigt Lucy voll Stolz. „Habt ihr euch denn gar nicht unterhalten?"

„Nein, er kam wie gesagt nur kurz ins Restaurant und es war wahnsinnig viel los. Es war aber sofort klar, dass er der Chef ist, daher dachte ich mir schon, dass es sich hier um deinen Angebeteten handelt. Nicht schlecht, muss ich zugeben."

„Na, wenn es um Attraktivität geht, dann warte erst einmal ab, bis du Patrick und vor allem Nicolai siehst, die beiden männlichen Gäste, die im Moment auch hier logieren. Die sollten heute zurückkommen. Mit ihren Partnerinnen", fügt sie schnell hinzu, bevor Tanja auf dumme Gedanken kommt. Diese Düsseldorferinnen sollen ja dem ein oder anderen Flirt gegenüber nicht abgeneigt sein. „Die beiden Frauen sind sehr enge Freundinnen von mir", ergänzt sie dann noch, um ihren Punkt auch wirklich rüberzubringen.

„Ach wie cool, da freue ich mich aber, die alle kennenzulernen", antwortet Tanja fröhlich, bevor sie Rosie noch einen letzten Krauler gibt und sich dann mit „So, jetzt muss ich aber in die Yogastunde" verabschiedet.

Lucy blickt ihr nachdenklich hinterher. Was hatte sie eigentlich für ein Problem damit, dass fremde Gäste kommen? Alex hatte absolut recht, sie googelt ja auch nicht all ihre Yogaschülerinnen.

In dem Moment geht die Tür auf und Dick kommt heraus. So viel war in dem Chalet noch nie los, vor allem nicht um diese Uhrzeit!

„Guten Morgen", ruft Lucy auch ihm fröhlich entgegen und nimmt gleichzeitig wahr, dass Rosie ihn nicht so gerne wie Tanja zu mögen scheint. Vielmehr versteckt sie sich hinter Lucys Beinen, was bei der Größe des Golden Retrievers ein hoffnungsloses Unterfangen ist. Aber Lucy erkennt, dass Dick genauso wenig Interesse an Rosie hat wie sie an ihm.

„Guten Morgen", sagt er nur und guckt abgelenkt auf sein Telefon. „Du hast nicht zufällig ein Faxgerät hier, oder?"

„Ein Faxgerät?" Jetzt schaut Lucy ihn ehrlich verdutzt an. Dieser Morgen wird immer wunderlicher! „Ich wusste gar nicht, dass es so was noch gibt", stammelt sie dann.

Schon würde sie sich am liebsten auf die Zunge beißen. So direkt muss sie ihrem Gast auch wieder nicht zeigen, wie alt er in ihren Augen ist. Aber statt beleidigt zu sein, legt sich ein seltenes Lächeln über Dicks Gesicht.

„Ja, unglaublich, nicht?", stimmt er Lucy zu. „Ich habe diese Dinger auch ewig nicht mehr benutzt, aber in einigen Teilen Amerikas ist das noch gang und gäbe. Das ist also ein *Nein*, nehme ich an?"

„Das ist leider ein Nein, aber wenn du willst, rufe ich Alex an. Die haben bestimmt noch ein Faxgerät da oben. Er hat sich letztens noch über den ganzen alten Krempel beschwert, der in seinem Büro herumsteht."

„Das ist eine gute Idee", bestätigt Dick. „Aber du musst nicht anrufen, ich muss mir sowieso die Beine vertreten, da gehe ich einfach mal dort hoch. Und wenn es da auch kein Faxgerät gibt, dann müssen die in Minnesota sich eben auch ins 21. Jahrhundert beamen."

„Was ist mit Frühstück?", ruft Lucy ihm hinterher, aber er hört sie schon nicht mehr, sondern marschiert schnellen Schrittes weg, in Richtung Tegerngold.

„Um all das hab' ich mich schon gekümmert", ertönt da eine Stimme hinter Lucy und lässt sie vor Schreck aufspringen.

„Emma!", stößt sie hervor und hält sich eine Hand ans Herz. „Was hast du mich erschrocken! Seit wann bist du denn schon da?"

„Ich war schon sehr früh da", antwortet Emma lachend. „Ich wollte doch sicherstellen, dass alles perfekt ist am ersten Morgen unserer Gäste. Du weißt doch, Lucy, um Sachen wie Frühstück und so musst du dich nicht sorgen!", fährt sie fort, während sie erfolglos versucht, Rosie abzuwehren, die freudig an ihr hoch und runter springt. „Alles, was mit Organisation und Logistik zu tun hat, mache ich. Ich mach' das mit links. Du sei nur charmant und nett, das kannst du am besten." Freundlich lächelt sie Lucy an.

„Ach Emma, was würde ich nur ohne dich machen", erwidert Lucy und gibt Emma eine herzliche Umarmung. „Du hast recht, ich muss aufhören, mir solch einen Kopf zu machen. Sie sind ganz nett, nicht wahr?"

„Sehr nett sogar. Sie wollen alle zusammen unten frühstücken, sobald Tanja aus der Yogastunde raus und geduscht ist. Vielleicht kannst du dich da für ein paar Minuten dazusetzen und ihnen etwas über die Gegend erzählen. Ich denke, das wüssten sie sehr zu schätzen."

„Super Idee, das mach' ich", bestätigt Lucy, winkt Emma zu und geht dann eine Runde mit Rosie spazieren. Das klappt ja alles besser als gedacht!

. . .

Wie besprochen, gesellt sie sich beim Frühstück zu ihren Gästen. „Darf ich?", fragt sie und deutet auf einen freien Stuhl.

„Ob du darfst?", erwidert Henriette mit unverhohlener Begeisterung. „Ich bin hin und weg, was man hier für einen persönlichen Service bekommt. Auch diese Emma – so ein Goldstück!"

Die anderen nicken zustimmend.

„Ich muss ja ganz ehrlich sagen", fährt Henriette fort, „dass ich am Anfang nicht gerade begeistert davon war, dass wir nicht ins Tegerngold können. Ich bin schon ein Fan davon, mit Massagen und allem verwöhnt zu werden, und das hast du ja hier leider nicht. Aber trotzdem – das, was du hier bietest, macht das mehr als wett! Die Aufmerksamkeit, die wir hier bekommen, sowieso, aber auch das ganze Ambiente, das ist schon einmalig. Ich kann's gar nicht abwarten, auf meinem Balkon ein Bad zu nehmen, dazu ein Glas Champagner zu schlürfen und in den Sternenhimmel zu schauen. Vielleicht sehe ich dann sogar eine Sternschnuppe und mein Wunsch wird endlich erfüllt, dass mein lieber Ehemann als Bürgermeister abdanken muss und ich endlich dran bin." Dabei zwinkert sie Helmut fröhlich zu, doch Lucy kommt nicht umhin, einen gewissen Ernst aus ihren Worten herauszuhören.

„Dann wirst du bestimmt die Erste sein, die in dieser Wanne an Politik denkt", erwidert sie leichthin und versucht mit einem Lachen, die Stimmung etwas aufzuhellen. „Apropos Massagen", fährt sie fort, „ich habe mit Alex gesprochen und ihr könnt ohne Probleme sein Spa nutzen. Nicht nur das – eine meiner engsten Freundinnen ist dort Masseurin. Fragt einfach nach Babs und sagt, dass ihr bei mir wohnt. Dann bekommt ihr die beste Massage eures Lebens!"

„Dieser Firlefanz ist was für die Frauen", bemerkt Helmut mit einem Kopfschütteln. „Ich brauche keine Massagen, um mich zu erholen. Guckt euch mal das Wetter an! Genau richtig, um wandern zu gehen. Es gibt doch nichts, was eine Massage kann, das eine flotte Wanderung nicht auch bieten könnte."

„Also, ich weiß nicht", wirft Dick jetzt ein. „So ein bisschen durchgeknetet zu werden, würde mir auch ganz guttun. Was ist mit dir, mein Engel?"

Dabei schaut er Tanja zärtlich an und Lucy ist erstaunt, dass dieser dröge Mann zu solchen Gefühlsbekundungen imstande ist.

„Ach, ich bin da eher mit Helmut auf einer Ebene", erwidert diese. „Ich brauche jetzt auch keine Massage, da mache ich lieber Yoga. Aber erzähl doch mal, Lucy, was gibt's denn hier noch so?"

„Okay, wie ihr bemerkt habt, herrscht hier – wie in wahrscheinlich jedem kleinen Ort – eine gewisse Vetternwirtschaft, also lasst mich doch zuerst meine Freunde und ihren Service anpreisen, wenn das okay für euch ist!"

„Schieß los", fordert Henriette sie mit einem Nicken auf. „Wie ich schon sagte, Vetternwirtschaft ist unser tägliches Brot."

„Gut. Also, wie erwähnt, dürft ihr bei Alex im Tegerngold alles nutzen. Ich habe sogar mit ihm ausgemacht, dass ihr fürs Abendessen nur die gleichen Preise wie die Halbpensionsgäste bezahlen müsst. Es ist schließlich nicht eure Schuld, dass ihr nicht dort sein könnt."

„Wow, das nenne ich mal Service", murmelt Dick.

„Und meine Freundin Babs habe ich auch schon erwähnt. Der gehört auch die Weinbar im Ort, einer meiner Lieblingsplätze am Tegernsee!"

„Oh ja, daran sind wir gestern noch vorbeigelaufen", wirft Tanja enthusiastisch ein. „Das ist dieses unglaublich süße Häuschen, nicht wahr? Erinnert ihr euch", fragt sie an die anderen gewandt, „wo ich noch sagte, da müssen wir mal hin?" Dabei nimmt sie, ohne überhaupt hinzugucken, Dick sein Handy aus der Hand und legt es auf den Stuhl neben sich. „Dieses Getippe macht mich noch wahnsinnig", murmelt sie. Zu Lucys Erstaunen lässt Dick das kommentarlos geschehen.

Aber bevor sie noch weiter darüber nachdenken kann, wirft Henriette ein: „Klar, ich erinnere mich. Wirklich heimelig, das Häuschen. Aber sag' mal Lucy, die Weinbar gehört einer Masseurin im Tegerngold? Macht das denn Sinn?"

„Nicht wirklich", bestätigt Lucy mit einem Seufzen und überlegt, wie sie ihren Gästen die Situation klarmachen kann, ohne allzu sehr auszuschweifen. „Ist eine lange Geschichte", sagt sie jetzt. „Aber letztlich ist Babs sehr wohlhabend und massiert nur, weil es ihr Erfüllung bringt."

„Echt?" Helmut blickt erstaunt auf. „Vielleicht gehe ich dann doch mal zu ihr. So was mag ich. Ich kann es nicht leiden, wenn Leute ihren Job nicht gerne machen."

„Du kannst gerne zu ihr hingehen, aber nicht, bevor ich nicht meinen Termin habe", bestimmt Henriette. Dann fragt sie an Lucy gewandt: „Aber sag mal, ist das auch der Grund, weshalb du eine solch exzellente Auswahl an Weinen oben im Apartment hast? Ich muss gestehen, ich war ziemlich beeindruckt. Ich habe als junges Ding mal eine Sommelière-Ausbildung gemacht, musst du wissen, und was ich da oben gesehen habe, hat mein Kennerauge überzeugt."

Von der Sommelière zur Politikerin, ihre Gäste erstaunen sie immer mehr.

„Das wiederum", erklärt sie ihnen jetzt, „liegt ganz sicher nicht an Babs. Denn obwohl die Weinbar ihr gehört, hat sie keine Ahnung von Weinen. Dafür ihr Mitarbeiter umso mehr. Michi, ebenfalls einer unserer besten Freunde. Er arbeitet abends in der Weinbar und hier unten bei mir auf dem Grundstück, gleich hinter der Hecke, hat er jetzt eine

Wassersportschule aufgemacht. Er ist wie ein Fisch. Alles, was nass ist, törnt ihn an." Dann merkt sie, wie sich das anhörte, und korrigiert sich schnell mit einem gestammelten: „Äh, ich meine, alles, was mit Wasser oder Flüssigkeiten zu tun hat, da ist er gut drin." Aber sie merkt, damit macht sie es nicht besser, und sieht zu ihrem Erstaunen ein leicht anzügliches Grinsen von Dick.

„Wassersportschule, das ist doch mal ganz nach meinem Geschmack", erlöst dieser sie jetzt aus ihrer Verlegenheit. „Meinst du, du könntest uns die mal zeigen?"

„Dick!" Tanja haut ihm leicht auf den Arm. „Das können wir uns auch selbst angucken."

„Nein, nein", beeilt sich Lucy zu versichern. „Ich bringe euch natürlich gerne rüber. Michi wird sich freuen!"

„Nichts für mich", bemerkt Helmut kopfschüttelnd.

„Für mich auch nicht", stimmt Henriette ihm in seltener Eintracht zu. „Aber wir können ja trotzdem mitgehen und es uns mal anschauen."

„Klar", sagt Helmut und wischt sich mit einer Serviette den Mund ab. „So, war es das, Lucy oder hast du noch mehr Freunde oder Familie, die wir unbedingt kennenlernen müssen?" Er zwinkert ihr zu. „Die Brötchen hier sind übrigens vorzüglich. Der Kuchen gestern Nachmittag auch. Gibt's das wirklich jeden Tag?"

„Das gibt's jeden Tag", sagt Lucy lachend. „Und damit hast du dann auch wirklich alles abgearbeitet, Helmut, denn das Café, wo Brötchen und Kuchen herkommen, ist der letzte Punkt, den ich euch sehr ans Herz legen möchte. Es gehört nämlich – wie ihr euch sicherlich denken könnt – meiner Freundin, Hannah, und sie macht das beste Gebäck und den besten Kaffee am ganzen Tegernsee. Ist auch gleich um die Ecke von hier. Außerdem hat sie ein echt gutes Mittagsmenü, falls ihr tagsüber mal was Schnelles essen wollt. Und das war's jetzt mit dem Gemauschel. Ein paar andere nette Lokalitäten gibt's auch noch und natürlich traumhafte Wanderwege!"

Dann empfiehlt sie ihnen noch die ein oder andere Lokalität, vor allem die legendäre Fischerei, wo die vier sicherlich einige lustige Nachmittage beziehungsweise Abende verbringen werden. Besonders Henriette mit ihrem Faible für gute Weine wird es dort sehr genießen. Und für Tanja wird es dort auch ein etwas jüngeres Publikum geben.

„Prima", beendet Henriette das Gespräch und schlägt sich auf die Schenkel. „Damit wissen wir ja alles. Was hältst du davon, wenn du uns jetzt mal diesem Michi vorstellst? Dick auf Wasserskiern, das wollte ich schon immer sehen!"

KAUM HAT Henriette zu Ende gesprochen, erscheint auch schon Emma, um alles nach dem Frühstück zusammen zu räumen. Lucy freut sich, wie glatt alles läuft. Als seien sie ein eingespieltes Team, das schon seit Ewigkeiten zusammenarbeitet. Dabei war Emma ursprünglich nur eine „Leihgabe" vom Tegerngold, damit Lucy sie ausbilden kann, aber sie denkt gar nicht daran, sie wieder zurückzugeben.

Sobald alle fertig sind, gehen sie zusammen mit Rosie rüber, um Michi zu besuchen. Dieser strahlt übers ganze Gesicht, als er Lucy mit ihrer Gefolgschaft erblickt.

„Bringst du mir Kunden?", ruft er ihr schon von Weitem zu.

„Vielleicht", ruft sie zurück. Dann sind sie auch schon bei ihm angekommen und Lucy gibt ihm eine herzliche Umarmung, während Rosie vor Freude fast verrückt wird. Lucy stellt ihm ihre Gäste vor und kommt nicht umhin, Michis Grinsen zu bemerken. Sie weiß genau, was ihm jetzt durch den Kopf geht: dass sie nicht gerade wie Gangster, Mörder oder Verbrecher aussehen. Lucy, die seine Gedanken regelrecht lesen kann, schaut beschämt weg.

„Also, Dick wollte auf jeden Fall etwas machen, Michi", lenkt sie schnell ab. „Was steht denn so im Angebot?"

„Ach, ich habe alles, was das Männerherz begehrt", erwidert Michi und guckt Dick verzückt an. Lucy ist fassungslos. Flirtet er gerade mit einem ihrer Gäste? Und auch noch mit einem stockkonservativen Amerikaner, der Schwule wie Michi nur aus Büchern kennen wird?

Auch Dick scheint leicht irritiert zu sein, aber er fängt sich schnell wieder.

„Na dann", sagt er. „Gibt es hier auch Wasserski?"

„Selbstverständlich", entgegnet Michi stolz. „Das Motorboot könnt ihr entweder selbst fahren, wenn ihr einen Führerschein habt, oder ich mache das sonst für euch."

„Lieber du", sagt Dick schnell und schaut seine Truppe mit wenig Zuversicht an. „Die kennen in Düsseldorf nur Leitungswasser", flüstert er Michi zu.

„Soso, und was ist mit dem Rhein?", fragt Tanja provokativ. „Ist der dir nicht groß genug, Mister ‚Wer hat den Längsten'?"

Lucy verschluckt sich fast an ihrem eigenen Speichel, aber Dick bleibt völlig ungerührt und Michi scheint sich köstlich zu amüsieren.

„In dieser Abteilung würde *ich* allerdings gewinnen, junge Dame", wendet er sich an Tanja, bevor Lucy mit einem empörten „Michi!" einschreiten kann.

„Seit wann so prüde?", fragt er sie feixend und auch Tanja hat ein dickes Grinsen im Gesicht. Lucy scheint die Einzige zu sein, die das nicht lustig findet. Sie sieht, dass H&H, wie sie Helmut und Henriette jetzt in Gedanken nennt, sich die Segelboote anschauen, und entschließt sich, zu ihnen rüberzugehen. Im Weggehen hört sie Dick noch knurren: „Der Rhein! Vor ein paar Jahren ist noch jeder Fisch darin gestorben", worauf Michi ihm – zu Recht – von der Sauberkeit des Tegernsees vorschwärmt.

„Schöne Boote, nicht?", sagt Lucy jetzt zu Helmut, der das Holz von einem der Segelboote befühlt.

„Sehr schön", bestätigt dieser nickend. „Hätte ich nicht erwartet, bei einer Wassersportschule. Ich dachte, die nehmen sich von allem nur das Billigste."

„Ich denke, das tun sicherlich einige", stimmt Lucy ihm zu. „Aber Michi macht das weniger aus kommerziellen Gründen, sondern es ist seine absolute Leidenschaft. Er hat jahrelang dafür gespart. Dafür hat er zwar nicht so viel Equipment, aber alles musste qualitativ hochwertig sein."

„Das scheint ja so ein Motto von dir und deinen Freunden zu sein", bemerkt Henriette jetzt und schaut Lucy interessiert an.

Diese denkt kurz nach. „Stimmt", beteuert sie dann. „Ist mir offen gestanden noch nie so aufgefallen, aber jetzt, wo du's sagst. Wir mögen's alle klein und fein, mit Massenabfertigung können wir nicht viel anfangen."

Innerlich freut sie sich, dass ihr das jetzt bewusst wurde. Manchmal nimmt man diese Dinge als selbstverständlich. Auch Sophie, Aishley und ihre Männer passen voll in diese Kategorie hinein. So findet man sich vielleicht. Indem man ähnliche Ansprüche an die Dinge stellt.

„Was meinst du, Henriette? Sollen wir uns so eins ausleihen?" Helmut klopft mit Kennermiene auf dem Holz herum. Fast verliebt guckt Henriette ihn an.

„Und eine Flasche Champagner mitnehmen, was meinst du? Das hört sich wundervoll an!"

„Hannah wird euch sicherlich ein kleines Picknick vorbereiten", wirft Lucy enthusiastisch ein. „Soll ich sie euch auch noch kurz vorstellen? Dann könnt ihr euch zu essen aussuchen, was ihr wollt, und ich hole derweil den Champagner aus dem Chalet. Ist alles in Spuckweite hier. Ich schreib's dann einfach aufs Zimmer."

„Herrliche Idee", pflichtet Henriette ihr bei und Lucy

sieht, wie sie die Hand ihres Mannes liebevoll drückt. Ach, es ist doch schön, Gäste zu haben! Sie weiß gar nicht mehr, wovor sie eigentlich so eine Angst hatte.

Und so geben sie Michi den Auftrag, alles vorzubereiten, während sie zu Hannah hinüberschlendern, um die Vorstellungsrunde weiterzuführen. Rosie bleibt so lange bei Michi. Hannah begrüßt das Grüppchen, wie nicht anders zu erwarten war, überaus herzlich und verspricht, ein herzhaftes Picknick vorzubereiten.

SOBALD ALLE VERSORGT SIND und Lucy zurück im Chalet ist, lässt sie sich in der Küche auf einen Stuhl fallen. Emma ist gerade dabei, die Spülmaschine auszuräumen.

„Wie war mein Leben vor dir, Emma?", fragt Lucy sie kopfschüttelnd. „Ich wäre aufgeschmissen ohne dich!"

„Das wärst du nie!", protestiert Emma lachend. „Du kriegst alles hin. Wenn ich nicht hier wäre, dann würde das jemand anders machen. Oder du selbst. Ich kann mir nicht vorstellen, dass es etwas gibt, das du nicht schaffst, Lucy!"

„Oh, glaub mir", antwortet Lucy mit Resignation in der Stimme, „es gab viele Momente, in denen ich dachte, ich würde es nicht schaffen. Wie findest du unsere Gäste? Dick und Tanja sind eine eigenartige Kombi, oder?"

„Na ja", sagt Emma und zuckt kurz mit den Schultern. „Eine klassische Kombi, eher. Im Tegerngold hatten wir das permanent. Er alt und unattraktiv, dafür aber steinreich und erfolgreich, sie jung und sexy."

„Stimmt eigentlich. Klischeehafter geht es kaum, oder?", fragt Lucy lachend.

„Nein, das wäre schwer zu toppen." Emma zwinkert ihr schelmisch zu, bevor sie etwas nachdenklicher hinzufügt: „Obwohl, die beiden wirken irgendwie anders, ich weiß auch nicht, wieso. Und er ist tatsächlich schwer zu lesen." Dann wird sie verlegen. „Sorry, es ist ja nicht so, als ob ich die Wahnsinnsmenschenkenntnis hätte."

Lucy guckt sie interessiert an. Emma hat jahrelang als Zimmermädchen im Tegerngold gearbeitet, da hat sie sicherlich das ein oder andere gesehen.

„Vielleicht hast du mehr Menschenkenntnis, als du dir selbst zugestehst", merkt sie daher an. „Schließlich hast du ja im Tegerngold sehr viele Menschen erlebt."

„Mhm, sehr viele, das stimmt." Emma nickt bestätigend. „Und als Zimmermädchen sehen wir natürlich fast alles. Wenn man mitbekommt, wie die Menschen in den Zimmern leben, erfährt man eine Menge über sie. Manchmal viel, viel mehr, als einem lieb ist. Oft können wir natürlich die Zimmer nicht mit den einzelnen Gästen in Verbindung bringen, da wir nicht wissen, wer da drin wohnt, aber häufig sind sie auch noch auf dem Zimmer, wenn wir kommen. Und ich habe ein eher gutes Gedächtnis", wie immer wird sie rot, wenn sie von ihren Stärken spricht, „und habe mich dann immer gewundert, wenn ich sie völlig aufgetakelt in die Tegernstube spazieren sah, während ihre Badezimmer aussahen, als hätte ein Junkie darin gehaust. Es war manchmal erschreckend, so tief in die Psyche von den Leuten gucken zu können. Wir hatten eine Kollegin, die hat das nicht mehr ausgehalten und ist gegangen. Ich kann nicht zählen, wie oft sie sich in den Badezimmern übergeben musste, bevor wir die dann geputzt haben. Ich habe glücklicherweise einen robusten Magen, aber es ist nicht jedermanns Sache."

Lucy ist blass geworden. „Emma, das ist ja eklig. Ich hoffe, das werden wir nicht hier erleben!"

„Gelegentlich vielleicht mal, aber sicherlich nicht allzu häufig", beruhigt Emma sie. „Ich glaube, diesbezüglich fühlen sich die Leute in großen Hotels sicherer, da ist es anonymer. In so einem gemütlichen Haus wie hier lässt sich nichts lange geheim halten. Und keine Sorge – unsere jetzigen Gäste scheinen sehr ordentlich zu sein, vor allem unser Klischeepärchen. Ich hab' ja deren Apartments eben gemacht und es gibt nichts auszusetzen."

„Danke, Emma", gibt Lucy erleichtert von sich und seufzt tief auf. „Aber du hast recht – wir sollten uns nicht zu ausführlich über unsere Gäste unterhalten. Was sie in ihren Zimmern machen, gehört zu ihrer Privatsphäre und sollte nicht breitgetreten werden. Solange sie kein Chaos veranstalten!"

„Eben", bekräftigt Emma ihre Worte. „Und damit es hier nicht in absolutes Chaos ausartet, mach' ich jetzt mal besser weiter sauber. Was hast du denn noch vor?"

„Ach, nichts Besonderes, Buchhaltung und so. Und nachmittags natürlich die Yogastunde. Du bist heute Morgen nicht gegangen, oder?"

„Nein, heute nicht. Ich wollte für unsere Gäste da sein. Morgen werde ich nachmittags gehen, denn morgens ist ja jetzt ganz schön was los. Also, viel Spaß bei der Buchhaltung."

Sie grinst Lucy an und diese weiß genau, wieso. Ihnen ist beiden bewusst, wie sehr sie alles, was mit Bürokratie zu tun hat, hasst.

Nach kurzer Zeit schon gibt Lucy auf. Es ist ein viel zu freundlicher Tag, um am Schreibtisch zu sitzen. Alle sind draußen und machen etwas Schönes und sie brütet hier über Zahlen, die ihr wie kryptische Zeichen vorkommen. Da geht sie lieber zur Wassersportschule und schaut, wie ihre Gäste sich machen. Außerdem kann sie dann gleich ihren Hund abholen.

Auf dem Weg nach draußen hält Emma sie auf.

„Das ging aber schnell mit der Buchhaltung", stellt sie schmunzelnd fest.

„Tja, ich bin eben ein flinkes Ding", gibt Lucy zurück.

„Extrem flink! Schau, Lucy, du weißt, dass ich das gerne für dich übernehmen würde. Mir macht es Spaß, mit Zahlen zu arbeiten. Für dich hingegen ist es eine Qual. Es wäre vielleicht auch gar nicht schlecht, wenn ich das mal lernen würde. Vor allem, da ich ja die ganzen Einkäufe mache. Da würde ich dann sehen, wo ich mich vielleicht einschränken könnte. Was meinst du?"

Lucy lächelt Emma dankbar an. „Das ist natürlich Musik in meinen Ohren, das weißt du – und clever von dir, das gewissermaßen als Weiterbildung zu verkaufen. Aber irgendwie muss ich die Dinge auch lernen, Emma. Ich kann mich doch nicht völlig von dir abhängig machen. Was wird denn passieren, wenn du mal krank bist? Was ich natürlich nicht hoffe, aber jeder kann sich mal eine Grippe einfangen. Und würde das passieren, wäre ich jetzt schon aufgeschmissen. Was wäre dann erst, wenn ich dir noch mehr Aufgaben übertrage?"

„Auch dafür ist schon gesorgt." Emma lächelt sie stolz an. „Für eine eventuelle Vertretung für mich. Nicht nur, wenn ich krank werde, sondern auch, wenn ich mal Urlaub machen sollte. Meine Lieblingskollegin aus dem Tegerngold würde dann einspringen. Mit Alex ist das ebenfalls schon abgesprochen." Jetzt guckt Emma doch ein wenig unsicher und auch Lucy kommt nicht umher, eine leichte Irritation zu verspüren.

„Du hast mit Alex besprochen, wer deine Vertretung hier im Chalet übernehmen wird? Kannst du mir sagen, was er damit zu tun hat?" Die Worte kommen schärfer heraus als beabsichtigt, aber wenn sie eines nicht leiden kann, dann ist es, wenn über ihren Kopf hinweg entschieden wird. Und genau das scheint hier passiert zu sein.

Emma hat mittlerweile ein knallrotes Gesicht.

„Tut mir leid, Lucy, das kam irgendwie falsch rüber.

Natürlich wurde nichts über deinen Kopf hinweg entschieden, wie könnten wir das denn, es ist ja schließlich dein Chalet. Und es würde auch keiner wollen. Aber ich habe Alex letztens auf meinem Weg nach Hause zufällig getroffen und wir unterhielten uns darüber, wie glücklich ich hier bin. Daraufhin sagte er, dass ich mir auch mal Urlaub gönnen sollte, und ich erwiderte, dass das im Moment zum einen nicht nötig sei, aber auch gar nicht ginge, da ich dich ja nicht allein lassen will. Daraufhin schlug er vor, dass aushilfsweise immer jemand aus dem Tegerngold unten bei dir sein könnte, wenn ich mal nicht da bin, und ich fand, dass das eine beruhigende Idee ist. Die haben da so viel Personal, da fällt eine Person mehr oder weniger nicht auf.“

Lucy spürt das Blut durch ihre Adern rauschen. Ihr ist bewusst, dass dies alles gut gemeint ist, aber Alex sagt ihrer Angestellten, sie solle mal Urlaub nehmen, und hat dann auch gleich eine Vertretung parat? Lucy muss sich zusammenreißen, um ihren Ärger im Zaum zu halten.

„Nett von euch beiden“, sagt sie wieder kälter als beabsichtigt, um dann etwas sanfter hinzuzufügen: „Schau, Emma, ich weiß doch, dass ihr es gut meint. Und ein Teil von mir weiß es ja auch zu schätzen. Aber ein anderer Teil fühlt sich überrannt und bevormundet. Kannst du das nachvollziehen?“

Emma guckt auf den Boden und Lucy sieht, wie ihre Hände zittern.

„Ja, das kann ich“, sagt sie dann. „Ich glaube, ich habe es einfach falsch ausgedrückt. Es war so ein dahingeworfenes Gespräch und als du eben ansprachst, dass ich mal krank werden könnte, war ich einfach so stolz, eine Lösung parat zu haben. Es tut mir leid. Ich wollte dir kein komisches Gefühl geben.“

Wie es so oft passiert, wenn Lucy Emma kritisiert, fühlt sie sich danach selbst schlechter als Emma. So auch jetzt.

Wobei fraglich ist, ob es Emma nicht doch etwas schlechter geht. Aber Lucy hat mal wieder das Gefühl, den völlig falschen Ton angeschlagen zu haben.

„Sorry, Emma, ich habe überreagiert", sagt sie daher. „Ich glaube, ich war einfach auf Alex sauer und habe es an dir ausgelassen. Vergiss es bitte, okay?"

„Oh Gott, das ist ja noch schlimmer." Emma hält sich tatsächlich die Hände vors Gesicht und Lucy fühlt sich, als hätte sie ein Kätzchen getreten. „Jetzt wirst du wegen mir Streit mit Alex haben", fährt Emma murmelnd fort und wäre die Situation nicht so verworren, müsste Lucy darüber grinsen, was für ein Trauma sie offensichtlich bei allen durch ihren Streit mit Alex vor ein paar Wochen verursacht hat. Okay, es war damals schon mehr eine Trennung und nicht nur ein Streit, aber jedenfalls hat es bei allen ziemlich viele Emotionen ausgelöst. Und für Emma ist es natürlich noch schwieriger, da Alex ihr ursprünglicher Chef ist und sie immer noch im Tegerngold in der Mitarbeiterunterkunft wohnt. Da ist es kein Wunder, dass sie das Pärchen nicht im Streit sehen will.

Lucy ist zwar immer noch etwas verärgert wegen Alex, aber das wird sie Emma nicht mehr zeigen. Das Mädchen kann nun nichts dafür.

„Unsinn, Emma, wegen so etwas streiten wir doch nicht", beruhigt sie sie. „Da gehört mehr zu. Du fühle dich bloß nicht verantwortlich für die Harmonie in Alex' und meiner Beziehung, okay, dafür sind wir schon selbst zuständig. Wie läuft's eigentlich mit Daniel?"

„Gut", antwortet Emma, immer noch verunsichert. „Danke."

Emma ist seit einiger Zeit mit ihrem ersten Freund, dem Küchenchef des Tegerngold, zusammen, aber sie erzählt nicht viel davon und Lucy hat immer das Gefühl, dass sie mehr für Lucys Chalet als für ihre eigene Beziehung brennt. So scheint sie auch jetzt nicht darüber sprechen zu wollen und Lucy kommt auf ihr ursprüngliches Anliegen zurück: „Also, um das Thema von eben abzuschließen: Ich freue mich natürlich, dass du eine eventuelle Vertretung im Kopf hast, das ist sehr professionell von dir, auch wenn ich eigentlich daran hätte denken müssen. Weiß das Mädchen denn, was zu tun ist?"

„Ja, das wird sie!" Emma sieht gleich wieder viel glücklicher aus. „Denn ich habe ein Dokument angelegt, wo ich alles genau aufgeschrieben habe. Was wann zu putzen ist, wann eingekauft werden muss und all diese Dinge. Das wird natürlich immer aktualisiert, aber es hilft auch mir, nichts zu vergessen."

Jetzt ist Lucy ehrlich beeindruckt. Ihr zur Hausdame aufgestiegenes Zimmermädchen dokumentiert ihre Arbeitsabläufe, dazu muss man die Menschen doch sonst zwingen und selbst dann machen sie es nicht.

„Wow, was soll man dazu sagen?" Sie drückt Emma kurz den Arm. „Es beweist nur meinen Punkt – ohne dich wäre ich aufgeschmissen. Also gut, du kannst gerne auch etwas von der Buchhaltung übernehmen, wenn es dir wirklich nichts ausmacht, und diese Liste mit den Abläufen – kannst du die vielleicht ins Büro legen? Ich glaube, die würde mir auch helfen!"

„Klar, mach' ich gerne!"

Lucy freut sich, wie stolz Emma aussieht und verlässt dann das Chalet, um zu Michi rüberzugehen.

Von ihren Gästen keine Spur.

„Michi, du hast meine Gäste doch nicht etwa ertränkt? Wo ist denn Dick? Der wollte doch Wasserski fahren."

„Was glaubst du eigentlich, wie lange man Wasserski fährt?" Michi schüttelt angesichts ihrer Unerfahrenheit den Kopf. „Er ist schon längst fertig. Dann haben Tanja und er sich mit dem Segelboot von den beiden Älteren abholen lassen und jetzt schippern die vier da draußen herum. Da es deine Gäste sind, habe ich ihnen gesagt, dass sie sich Zeit lassen sollen. Ich gucke nicht auf die Uhr. Und dieser Mann, der Politiker, kennt sich wirklich gut mit Segelschiffen aus. Da habe ich schon anderes erlebt."

Lucy spürt Stolz auf ihre Gäste in sich aufsteigen. Vergessen ist ihre Irritation von eben.

„Ja, sie sind wirklich nicht schlecht", bestätigt sie strahlend. „Und Dick, konnte der Wasserski fahren?"

„Wie die meisten Schwulen hat er eine gute Kontrolle über seinen Körper", sagt Michi und wirft kokett eine Hand zurück. „Klar konnte er das."

Jetzt muss Lucy wirklich lachen. „Schwul! Michi, diesmal liegst du so was von daneben. Hast du nicht gesehen, was er für eine scharfe Ehefrau hat, die ungefähr halb so alt ist wie er? Heterosexueller geht es nicht."

„Ich erkenne einen Schwulen, wenn ich ihn sehe, Herzchen, glaub mir das", sagt Michi und grinst sie wissend an.

„Das denkst du vielleicht. Du hältst dich wohl für den Experten. Aber diesmal, mein Lieber, liegst du falsch."

„Und diesmal, meine Liebe, liege ich genauso richtig wie sonst auch." Dann pfeift Michi durch die Zähne, um Rosie zu sich zu rufen. „Hier, geh zu deinem Frauchen, sie will mal wieder nicht auf Onkel Michi hören."

„Wenn Onkel Michi Unsinn erzählt", grummelt Lucy, nimmt ihren Hund, verabschiedet sich von Michi und macht sich wieder auf in Richtung Chalet. Bald müssten auch ihre Londoner Freunde aus München zurückkommen und sie hat ihnen so viel zu erzählen …

10

Ein wenig muss Lucy sich noch gedulden, aber dann sieht sie Alex' Auto auf den Hof vorfahren. Sie lässt das belegte Brot, das sie sich gerade machen wollte, liegen und läuft mit Rosie zusammen nach draußen. Rosie führt sich auf, als hätte sie Sophie, Aishley, Patrick und Nicolai seit Monaten nicht mehr gesehen. Aber Lucy muss zugeben, dass sie sich ähnlich fühlt. Ihr Herz geht wie immer auf beim Anblick ihrer Freunde.

„Da seid ihr ja endlich", ruft sie und nimmt ihnen ungeduldig die Taschen ab, die ihr von den Männern jedoch gleich wieder entwendet werden. „Es ist so viel passiert hier! Die neuen Gäste sind gar nicht so schlimm, ich glaube wirklich, es sind keine Mörder. Nochmal Glück gehabt! Kommt endlich rein, ich muss euch alles erzählen!"

„Lucy, dürfen wir erst einmal auspacken?" Aishley nimmt ihre Freundin lachend in die Arme. „Das dauert auch nicht lange, aber lass uns doch mal kurz frisch machen."

„Und ich muss so dringend, ich mach' mir gleich in die Hose", stößt Sophie gequält hervor, bevor sie an ihnen vorbei ins Chalet sprintet.

„Mit den beiden zu reisen, ist wie mit zwei Kleinkindern." Patrick schüttelt den Kopf. „Frisch machen, dringend aufs Klo müssen, und das alles nach weniger als einer Stunde Fahrt. Also, ich jedenfalls bin bereit für ein Bier, was meinst du Nicolai? Lass uns nur kurz die Taschen hochbringen."

„Ein Bier hört sich gut an", stimmt Nicolai ihm zu und Lucy läuft hinein, um alles zu richten. Für sich und die anderen Mädels holt sie eine kalte Flasche Champagner hervor. Sie weiß, dass das bei den beiden immer gut ankommt.

In dem Moment geht die Haustür auf und Hannah kommt herein. Wie immer mit Kuchen bestückt.

„Hi, ich wollte nur kurz vorbeikommen und euch etwas Kuchen für den Nachmittag bringen. Wobei, ich habe deinen Gästen so ein riesiges Frühstück gepackt, die sollten mindestens bis heute Abend satt bleiben." Dann guckt sie sich verschwörerisch um und flüstert: „Sie sind doch nicht hier, oder?"

„Nein, sind sie nicht", flüstert Lucy grinsend zurück. „Du kannst also wieder in normalem Ton sprechen!"

„Gut!" Hannah atmet auf. „Ich wollte in erster Linie mal schauen, wie alles läuft. Deine Nervosität war gar nicht begründet, oder? Die sind ganz freundlich, gell?"

„Ja, sind sie wirklich, Glück gehabt diesmal. Aber wer weiß, wie die nächsten sein werden!"

„Lucy!" Hannah boxt ihr in den Arm. „Jetzt hör auf, vor jedem neuen Gast Panik zu schieben! Aber hör mal dieser Dick …" Sie kichert und wird leicht rot.

„Was ist mit dem? Du stehst doch nicht etwa auch auf den?"

„Ich auf den stehen? Quatsch! Wer steht denn auf den?"

„Michi war ihm gegenüber ein wenig flirtmäßig drauf. Er ist davon überzeugt, dass er schwul ist. Aber behalte das für dich."

„Schwul? Aber er ist doch mit Tanja verheiratet."
Hannah bekommt große Augen und Lucy lenkt sie besser
schnell gleich wieder von dem Thema ab. Sonst wird Hannah
noch denken, dass auch ihr eigener Freund, Sven, schwul sein
könnte. Sie hat diesbezüglich immer die wildesten Gedanken, was sie auf ihre Unerfahrenheit beim Thema ‚Männer'
zurückführt.

„Michi erzählt Quatsch, also sag schon, was wolltest du
sagen?"

„Ich wollte sagen, der Name Dick, heißt das nicht ... na
du weißt schon – Penis?"

Lucy muss lachen. „Doch, genau genommen werden
Penisse im Englischen tatsächlich manchmal so genannt, aber
es ist auch die gängige Abkürzung für Richard. Also, nenn'
ihn beim nächsten Mal, wenn du ihn siehst, nicht aus
Versehen Penis, okay!?"

„Ich werd's versuchen", sagt Hannah und kichert wieder.
In dem Moment sieht Lucy, wie Nicolai die Treppe hinunter-
kommt, gefolgt von Patrick.

„Da seid ihr ja", ruft sie ihnen entgegen. „Wir haben hier
gerade durchaus interessante Themen!"

„Ich hoffe, wir stören da nicht", gibt Nicolai freundlich
zurück.

„Nein, ganz und gar nicht, wir waren ohnehin schon
fertig. Und hier sind eure Biere. Hannah hat auch noch etwas
Kuchen vorbeigebracht."

Nicolai schaut Patrick an und schüttelt verzweifelt den
Kopf: „Wir werden fett zurückfliegen, Amigo, da führt gar
kein Weg dran vorbei! Erst das hier und dann die Mästung,
die bei Mama auf uns wartet – sie werden uns nach London
zurückrollen müssen."

Mittlerweile haben sie wie selbstverständlich zu Englisch
gewechselt und Lucy bietet Hannah an, sich doch zu ihnen
zu setzen.

„Nein, danke dir", wehrt diese ab. „Ich muss zurück, bei uns ist die Hölle los. Ich wollte nur sicherstellen, dass du okay bist. Also, wir sehen uns später." Damit gibt sie Lucy schnell ein Küsschen, winkt den anderen zu und macht sich wieder auf den Weg ins Café. Lucy schaut ihr lächelnd hinterher, bevor sie sich daranmacht, die Champagnerflasche zu köpfen.

„Wo sind eure Damen?", fragt sie die beiden Männer, während sie den Korken gekonnt aus der Flasche zieht. „Wir wollen doch nicht, dass der gute Tropfen warm wird!"

„Wir sind schon auf dem Weg", ruft Sophie von der Treppe her, wo die beiden frisch gebürstet und umgezogen erscheinen.

„Champagner", ruft Aishley freudig aus. „Es ist, als könntest du Gedanken lesen!"

„Na, in München werdet ihr ja davon auch nicht gerade wenig gekostet haben. Wie war's denn?"

„Anders als unser Trip letztens, wo wir die ganzen tollen Sachen gekauft haben, erinnerst du dich?", antwortet Aishley mit Enttäuschung in der Stimme. „Nein, diesmal waren wir zwischendurch nicht in irgendwelchen coolen Bars, sondern in diesen fürchterlichen Braustuben oder wie die Dinger heißen. Und wo alle riesige Biere trinken. Patrick und Nicolai haben darauf bestanden, dass dies authentisch sei."

„Ist es auch", behauptet Patrick mit einem überzeugten Nicken. „Wenn du in Rom bist …"

„Na ja, aber selbst in den Brauereien gibt es ordentliche Weine", schaltet Lucy sich ein. „Habt ihr sonst noch etwas gemacht, außer Bier zu trinken?"

„Ja, Kultur", beginnt Sophie, aber Lucy unterbricht sie:

„Offen gestanden, interessiert mich das im Moment nicht wirklich. Ich habe schon genug über München gehört. Kann ich euch jetzt von meinen Gästen erzählen?"

Die anderen müssen lachen. Sie scheinen nichts anderes erwartet zu haben.

„Ja klar, leg los", fordert Patrick sie auf und vier Augenpaare gucken sie gespannt an. Rosies nicht mitgezählt. Lucy will gerade anfangen zu erzählen, als die Tür aufgeht und die Leute, die eigentlich zu ihrem Gesprächsthema hätten werden sollen, hineingestürzt kommen.

„Ah, hier geht die Party also weiter", ruft Henriette etwas zu laut und Lucy merkt gleich, dass sie angetrunken ist. „Dieses Chalet ist ganz nach meinem Geschmack", fährt die Politikerin fort und hält die Champagnerflasche in die Höhe, um zu prüfen, ob noch etwas drin ist. Lucy schüttelt innerlich den Kopf. Daran wird sie sich wohl gewöhnen müssen, dass die Leute sich hier wie zu Hause fühlen und dabei auch mal Grenzen überschreiten. „Nicht mehr so viel drin", stellt Henriette frustriert fest. „Helmut, wärst du ein Schatz und würdest für Tanja und mich eine Flasche aus dem Weinkühlschrank in unserem Apartment holen? Wir können der armen Lucy ja nicht die Haare vom Kopf trinken. Aber dazusetzen dürfen wir uns schon, nicht wahr?" Fragend guckt sie in die Runde, während Helmut wie ein trainiertes Hündchen die Treppe hochläuft. Es gibt ein kurzes Zögern von der Gruppe am Tisch, aber dann kommt auch schon Patricks gute Erziehung zum Vorschein.

„Selbstverständlich", sagt er galant auf Englisch und steht sogar auf. „Es wäre uns eine Ehre!"

Amüsiert stellt Lucy fest, dass Henriette leicht errötet, während Tanja Nicolai mit offensichtlichem Wohlgefallen mustert.

Finger weg, denkt sie, aber ist beruhigt in dem Wissen, dass Tanja sowieso keine Chancen gegen Aishley hätte. Bei Nicolai hat niemand Chancen gegen Aishley, genau wie es sein soll. Ob das bei ihr und Alex wohl auch der Fall ist? Sieht Alex auch nur sie? Ja doch, sie hat schon das Gefühl, dass sie Alex vertrauen kann, und er kann es ebenso. Für sie gibt es nur ihn und alle Männer verblassen neben ihm, auch wenn sie nach der Konversation mit Emma heute Morgen noch ein wenig sauer auf ihn ist.

Tanja setzt sich wie zufällig neben Nicolai, während Dick sich einen Stuhl etwas abseits vom Tisch heranzieht. Wie immer tippt er auf seinem Handy herum. Vielleicht ist es doch kein Wunder, dass Tanja da auch andere Männer interessant findet, denkt sich Lucy. Helmut ist mittlerweile mit einer Flasche Champagner und zwei Bieren zurückgekommen, die den Gästen auf ihren Apartments zur Verfügung stehen.

„Ich habe mich von den beiden jungen Herren inspirieren lassen", erläutert er Dick und deutet mit dem Kinn zu Patrick und Nicolai hin. „Ein Bier ist jetzt genau das Richtige, was meinst du? Wenn ich noch mehr Champagner trinke, wird mein Magen das Gefühl haben, als hätte ich Salzsäure reingekippt."

„Wie kann man von Champagner jemals genug haben?", fragt Henriette und schüttelt verständnislos den Kopf. „Und ihn mit Salzsäure zu vergleichen, grenzt an Blasphemie. Aber gut, so gibt es mehr für Tanja und mich. Übrigens", fährt sie fort, „das war ein super Tipp mit der Fischerei. Wir sind hingesegelt. Am liebsten wären wir dortgeblieben, aber der nette Michi wollte ja irgendwann sein Segelboot zurückhaben."

Lucy muss grinsen. Jetzt wundert sie nichts mehr. Wenn die vier in der Fischerei waren, dann ist es nicht erstaunlich, dass sie jetzt so angetrunken sind. Es ist eins der Kultrestaurants am Tegernsee und normalerweise kommt man aus der Fischerei nicht vor Mitternacht und vor allem weitaus voller wieder heraus, als man hineingegangen ist. Die drei Jungs, die den Laden führen, sorgen gekonnt dafür, dass ihre Gäste eine gute Zeit haben.

Nachdem sie alle sitzen und etwas zu trinken vor sich stehen haben, beginnt eine allgemeine Vorstellungsrunde. Glücklicherweise ist Englisch auch für die Düsseldorfer Gäste kein Problem. Wie Lucy nicht anders erwartet hatte, möchte Aishley alles ganz genau wissen.

„Also, wie habt ihr euch alle kennengelernt?", fragt sie.

Henriette übernimmt wie immer das Wort.

„Helmut und ich haben uns ganz langweilig durch die Lokalpolitik kennengelernt. Bei uns haben Gegensätze sich offenbar angezogen, denn seine politischen Vorstellungen könnten kaum weiter von meinen entfernt liegen. Tanja habe ich im Fitnessstudio kennengelernt, wo sie mir netterweise geholfen hat, als ich mal wieder mit den Geräten nicht zurechtkam. Und ihr beide", sie blickt Dick und Tanja an, „ihr kennt euch durch den Industrieclub, nicht wahr?"

„Richtig", antwortet Tanja und zu Lucys Erstaunen wirkt sie etwas nervös. „Meine Eltern sind dort Mitglieder und Dick auch und so haben wir uns auf einer Veranstaltung dort getroffen. Es war nicht Liebe auf den ersten Blick, aber wir haben uns von Anfang an gut verstanden und mochten gegenseitig unseren Intellekt und unsere Denkweisen. Da haben sich – zumindest, wenn es um das Innere geht – eher die Gemeinsamkeiten angezogen." Sie lächelt ihren Mann an, der jedoch weiterhin mit seinem Handy beschäftigt ist.

„Der Düsseldorfer Industrieclub", ruft dafür Sophie freudig aus. „Mein Vater ist da der Vorsitzende oder so etwas Ähnliches. Ich muss ihn unbedingt fragen, ob er euch kennt. Wie heißt ihr denn mit Nachnamen?" Aufgeregt holt sie ihr Handy raus, um die Namen gleich einzutippen. Aber es kommt zunächst nichts. Dafür bemerkt Lucy, dass mittlerweile auch Dick bei dem Gespräch anwesend zu sein scheint.

„Ach, der Club hat so viele Mitglieder, da wird er uns sicherlich nicht kennen", gibt er jetzt bescheiden zurück. „Kein Grund, ihn deswegen zu belästigen!"

„Ach was, ich belästige ihn doch nicht. Ganz im Gegenteil. Er wird sich freuen, dass ich endlich mal Leute auf seinem Niveau kennenlerne und nicht immer nur diese Künstlertypen." Dabei zwinkert sie den beiden fröhlich zu. „Also, sagt schon. Ich bin mir sicher, er weiß, wer ihr seid. Er kennt jeden dort!" Ihr Daumen schwebt über der Tastatur.

„Sinnott", gibt Dick jetzt offenbar widerwillig seinen Namen preis. „Ist dein Vater Theodor Vanderbilt?", fragt er dann.

„Richtig", bestätigt Sophie und Lucy kann ihren Stolz regelrecht fühlen. „Siehst du, ihr kennt euch ja doch."

„Natürlich kenne ich ihn", erwidert Dick. „Jeder im Industrieclub kennt ihn. Aber das heißt noch lange nicht, dass er mich kennt. Oder uns", fügt er hinzu.

„Doch, doch, da ist er gut drin", bleibt Sophie beharrlich. „Er hat ein Gedächtnis wie ein Elefant und vergisst kein Gesicht, wenn er es einmal gesehen hat. Ich kann's gar nicht erwarten, ihm zu erzählen, dass wir alle hier sind! Jetzt mal ehrlich, was für ein Zufall ist das denn? Da fahren wir zu unserer lieben Freundin an den Tegernsee und lernen nicht nur Leute aus Düsseldorf kennen, sondern auch noch aus dem Industrieclub! Ich finde das irre!"

„Auf irre Zufälle", sagt Aishley jetzt und hebt ihr Glas.

„Auf irre Zufälle", stimmen die anderen ein, bevor die Düsseldorfer Gäste sich dann langsam in ihre Apartments begeben und die Londoner endlich Zeit haben, Lucy bei einem selbst hergerichteten Abendbrot von ihrer Zeit in München zu berichten. Von ihren Gästen erzählt sie lieber nichts mehr. Jetzt, wo sie im Haus sind, weiß man nie, wer mithört.

Als sie im Bett ist, ruft Lucy noch mal kurz Alex an.

„Ich vermisse dich", gesteht er ihr am Telefon.

„Ich dich auch", gibt Lucy zurück. „Wird das die ganze Saison so sein? Dass ich dich kaum zu Gesicht bekomme?"

Sie weiß, sie hört sich weinerlich an, aber gerade jetzt hat sie das Bedürfnis nach seiner Nähe. Doch das Tegerngold ist zum Bersten voll und Alex arbeitet in einem durch.

„Ach was", beschwichtigt er sie dennoch. „Das wird sich bald wieder legen. Es ist nur der Anfang der Saison, da müssen sich die Mitarbeiter noch eingewöhnen, aber gib dem Ganzen ein, zwei Wochen und dann läuft alles wie am Schnürchen."

„Dein Wort in Gottes Ohr", murmelt Lucy, um dann hinzuzufügen: „Übrigens, ich bin ein wenig sauer auf dich."

„Sauer auf mich? Um Gottes willen, wieso denn? Was hab' ich nun wieder gemacht?"

„Du hast Emma gesagt, sie soll mal in Urlaub fahren."

„Habe ich das? Ich kann mich gar nicht mehr erinnern, ich spreche ja kaum mit Emma. Aber warte, ja doch, ich habe sie auf dem Weg zum Tegerngold getroffen und da habe ich erwähnt, dass sie sich vielleicht auch mal Urlaub gönnen sollte. Wieso?"

„Wieso?" Lucy überlegt, wie sie ihm das erklären soll. Sie entscheidet sich, den Rezeptionisten des Tegerngold als Beispiel zu nehmen. „Alex, ich gehe auch nicht zu Graham und sage ihm, dass er sich mal Urlaub nehmen sollte. Oder zu deiner Stellvertreterin. Auf die Idee käme ich gar nicht, das ist anmaßend. Und da bewegen wir uns leider nicht auf Augenhöhe. Du buchst Leute bei mir ein, sagst meiner Angestellten, sie solle mal Urlaub nehmen, ich fühle mich da übergangen, bevormundet. Ein wenig wie ein kleines Kind. Und ich wünschte mir, du würdest damit aufhören."

„Okay", sagt Alex.

„Okay? Das ist alles, was du dazu zu sagen hast?"

„Ja klar, was sonst noch? Ich kann mich auch entschuldigen, aber es war einfach nur gut gemeint. Tut mir leid, wenn es falsch ankam. Aber Lucy?"

„Ja."

„Du musst auch mal loslassen. Du kannst nicht alles kontrollieren. Du kannst nicht die Gespräche anderer Menschen kontrollieren und du kannst nicht kontrollieren, wer bei dir wohnen wird. Wie wär's mal mit ein wenig Urvertrauen?"

„Urvertrauen, du bist gut", sagt Lucy und wie aus dem Nichts taucht der Unfall wieder vor ihrem inneren Auge auf, bei dem ihre Eltern und ihre Schwester ums Leben gekommen sind. Aber sie weiß auch, dass Alex recht hat. Sie muss entspannter werden. Sie ist schließlich Yogalehrerin!

11

Am nächsten Morgen sieht Lucy gleich beim Eintritt in den Yogaraum, dass auch Tanja und Henriette anwesend sind.

„Ah, ihr beide macht mit, das freut mich aber ganz besonders", begrüßt sie sie herzlich. „Kommen eure Männer auch?"

Die anderen Teilnehmer sind schon dabei, sich zu dehnen, oder zu meditieren. Zumindest starren sie bewegungslos vor sich hin und Lucy entscheidet sich, dies als Meditation zu interpretieren. Aber egal, was ihre Schüler auch tun – sie ist froh zu sehen, wie voll ihre Stunden geworden sind.

„Unsere Männer hierher bekommen?", fragt Henriette jetzt und schüttelt lachend den Kopf. „Keine Chance. Helmut weiß noch nicht einmal, wie man Sport buchstabiert, und Dick kann nichts machen, wo er mal für zwei Sekunden sein Handy aus der Hand legen muss. Außer Golfspielen natürlich. Oder Wasserski, wie wir jetzt wissen. Da klappt es dann auch mal ohne. Aber ich sollte meinen Mund nicht zu weit aufmachen." Sie seufzt auf. „Ich schleppe mich zwar immer wieder zum Fitnessstudio, aber eine Sportbombe bin ich auch nicht gerade. Und Yoga werde ich heute auch zum ersten Mal ausprobieren. Tanja hat mich überredet. Ich weiß nicht, wie sie das immer schafft."

Während Tanja stolz grinst, versucht Lucy, Henriette Zuversicht zuzusprechen: „Dein erstes Mal, herzlichen Glückwunsch! Ich hoffe, du wirst es genießen! Ich mache eher sportliches Yoga, das geht in Richtung Poweryoga. Du wirst merken, das ist recht anstrengend und du wirst ganz schön schwitzen. Dafür fühlst du dich danach wie neugeboren und hast wirklich etwas gemacht! Ich werde dich am Anfang auch relativ viel korrigieren. Das mache ich nicht, weil ich kleinlich bin, sondern weil ich will, dass du von Anfang an die korrekte Ausrichtung lernst. Das ist eigentlich das Wichtigste. Ansonsten mache ruhig etwas weniger und auch mal Pausen zwischendurch. Die Hauptsache ist, dass du dich wohlfühlst. Wir fangen mit ein paar Atemübungen an. Auf die Matten, Allemann!", ruft sie ihren Schülern zu und die Stunde beginnt. Wie sie erwartet hat, ist Tanja schon sehr geübt und macht alles locker mit, während die unterschiedlichen Posen für Henriette eine ziemliche Herausforderung darstellen. Aber das ist nicht außergewöhnlich für Anfänger und Lucy bewundert stattdessen die Durchhaltekraft ihrer neuen Schülerin. Obwohl Henriette nach kurzer Zeit schon schweißgebadet ist und auch die Matte um sie herum mittlerweile aussieht, als sei sie gerade aus dem Pool gezogen worden, macht sie resolut weiter. Nach der traditionell letzten Pose – Savasana oder auch ‚toter Körper' genannt, da man regungslos auf dem Boden liegt –, gefolgt von drei lang gezogenen Chants, lässt Henriette sich rückwärts auf die Matte fallen.

„Und das soll Yoga sein?", fragt sie völlig erschlagen und streicht sich ihre pitschnassen Haare aus der Stirn. „Ich dachte, das sei alles Om Shanty und Namaste. Aber das hier war ja Hochleistungssport!"

Lucy lacht auf. „Na, mit Leistung und Wettbewerb sollte es eigentlich nicht so viel zu tun haben. Aber du hast schon recht, es ist auf jeden Fall fordernd. Es gibt auch viele Yoga-formen, die genauso sind, wie du sie dir vorstellst. Meine Mitarbeiterin Josephine, die heute die Nachmittagsklasse gibt, macht sanfteres Yoga. Meinst du, das würde dir mehr Spaß machen?"

Henriette guckt sie entgeistert an.

„Ich dachte, du würdest mich mittlerweile besser kennen! Ich gebe doch nicht einfach auf und begebe mich in die Softie-Ecke. Oh nein, was sie hier kann", damit deutet sie mit dem Kinn zu Tanja rüber, „das kann ich schon lange. Also, morgen früh wieder – keine Gnade!"

„Aber schau vorher auf den Stundenplan, damit du nicht die falsche Stunde erwischst. Josephine macht auch manchmal die Morgenstunden, wir wechseln uns da ab."

„Aye, aye, Madame. Und was mache ich jetzt mit dieser verschwitzten Matte hier? Auf die will sich doch nie wieder jemand legen."

„Die trocknest du ab und dann desinfizierst du sie. Da vorne findest du alles, was du brauchst. Und keine Sorge, so sehr wirst du nicht immer schwitzen. Der Körper gewöhnt sich daran."

„Offensichtlich", murrt Henriette und guckt wieder zu Tanja rüber, die grinsend dort steht und kaum einen Schweißtropfen vergossen hat.

„Ich hab's dir schon immer gesagt", feixt diese jetzt. „Ein paar Kilo runter und du wärst so viel fitter!"

„Was hat denn jetzt mein Körpergewicht damit zu tun, du dünne Hippe?", knurrt Henriette, bevor sie sich mit ihrer Matte auf den Weg zu dem Desinfektionsmittel macht. Lucy hört sie noch flüstern: „Bodyshaming nenne ich das.

Und das beim Yoga! Wo hat man so was schon mal gesehen?"

Doch Tanja lächelt weiterhin freudig vor sich hin und Lucy beschließt, die beiden allein zu lassen.

„Bis später dann", ruft sie ihnen zu und verlässt den Raum, um duschen zu gehen.

NACHDEM SIE SICH TROCKENGERUBBELT, eingecremt und angezogen hat, überlegt sie, was heute so ansteht. Erstaunt stellt sie fest, dass zusätzliche Gäste gar nicht so viel mehr Arbeit bedeuten. Aber sie macht sich nichts vor: Das liegt primär an Emma, ihrer guten Seele. Die stellt hinter den Kulissen sicher, dass alles wie am Schnürchen läuft, und Lucy muss nur noch auftauchen, lächeln und die charmante Gastgeberin spielen. Müsste sie sich um die ganzen Kleinigkeiten selbst kümmern, wäre sie heillos überfordert. Sie beschließt zu schauen, was ihre Londoner Freunde machen, und klopft an die Tür von Nicolai und Aishley, hinter der sie lautes Stimmengewirr vernimmt. Schon wird die Tür aufgerissen und Aishley steht strahlend vor ihr, mit kurzer Hose, Top und Wanderschuhen über dicken Socken. Im Hintergrund sieht Lucy, dass auch Sophie und Patrick da sind. Sophie ist ähnlich wie Aishley angezogen.

„Wow, Ladies", ruft Lucy aus. „Was habt ihr denn vor? Wollt ihr die Eiger Nordwand besteigen?"

„So ähnlich." Aishley hält ihr lachend die Tür auf und Lucy bemerkt mal wieder mit Erstaunen, wie frisch und jung ihre Freunde ausschauen. Das muss daran liegen, dass sie in England weniger der Sonne ausgesetzt sind. Vor allem Aishley sieht immer aus, als sei sie gerade von einer Gesichtsbehandlung gekommen.

„Also?", hakt Lucy nach.

„Wir gehen wandern", gibt Sophie zerstreut zurück und

kramt in ihrem Rucksack herum. „Wo habe ich denn nur mein Telefon?" Dann hat sie es gefunden und schaut auf. „Möchtest du nicht mitkommen? Das wäre doch klasse."

„Ich würde ja so gerne", lügt Lucy. Das Letzte, wonach ihr jetzt der Sinn steht, ist eine Wanderung. Viel zu anstrengend. „Aber ich kann leider nicht. Zu viel zu tun", schwindelt sie weiter. „Wo wollt ihr denn hin?"

Aishley holt eine Karte heraus und zeigt ihr genau, wo sie hinmöchten.

„Da habt ihr euch ganz schön was vorgenommen!" Lucy ist froh, nicht zugesagt zu haben. „Und ihr beide?" Sie schaut Patrick und Nicolai an, die keine Wanderschuhe, sondern schmale Sportschuhe tragen.

„Golf natürlich, was sonst?", erwidert Nicolai grinsend. „Und dein Liebster ist auch dabei."

Lucy sieht, wie Patrick Nicolai einen schnellen, warnenden Blick zuwirft, aber da ist es schon zu spät. Sie schnappt nach Luft.

„Golf? Wirklich? Das kann ja wohl nicht sein! Für mich hat er keine Minute Zeit, da Hochsaison ist, und mit euch begibt er sich für ein paar Stunden auf den Golfplatz?"

„Daher spielt er nur neun Loch mit und keine achtzehn", murmelt Patrick sichtlich verlegen. Keinem Mann ist es recht, in das Beziehungsdrama anderer Leute hineingezogen zu werden. „Für die volle Runde hat er keine Zeit. Aber ein bisschen muss er doch auch mal ausspannen können."

Lucy ist es sogleich peinlich, ihren Frust vor ihren Freunden kundgetan zu haben, und sie rudert schnell zurück.

„Du hast absolut recht", sagt sie gewollt unbeschwert. „Vergiss, was ich gesagt habe! Macht euch einfach einen tollen Tag, okay? Und grüßt Alex von mir. Ihr seht ihn ja momentan mehr als ich." Da, sie hat es wieder getan! Kann sie sich nicht einfach mal zusammenreißen? Am besten, sie geht jetzt wirklich. Bevor noch mehr Spitzen aus ihr herausschießen. Vorher will sie aber nochmals sichergehen: „Aishley, Sophie, braucht ihr noch etwas? Es gibt genug Hütten auf dem Weg, aber vielleicht wollt ihr doch etwas mitnehmen. Vor allem Wasser braucht ihr viel, es wird heiß heute."

„Alles dabei!" Sophie klopft stolz auf ihren vollgepackten Rucksack. „Hannah hat uns ein ganzes Picknick rüberschicken lassen, also mach dir um uns keine Sorgen. Bis später dann!" Sie winkt Lucy zu, die schon an der Tür ist.

Im Flur trifft Lucy auf ihre anderen Gäste, die ebenso wie die Londoner gekleidet sind.

„Lasst mich raten", sagt sie. „Die Damen kraxeln die Berge hoch und die Herren machen es sich auf dem Golfplatz bequem."

„Ganz richtig", bestätigt Dick und guckt an seinem fast schon absurd amerikanischen Golfoutfit herunter. „Wie du nur darauf gekommen bist?"

„Bin halt ein Genie." Lucy zwinkert ihnen zu, stellt sicher, dass auch sie alles für den Tag haben, und geht dann runter, um mit Rosie eine Runde spazieren zu gehen.

„Wir bleiben schön hier unten, nicht wahr, meine Süße", sagt sie und tätschelt ihrem Hund liebevoll den Kopf. „Sollen die sich doch da oben einen wegschwitzen."

Verträumt schlendert sie mit Rosie durch die Gegend und geht dann bei Hannah im Café vorbei, um sich bei ihr für alles zu bedanken, was diese für ihre Gäste tut. Hannah winkt kurz ab, es sei alles gern geschehen, aber sie habe jetzt keine Zeit. Also gehen Lucy und Rosie zu Michi, der zwar den Hund nett begrüßt, sich dann aber schnell wieder um seine Wassersportschüler kümmert. Auch er hat keine Zeit für sie. Also beschließt Lucy, zum Tegerngold hochzulaufen. Es ist so ein schöner Tag, da tut ein wenig frische Luft gut. Vielleicht hätte sie doch mit wandern gehen sollen? Egal, jetzt ist es ohnehin zu spät. Auf dem Weg zum Tegerngold textet sie sowohl Babs als auch Alex und fragt, ob diese Lust auf einen Kaffee hätten. Babs textet kurz zurück, es sei ein Werktag und Hochsaison, sie käme kaum mehr dazu, aufs Klo zu gehen, so viel hätte sie zu tun, und Alex liest ihre Nachricht noch nicht einmal. Sie weiß, dass er sie nicht bewusst ignoriert, sondern er kommt wahrscheinlich noch nicht einmal dazu, auf sein Telefon zu gucken. Dann fällt ihr jedoch ein, dass er ja auf dem Golfplatz ist. Kurz überlegt sie, Rosie zu Hause zu lassen und dorthin zu gehen, aber dann entscheidet sie sich dagegen. Das wirkt dann doch etwas zu verzweifelt.

Sie wundert sich über sich selbst. Da hat sie ein ausgebuchtes Gästehaus, und langweilt sich trotzdem. Bevor das Chalet geöffnet war, wusste sie gar nicht, was Langeweile bedeutet, und jetzt hat sie das Gefühl, dass alle außer ihr ein Leben haben und sie außen vor steht. Ist das Einsamkeit, was sie gerade empfindet? Sie nimmt ihr Telefon wieder zur Hand und schickt Emma und Josephine kurze Nachrichten, ob diese sie vor Josephines Yogaunterricht für eine halbe Stunde oder so treffen könnten. Dabei kommt sie sich sehr gewieft vor. Die beiden sind ihre Angestellten, die werden nicht Nein sagen können. Aber da kommt schon die Antwort von Emma, und zwar ein Nein. Sie würde gerne, aber genau zu dem Zeitpunkt wollte sie alle Einkäufe für die nächsten Tage erledigen. Ob man es auf morgen verschieben könne. Auch Josephine antwortet postwendend, dass es ihr leidtäte, aber heute vor der Stunde ginge es nicht. Morgen hingegen sähe es besser aus. Lucy lässt ihr Handy sinken und schaut sich um. Sie fühlt sich etwas trübe im Herzen und kann die schöne Sonne kaum mehr genießen. Aber dann reißt sie sich zusammen. Sie braucht keine Ablenkung. Sie kann jetzt hier im Moment leben. Und dafür braucht sie auch nicht ständig andere Menschen um sich herum. Sie schreibt Emma und Josephine schnell zurück und macht einen Termin für den nächsten Tag aus, bevor sie wieder den Berg hinunter zu ihrem Chalet geht. Die Traurigkeit in ihrem Herzen ist immer noch da, also zieht sie sich schnell einen Bikini an und springt ins Wasser. Die Frische und Kälte des Sees geben ihr immer ein Gefühl von Lebendigkeit und genau das braucht sie jetzt!

NACHMITTAGS SITZT sie an ihrer ungeliebten Buchhaltung, als sie Stimmen im Treppenhaus vernimmt. Wie von einer Wespe gestochen, springt sie auf und läuft hinaus.

„Sophie, Aishley", ruft sie voller Freude. „Wie war euer Tag? Erzählt! Wollt ihr etwas trinken?"

„Puh, ich brauche jetzt erst mal nur Erholung", erwidert Sophie und lässt ihren Rucksack sinken. „Und eine Dusche oder einen Sprung in den See. Ich bin völlig durchgeschwitzt."

„Geht mir genauso", beteuert Aishley, bevor sie Lucy vielsagend angrinst. „Du wirst nicht glauben, was wir gesehen haben." Sie senkt die Stimme und lässt ihre Augen von links nach rechts wandern. „Sind wir allein?"

„Ja, sind wir", antwortet Lucy resigniert. „Alle sind weg. Den ganzen Tag schon. Also, was habt ihr denn gesehen?"

„Aishley!" Sophie stößt sie in die Seite. „So ganz sicher können wir uns da nicht sein!"

„Ich bin mir da genauso sicher, wie ich mir sicher bin, dass ich ein Mädchen bin", erwidert Aishley resolut. „Ich weiß doch, was ich gesehen habe!"

„Komm schon, raus mit der Sprache!" Jetzt wird Lucy ungeduldig.

„Uns sind die beiden Frauen, die hier wohnen, begegnet. Tanja und Henriette", verkündet Aishley mit nicht zu verkennender Sensationsbegierde.

„Ja, ich weiß, die wollten auch wandern gehen. Ja und? Ihre Männer sind genau wie eure beim Golf spielen und ebenfalls noch nicht wieder aufgetaucht. Scheint ein Trend zu sein. Also?"

„Also, das Interessante ist ja, wie wir sie gesehen haben. Hand in Hand. Ganz intim."

„Aishley, ich nehme auch manchmal deine Hand", schaltet sich jetzt Sophie wieder ein, der das Ganze offensichtlich unangenehm ist.

„Ja, mal für eine Sekunde vielleicht!" Aishley bleibt beharrlich. „Aber wir gehen doch nicht Hand in Hand spazieren. Und die beiden sind lange nicht so eng befreundet, wie wir es sind."

Sophie beißt sich auf der Lippe herum. „Ja, es sah schon etwas eigenartig aus", bestätigt sie schließlich und schaut Lucy unsicher an. „Vor allem, wie sie auseinandergesprungen sind, als sie uns gesehen haben. Als seien sie erwischt worden."

„Ganz genauso!" Aishley nickt kräftig. „Ich garantiere dir, Lucy, die haben was miteinander!"

Lucy, die bislang noch gar nichts gesagt hat, schüttelt lachend den Kopf. „Ihr habt alle eine Fantasie! Erst Michi, der mit dem schwulen Dick ankommt, jetzt ihr beiden mit den beiden angeblich lesbischen Frauen. Ich glaube, ihr habt alle etwas zu viel Sonne abbekommen. Ich werde euch mal kleine Hütchen zum Schutz besorgen! Denn abgesehen davon, dass Henriette altersmäßig Tanjas Mutter sein könnte, glaube ich auch nicht, dass sie optisch ihr Fall wäre. Und sie sind beide verheiratet, Mädels! Und zwar mit Männern, falls ich euch daran erinnern darf!"

„Eben! Und Tanja mit einem Mann, der ebenfalls ihr Vater sein könnte und der optisch sicherlich auch nicht der Fall von jedem ist", ereifert Aishley sich. „Mir jedenfalls könntest du ihn auf den Bauch binden und es würde nichts passieren, außer, dass ich ihm wahrscheinlich eines Tages den Kopf abreißen würde."

„Wo sie recht hat, hat sie recht", murmelt Sophie, aber Lucy gebietet dem Ganzen Einhalt.

„Ihr seid Künstlerinnen, kein Wunder, dass ihr da so eine blühende Fantasie habt. Aber hier ist eure Kreativität wohl aus dem Ruder geraten. Was ist mit heute Abend?", fragt sie dann voller Hoffnung. „Sollen wir etwas zusammen machen?"

Bedauernd schütteln ihre Freundinnen den Kopf. „Heute machen wir jeweils Pärchenzeit. Uns ein bisschen der Liebe widmen."

„Und das bedeutet?" Lucy guckt ihre Freundinnen betrübt an.

„Das bedeutet ein langes Schaumbad unter freiem Himmel, etwas Champagner, ein gutes Essen, das aus dem Tegerngold geliefert wird, und dann vielleicht noch ein kleines Extra. Beziehungsweise – hoffentlich nicht so klein." Aishley grinst sie schelmisch an, während Lucy abwehrend die Hände hebt.

„Okay, okay, keine weiteren Details bitte. Ich bin so schon neidisch genug. Und du und Patrick?", wendet sie sich an Sophie. „Ebenfalls Pärchenzeit mit einem gewissen Extra?"

„Ebenfalls!", nickt Sophie, bevor sie mit Aishley nach oben geht, um sich ihre Schwimmsachen anzuziehen.

„Und du, Rosie?", fragt Lucy ihren Hund mit traurigem Blick. „Hast du heute Abend wenigstens Zeit für mich? Oder bist du auch beschäftigt?"

m nächsten Tag steht Lucy in der Küche und macht sich gerade ein Käsebrot, als Sophie hereinkommt.

„Störe ich?"

„Du? Nie!" Lucy dreht sich um und lächelt ihre Freundin an. „Möchtest du auch ein Brot? Oder etwas anderes?"

„Nein, danke, wir wollten gleich noch einen Spaziergang machen. Sollen wir Rosie mitnehmen?"

„Ah, das wäre großartig, wenn ihr das machen könntet. Es wird für sie so schwer werden, wenn ihr wieder weg seid. Von mir gar nicht zu sprechen."

„Ich weiß." Sophie lächelt sie sanft an und fängt an, eine Kristallkugel, die auf der Küchentheke liegt, hin und her zu rollen. „Uns geht es genauso! Aber du hast ja noch all die Flugtickets, die Alex dir geschenkt hat. Da kommt ihr einfach nächstes Mal nach London!"

„Definitiv! Aber das wird erst nach der Saison sein. Du siehst ja, was hier am See im Sommer los ist. Ist schon irre."

„Ja, allerdings." Sophie schüttelt erstaunt den Kopf. „Wir sind nur froh, dass wir bei Alex im Tegerngold immer einen

Tisch bekommen und ansonsten hier bei dir kochen können. Denn die Restaurants sind knallvoll und zum Teil schon seit Monaten ausgebucht. Ich kann das nicht leiden. Dieses Rumtelefonieren und um einen Tisch betteln ist nicht so mein Ding."

„Ich hasse das auch", seufzt Lucy. „Und dass Alex euch immer einen Tisch besorgt, ist echt ein Freundschaftsdienst von ihm. Das Tegerngold gehört nämlich zu den ausgebuchtesten Lokalitäten hier überhaupt. Da bestellen einige schon im Vorjahr fürs nächste Jahr vor. Aber ich habe eine Idee!" Sie strahlt und hält die Kugel an, die Sophie versehentlich beinahe von der Küchentheke gestoßen hätte. „Alex hat bei sich im Penthouse eine traumhafte Terrasse. Die kennt ihr noch gar nicht. Ist halt seine Privatterrasse, aber da servieren sie ihm auf Wunsch das Essen vom Tegerngold. Wieso machen wir uns da nicht mal einen tollen Abend? Das heißt, wenn ich ihn mal von seiner Arbeit loseisen kann. Aber das wäre doch supergemütlich, was meinst du?"

„Hört sich fantastisch an, wir sind natürlich dabei!" Dann verwandelt Sophies Strahlen sich in einen ernsteren Gesichtsausdruck und Lucy sieht, wie ein Schatten über das Gesicht ihrer Freundin fällt.

„Ist alles in Ordnung?", fragt sie und legt eine Hand auf ihren Arm.

„Ja klar, ist alles gut. Es ist nur … "

So herumzudrucksen ist eigentlich nicht Sophies Art und Lucy spürt, wie jetzt auch ein Schatten auf ihr eigenes Herz fällt.

„Ja, es ist nur …?", hilft sie ihrer Freundin nach.

„Es geht um deine Gäste." Sophie fühlt sich sichtlich unwohl, aber Lucy fällt ein Stein vom Herzen. Wenn es um ihre Gäste geht, kann es so schlimm nicht sein.

„Also, raus mit der Sprache", fordert sie sie daher resolut auf.

Sophie nimmt wieder die Kugel auf und lässt sie von einer Hand in die andere gleiten.

„Nachdem wir Tanja und Henriette auf dem Spaziergang gesehen haben, bin ich doch neugierig geworden und habe meinen Vater angerufen", berichtet sie und blickt sichtlich verlegen nach unten. „Denn auch wenn ich Aishley so über den Mund gefahren bin, das Verhalten der beiden beim Spaziergang war schon eigenartig. Wie gesagt – vor allem, wie sie auseinandergesprungen sind, als sie uns gesehen haben. Versteh' mich nicht falsch", stellt sie hastig richtig und guckt Lucy fast erschrocken an, „es geht natürlich nicht darum, dass sie eventuell lesbisch sind oder eine Affäre haben. Du kennst mich – nichts könnte mir egaler sein, aber diese Heimlichtuerei hat mich dann doch etwas irritiert und da fiel mir ein, dass ich schon viel zu lange nicht mit meinem Dad gesprochen habe." Verschmitzt grinst sie Lucy bei diesen Worten an. „Jedenfalls kennt mein Vater Dick, und zwar gar nicht so schlecht, wie Dick vorgegeben hat. Er ist wohl im ganzen Industrieclub wohlbekannt, denn trotz der durchweg hochkarätigen Mitglieder ist Dick laut meinem Vater außergewöhnlich erfolgreich, was in diesen Kreisen einfach heißt, er ist stinkreich. Hat sein Geld selbst gemacht, mit Sachen wie Öl, Stahl und all so einem Zeug. In den USA lief augenscheinlich alles wie geschmiert, aber hier in Europa ist es etwas schwerer für ihn. Die diversen Klimaabkommen geraten ihm wohl immer wieder in die Quere, da seine Branchen nicht gerade Balsam für die Seele unserer Natur sind. Na ja, ist ja egal, was er macht. Aber das Interessante ist, dass mein Vater sich nicht entsinnen kann, jemals gehört zu haben, dass Dick eine Ehefrau hat. Zumindest hat er nie eine mitgebracht, selbst bei Anlässen, wo Ehefrauen erwünscht sind. Was nicht allzu viele sind, wenn ich das mal hinzufügen darf. Und Tanjas Nachnamen kannte er nicht, dabei sagte sie doch, dass ihre Eltern Mitglieder im Club sind. Aber das hat vielleicht nichts zu bedeuten. Eventuell war sie schon einmal verheiratet oder so und hat den Namen ihres Ex-Mannes angenommen. Ich wollte dich das jedenfalls wissen lassen, denn irgendwie kommt da viel zusammen, finde ich."

Lucy spürt ein leichtes Unbehagen in der Magengegend, aber sie lacht es schnell weg.

„Sophie, ich habe es geahnt! Urlaub bekommt dir nicht. Du hast zu viel Zeit, um Theorien zu spinnen. Es wird Zeit, dass du wieder eine neue Kollektion beginnst!"

Dann schließt sie ihre Freundin lachend in die Arme. „Trotzdem danke ich dir. Es ist schön, dass ihr euch um mich sorgt. Aber es ist alles okay, wirklich. Die vier sind vielleicht jeder auf seine Art speziell, wie wir es wahrscheinlich alle sind, aber sie scheinen grundsätzlich in Ordnung zu sein. Also mach dir bitte keine Sorgen und wer mit wem ins Bett hüpft, ist nun wirklich nicht unsere Sache."

Sophie sieht aus, als sei ihr der sprichwörtliche Stein vom Herzen gefallen. Erleichtert lächelt sie Lucy an und lässt auch endlich die Kristallkugel in Ruhe.

„Ich bin so froh, dass du das sagst", beteuert sie. „Mein Ding sind diese ganzen Verschwörungstheorien auch nicht, aber trotzdem hatte ich das Gefühl, es dir erzählen zu müssen. Du hast recht, ich muss wieder etwas tun. Weißt du was – ich fange gleich damit an. Ich hab' nämlich schon eine Idee! Und zwar werde ich eine Yogalinie entwerfen."

„Mit Knöpftechnik?", fragt Lucy mit funkelnden Augen. Sophies Signaturstil ist, dass all ihre Kleidungsstücke durch das An- und Abknöpfen diverser Elemente unendlich abwandelbar sind.

„Klar, mit Knöpftechnik", bestätigt Sophie grinsend. „Sonst wäre es ja keine Vanderbilt-Linie. Ich werde die Knöpfe nur sehr flach machen müssen, damit sie bei den Übungen nicht stören. Aber ist doch eine süße Idee, oder? Lange Hosen, die man zu Shorts umfunktionieren kann, kleine Tops, an die man Ärmel anknöpfen kann, all so was halt."

„Ich liebe es." Lucy nickt ihr mit funkelnden Augen zu und sieht die Sachen regelrecht vor sich. „Ist etwas einfacher als die Sachen, die du sonst gemacht hast, oder?"

Wieder muss Sophie lachen. „Viel einfacher sogar. Am herausforderndsten war wahrscheinlich die Schwarz-Weiß-Linie, da musste ich so unglaublich präzise arbeiten und war gleichzeitig noch Anfängerin. Da sollte ich das jetzt hier mühelos hinbekommen. Weißt du, Aishley läuft ständig mit ihrer Kamera durch die Gegend. Sie ist immer drin, in ihrem Job, denn wir Kreativen lieben diese Vermischung von Beruflichem und Privatem. Ich nehme mir aber trotzdem zwischen den Kollektionen immer wieder mal Auszeiten. Die benötige ich, um mich neu inspirieren zu lassen. Aber du hast recht, zu viel davon kann ich nicht gebrauchen. Ein bisschen Freizeit ist okay, aber am glücklichsten bin ich doch, wenn ich über meinen Entwürfen hocke."

„Ich weiß genau, was du meinst", antwortet Lucy und denkt an ihr Yoga, das ihr so viel Zufriedenheit und Erfüllung bringt. Ein Leben ohne wäre für sie gar nicht mehr vorstellbar. Da fällt ihr ein, dass sie ja gleich ihr Meeting mit Emma und Josephine hat.

„Ich muss jetzt los", sagt sie daher und gibt Sophie ein schnelles Küsschen auf die Wange. „Habe jetzt ein Treffen mit Emma und Josephine in unserem Gartenbüro, sprich: am Gartentisch. Also, dir alles Gute beim Entwurfsbeginn. Wenn du von mir etwas benötigst, sag einfach Bescheid."

„Mache ich", beteuert Sophie und stöbert dann im Küchenschrank nach einem Teebeutel. Lucy muss lächeln. Sie mag es, dass ihre Freunde sich bei ihr zu Hause fühlen. Dann schnappt sie sich eine Karaffe mit Limonade, die sie schon vorher vorbereitet hat, und läuft in den Garten, um die anderen beiden Mädels zu treffen. Viel Zeit haben sie nicht, da Josephines Nachmittagsstunde schon bald beginnt.

„Hallo", begrüßt sie die beiden herzlich und setzt sich auf eine der Bänke. „Wie geht es euch? Alles gut?"

„Alles bestens", antwortet Josephine lächelnd und auch Emma nickt zufrieden. „Läuft alles wie am Schnürchen", sagt diese, „und macht dabei auch noch Spaß."

„Ich plane Änderungen", eröffnet Lucy ihnen und wird – wie nicht anders erwartet – mit Erstaunen beäugt.

„Haben wir nicht gerade erst aufgemacht und ist nicht noch alles neu?", fragt Emma unsicher. „Da willst du schon wieder Änderungen?"

„Ja, ich langweile mich." Lucy nickt mit Überzeugung. Fast, als müsste sie ihren Vorsatz vor sich selbst noch einmal bekräftigen.

„Langeweile, soso." Jetzt schaut auch Josephine sie an, als hätte sie den Verstand verloren.

„Na ja, langweilen ist vielleicht ein bisschen viel gesagt", rudert Lucy zurück. „Und ich weiß, dass du dich ganz sicher nicht langweilst, Emma, du hältst ja hier alles am Laufen. Aber wisst ihr, was mich doch wirklich erfüllt, ist nicht, Leute zu beherbergen, sondern die ganze Sache mit Yoga, Meditation und so weiter. Ich möchte, dass die Leute als glücklichere Menschen hier wegfahren, und das geht gegenwärtig ein wenig unter."

„Was schlägst du also vor?" Lucy sieht die Unsicherheit in Emmas Augen und beeilt sich, ihr zu versichern:

„Nichts Radikales, Emma, keine Sorge. Nur ein wenig eine andere Struktur. Schaut, wir wollten das doch hier als Yogachalet aufmachen, aber alles, was wir bieten, ist zwei Mal täglich Yogaunterricht. Das genügt meines Erachtens nicht. Was ich mir vorstelle, sind echte Yogaretreats. Ich möchte, dass das Chalet zu einem Ort wird, wo die Menschen hinkommen, um uns danach verwandelt wieder zu verlassen.

Wo wir morgens zusammen Yoga machen, dann gemeinsam frühstücken, vielleicht eine oder zwei Meditationssitzungen haben, dann können unsere Gäste wandern oder chillen, am Nachmittag wieder Yoga und abends würden wir wieder zusammensitzen. Es sollte ein ganzes Programm sein, wisst ihr? Nicht nur Übernachtung und ein wenig Yoga, sondern ein komplettes Retreat. Wie findet ihr das?"

Sie sagt ihnen nicht, wie einsam sie sich fühlt, seit das Hotel aufgemacht hat. Jeder scheint beschäftigt zu sein und sein eigenes Ding zu machen, nur sie hängt herum und wartet darauf, dass ihre Gäste wiederkommen und ihr ein bisschen Ablenkung bringen. Das kennt sie sonst so gar nicht von sich. Aber da ihr Haus für einen Gastbetrieb eher klein ist und Emma ihr so viel abnimmt, ist sie nicht wirklich ausgelastet, während der Rest des Tegernsees zur Hochform aufläuft und für nichts anderes neben dem Tourismusgeschäft mehr Zeit hat.

„Hmmm …" Josephine kratzt sich am Kopf, was ihre dunklen Locken noch mehr durcheinanderbringt. „Ich halte das für eine schöne Idee. Ich habe so etwas schon öfter als Teilnehmerin auf Ibiza gemacht und empfand es immer als super. Aber da waren wir immer etwas abgeschiedener, hier ist das Chalet natürlich mittendrin im Urlaubsgeschehen. Hätten da die Gäste nicht das Gefühl, dass sie etwas verpassen, dass die Aktivität hier an ihnen vorbeizieht?"

So wie ich mich gerade fühle, denkt Lucy und versucht, sich zu erinnern, wann sie den letzten Abend mit Alex allein verbracht hat. Laut sagt sie: „Klar, abgeschieden sind wir hier nicht, das stimmt schon. Es macht auch nichts, wenn unsere Gäste sich ein bisschen ins Gewimmel mischen. Aber ich denke, grundsätzlich kämen sie mit der Einstellung, dass sie etwas für sich tun wollen, und da wäre das Chalet doch ideal. Außerdem würden wir die Retreats auch in der Nebensaison anbieten, da ist es viel ruhiger. Ich bräuchte jedoch eure Hilfe dafür, da unsere Präsenz und Unterstützung dann schon wichtig wären. Ich würde auch noch unterschiedliche Leute reinholen, die Meditationen et cetera machen und auch Aurelia mit ihrer Atemtherapie, aber wir wären das Kernteam. Was meint ihr?"

„Ich finde das prima", beteuert Josephine und ihre Augen glänzen. „Ich mache ja auch viel im Bereich Meditation und würde mich da gerne weiter ausbilden. Wäre doch klasse, wenn ich das dann gleich hier einbringen könnte."

„Und ich bin eh dabei", sagt Emma. „Auf mich kannst du dich sowieso verlassen, egal, was du planst."

Lucy spürt ein warmes Glühen in ihrem Herzen. Mit ihren Mädels zusammen etwas zu planen, das ist ganz nach ihrem Geschmack. Und es fühlt sich gut an, etwas zu machen, wo sie nicht auf Alex' Aufmerksamkeit wartet.

„Wann geht es denn los?", fragt Josephine, da sie gleich eine Yogastunde hat und losmuss.

„Diesen Sommer schaffen wir es nicht mehr." Lucy versucht, ihre Aufregung nicht so offensichtlich rauskommen zu lassen. Jetzt, wo sie es ausgesprochen hat, wird das Projekt real. „Aber vielleicht können wir im Herbst beginnen? Wenn die anderen langsam wieder runterfahren, fahren wir hoch."

Sie sieht Emmas erschrockenen Blick, die jetzt schon aus allen Zylindern pfeift.

„Keine Sorge, Emma, für dich wird es nicht mehr werden. Aber es wäre doch schön, das Jahr über etwas Gleichmäßigkeit zu behalten und nicht so sehr von der Saisonalität abhängig zu sein. Wir werden die Retreats auch nicht das ganze Jahr über pausenlos durchführen, aber in regelmäßigen Abständen. Ich wollte es zunächst einmal mit euch checken, aber jetzt werde ich mir da mehr Gedanken drüber machen. Und in ein paar Monaten kann es dann losgehen!"

„Also, ich bin dabei." Josephine klatscht in die Hände und verabschiedet sich, um ihre Stunde zu geben.

„Puh, du hast eine Energie", stöhnt Emma und lehnt sich mit einem Seufzer zurück. „Ich weiß gar nicht, wie du das alles schaffst."

„Ganz im Gegenteil, Emma", widerspricht Lucy ihr. „Ich habe das Gefühl, dass ich gar nichts mache. Es wäre doch schade, das schöne Haus nur für Übernachtungen zu nutzen. Ich finde, es macht sich toll als Retreatcenter und als das war es ja ursprünglich auch gedacht."

„Ja, ich finde die Idee auch gut", bemerkt Emma nach einiger Überlegung. Sie ist nie schnell dabei, ihre Meinung herauszutönen. „Vor allem lernst du die Gäste dann auch mal besser kennen, nicht wahr?"

„Eben! Es ist dann viel familiärer und intimer. Man teilt seine Gedanken, Hoffnungen, Wünsche, macht zusammen Yoga, isst gemeinsam und meditiert, ich finde das großartig!"

„Aber ist das Chalet dafür nicht zu klein? Wir haben doch nur vier Apartments."

„Daran habe ich auch schon gedacht." Lucy runzelt die Stirn. „Aber bei diesen Retreats ist es ganz normal, dass Fremde sich die Zimmer teilen. Irgendwie gehört das dazu und daraus sind schon lebenslange Freundschaften entstanden. Zu groß sollte es ohnehin nicht sein, dann verliert es an Wert. Und wenn wir ein paar mehr Teilnehmer wollen, können sie auch woanders wohnen. Es gibt ja mehr als genug Unterkünfte in der Gegend."

„Ich werde mal etwas recherchieren", sagt Emma und steht ebenfalls auf.

„Du machst gar nichts Neues mehr, Emma, sondern genau das weiter, was du bisher getan hast. Das Projekt ist mein Steckenpferd und ich bin zuständig für die Recherche." Sie spürt, wie diese neue Aufgabe ihr wieder Energie gibt. Und eine neue Perspektive. „Aber es ist gut zu wissen, dass du auch dahinterstehst."

„Doch, mir gefällt die Idee", bestätigt Emma auf ihre

ruhige Art. „Und dann hättest du auch eher die Art Gäste hier, die du dir gewünscht hast."

„Eben. Wobei ich sagen muss, dass die jetzigen doch gar nicht schlecht sind. Da hab' ich mich am Anfang wohl getäuscht." Gleichzeitig spürt sie ein komisches Gefühl in der Magengegend. Hat ihre Skepsis sie wirklich getäuscht oder wird sie gerade jetzt auf Irrwege geführt? Von diesen Gästen, die so nett und harmlos wirken … Irgendetwas fühlt sich nicht rund an.

13

Am nächsten Tag ist Lucy am Küchentisch dabei, andere Yogaretreats zu recherchieren, als Helmut vorsichtig an die offene Küchentür klopft.

„Störe ich?" Schüchtern streckt er seinen Kopf hinein.

„Natürlich nicht!" Lucy schenkt ihm ein herzliches Lächeln und klappt dabei ihren Laptop zu. Sie hat zwar ein kleines Büro, aber sie selbst sitzt lieber in der großen Wohnküche. Und lässt die Tür stets offen. Sie möchte ihren Gästen damit das Gefühl vermitteln, immer für ein Gespräch bereit zu sein. So wie auch jetzt.

Ob er sie heute wohl duzen oder siezen wird, fragt sie sich noch, als Helmut auch schon beginnt: „Frau Davenport, ich habe ein etwas ungewöhnliches Anliegen." Er räuspert sich, tritt ein und deutet fragend auf die Tür.

„Ja klar, schließen Sie sie ruhig." Lucy hat aufgegeben, ihn auf das ‚Du' aufmerksam zu machen, und wenn er sie siezt, so ist es ihr unangenehm, ihn ihrerseits zu duzen. Auch wenn sie ihn weiterhin mit seinem Vornamen ansprechen wird.

Leise macht er die Tür hinter sich zu und tritt zu ihr an den Tisch.

„Also, wie Sie ja wissen, bin ich in der Politik tätig. Weiß Gott kein großes Tier, aber einige sind doch an dem Geschehen in unserem kleinen Ort bei Düsseldorf interessiert."

Lucy weiß, dass er heillos untertreibt. Mittlerweile hat nämlich auch Alex entgegen all seiner Vorsätze ihre Gäste gegoogelt und dabei herausgefunden, dass Helmut eine große Zukunft vorausgesagt wird – im Bundestag, wie es heißt. Aber dafür muss er jetzt erst einmal erneut die Bürgermeisterwahl gewinnen, die unmittelbar bevorsteht. Das bedeutet, dass das kleine Kaff bei Düsseldorf im Moment so einiges Interesse auf sich zieht. Dies wird ihr auch sogleich bestätigt.

„Jedenfalls ist bei den Zeitungen wohl ein Sommerloch", fährt er nämlich fort, „und die Süddeutsche Zeitung hat spitzbekommen, dass ich in Bayern bin. Muss ein Praktikant mit zu viel Zeit gewesen sein, der sich für einen Vorstadtpolitiker wie mich interessiert." Lucy geht seine falsche Bescheidenheit langsam auf den Geist. Denn sie muss falsch sein. Lucy hat noch nie einen bescheidenen Politiker gesehen. Auch wenn ihre Erfahrungen in diesem Bereich eher dürftig sind. Er wartet auf einen Einwurf von ihr, aber sie schaut ihn nur erwartungsvoll an. Den Gefallen, ihm jetzt Honig ums Maul zu schmieren, wird sie ihm nicht tun.

Die unangenehme Gesprächspause beendend, räuspert er sich nochmals und fährt fort: „Und da fragte die Süddeutsche an, ob sie wohl ein Interview mit mir durchführen dürften. Einen kleinen Artikel, wo es unter anderem darum geht, wie und wo ich meinen Urlaub verbringe. Ich habe gedacht, dass es schön wäre, das Interview hier im Garten des Chalets zu führen. Vielleicht unter dem großen Kirschbaum, da ist es doch sehr idyllisch. Meinen Sie, das wäre möglich?"

Lucy muss sich zwingen, weiter ruhig zu atmen und ihre

Aufregung nicht allzu sehr zu zeigen. Sie kann ihr Glück kaum fassen: die Süddeutsche Zeitung! Für sie persönlich ist sie die Grande Dame unter den deutschen Zeitungen, besser könnte es kaum kommen! Da hat sie ihr Chalet kaum aufgemacht und wird schon in diesem Superblatt als Destination für berühmte Reisende erwähnt. Ist zwar nicht ganz Yogastyle, denkt sie sich, aber egal, da muss man nicht zu wählerisch sein.

Sie bemüht sich, ganz gelassen zu antworten: „Ach, das ist ja wunderbar, Helmut, da sind Sie doch bekannter, als Sie gemeinhin zugeben möchten." Sie zwinkert ihm zu. Hinweg ist ihre Irritation über seine falsche Bescheidenheit. Immerhin bringt er ihr die Süddeutsche ins Haus. Ob das Chalet im Titel erwähnt werden wird? Oder erst im Fließtext? Hoffentlich im Titel schon, sie sieht ihn regelrecht vor ihrem inneren Auge: „Führende Politiker fühlen sich wie zu Hause – im charmanten *Chalet am See*".

Vielleicht könnte man sogar noch ein bisschen dicker auftragen. Wer weiß – der Redakteur könnte durchaus Interesse daran haben, sie auch zu interviewen. Dann wird sie schon dafür sorgen, dass er alles über ihr kleines Juwel erfährt. Und Rosie muss natürlich auch erwähnt werden. Es kommen sicherlich Fotografen mit. Ob sie vorher vielleicht noch zum Friseur sollte? Schnell streicht sie sich über ihre Haarsträhnen, die schon lange keinen professionellen Schnitt mehr gesehen haben. Von frischer Farbe ganz zu schweigen. Erschrocken bemerkt sie, dass sie Helmut noch gar keine Antwort gegeben hat. Denn jetzt ist er es, der sie erwartungsvoll anschaut.

„Äh, ja, natürlich passt das", versucht sie jetzt, ihre Contenance wiederzufinden und sich auf ihr Gegenüber, statt auf ihren eigenen Ruhm zu konzentrieren. *So viel zu Bescheidenheit*, denkt sie noch, um dann schnell nachzuhaken: „Wann wollen die denn kommen?"

„Die?"

„Na, der Redakteur, manchmal sind es ja auch zwei. Und einen Fotografen werden sie auch dabeihaben, oder?"

Helmut überlegt kurz. „Stimmt, den werden sie wohl auch dabeihaben. Dann darf ich wieder nichts Kariertes anziehen. Das mögen die auf Bildern nicht."

Gebongt, denkt Lucy. Nichts Kariertes anziehen! Und auch für Rosie kein süßes kariertes Halsband. Schade eigentlich. Sie sieht immer niedlich mit so etwas aus.

„Morgen", hört sie da Helmuts Stimme durch ihre Gedanken dringen. „Ich hoffe, das ist nicht zu kurzfristig? Aber es gibt ja nichts vorzubereiten, daher hoffe ich, das ist weiterhin okay."

Morgen schon! Adieu, Traum von schönen Haaren!

„Ja, klar ist das okay", beeilt sie sich zu versichern. Er soll nicht sehen, dass sie hier im Kopf komplett ihre eigene Agenda verfolgt. Und die von Rosie und ihrem Chalet. Helmuts Politikerkarriere ist ihr dabei ziemlich schnuppe, wenn sie ehrlich ist. Mein Gott, sie ist so abgebrüht, sie sollte selbst Politikerin werden. Offensichtlich steht sie denen in nichts nach!

„Um wie viel Uhr kommen die Herrschaften denn?", fragt sie jetzt unschuldig. „Ein wenig Kaffee und Limonade können wir schon vorbereiten. Ich werde auch Hannah bitten, etwas Süßes zum Essen zur Verfügung zu stellen. Diese Journalisten sind ja nicht immer ganz einfach. Der Wirkung von Hannahs Gebäck konnte hingegen noch niemand widerstehen."

„Gut mitgedacht", lobt Helmut sie lachend und zum ersten Mal kann Lucy sich vorstellen, dass er auf einige Menschen eine ganz charismatische Ausstrahlung haben kann. Bis jetzt empfand sie ihn als eher dröge. „Und Sie haben ganz recht", fährt er jetzt fort, „die Journalisten lieben es, uns Politiker in die Enge zu treiben, und leider haben wir nicht immer die schlausten Antworten parat. Aber selbst daran gewöhnt man sich irgendwann, wobei ich schon sagen muss – die Süddeutsche ist natürlich eine ziemliche Hausnummer. Da will ich mir auch keine Patzer erlauben."

„Das glaub' ich allerdings", antwortet Lucy, nickt bestätigend und kommt sich sehr erwachsen vor, hier mit einem Politiker in ihrer Küche zu stehen und über potenzielle Medienfallen zu plaudern. „Um wie viel Uhr geht's denn los?", fragt sie jetzt noch einmal. „Damit wir alles bereithaben."

„Vierzehn Uhr. Und ich danke Ihnen. Das weiß ich wirklich zu schätzen."

„Gar kein Thema", erwidert Lucy und denkt sogleich darüber nach, ob sie bis dahin doch noch einen Friseurtermin bekommen kann.

14

Am nächsten Tag wischt Lucy noch einmal über alles, was Emma schon gereinigt hat, poliert Dinge, bei denen es nichts zu polieren gibt, und putzt Rosie heraus wie einen bunten Pfingstochsen. Es soll alles perfekt sein für den Fotografen und den Journalisten. Sie stellt sich vor, wie die beiden von dem Chalet so angetan sein werden, dass sie Helmut und seine zum Gähnen langweilige Politik ganz vergessen und stattdessen eine mehrseitige Reportage über das Chalet bringen werden. Vielleicht wird sie sogar im SZ-Magazin erscheinen, das jedes Wochenende herauskommt und das sie bei Hannah im Café so gerne liest. In diesem Moment wird sie durch eine vertraute Stimme, die durch ihren Garten schallt, aus ihren Gedanken gerissen.

„Ich frage mich, von wem meine Traumfrau da gerade träumt, wenn sie so verzückt guckt. Ich hoffe doch, da kommt nur eine Person infrage."

Lucy dreht sich um und ein Strahlen legt sich über ihr Gesicht. „Alex!" Sie läuft ihm entgegen und fällt ihm in die Arme. Dabei verbirgt sie ihr Gesicht in seinem Hals und atmet seinen Duft ein. „Ich habe dich so sehr vermisst", flüstert sie ihm zu.

„Ich dich noch viel mehr", flüstert er zurück und schließt seine Arme noch fester um sie.

„Wirst du immer so viel zu tun haben?", fragt sie ihn und spürt, wie ihr Tränen in die Augen steigen. Sie weiß gar nicht, wo die Rührseligkeit jetzt herkommt, und doch merkt sie, dass sie sich in den vergangenen Tagen sehr allein gefühlt hat.

„Nein, werde ich nicht." Zärtlich streichelt er ihr über den Nacken. „Bald wird es besser werden, das verspreche ich dir. Und was hältst du davon, wenn ich hier heute übernachte?"

Voller Hoffnung schaut sie ihn an.

„Wirklich? Das würdest du tun? Trotz der ganzen Arbeit da oben? Ja bitte, ich würde mich so freuen!"

„Okay, dann würde ich vorschlagen, dass ich Essen aus dem Tegerngold mitbringe, ein Picknick sozusagen, und wir es uns bei dir oben im Apartment gemütlich machen. Was hältst du davon? Nach Restaurants und Menschen ist mir im Moment nicht und wenn wir uns bei dir in der Küche etwas zubereiten, kommt ständig jemand rein. Da ist die von mir vorgeschlagene Option schon die beste, was meinst du?"

„Gar keine Frage", bestätigt Lucy und guckt ihn verliebt an. Er kann sie zweifellos auf die Palme bringen, aber wenn sie ihn dann so anschaut, hat sie jedes Mal wieder Schmetterlinge im Bauch. Sie hofft, dass das immer so bleiben wird!

„Ich kann es kaum erwarten", flüstert Alex mit rauer Stimme und zieht sie wieder an sich. „Champagner und so steht alles bereit, nicht wahr?", haucht er ihr ins Ohr.

„Ist alles da", haucht sie ebenso leise zurück und pustet ihm dann leicht in die Ohrmuschel. Sie weiß, wie sehr er das liebt, und spürt an ihrer Hüfte, wie er langsam erregt wird.

„Nicht jetzt, junger Mann", ermahnt sie ihn lächelnd

und löst sich langsam aus seinen Armen, während er wieder versucht, sie an sich zu ziehen. „Alex, nicht jetzt!" Lachend befreit sie sich. „Ich muss mich bereit machen für ein großes Treffen mit der SZ."

„Mit der SZ? Du meinst die Süddeutsche Zeitung?" Jetzt hat sie seine Aufmerksamkeit. Zwar leider nicht mehr unterhalb der Gürtellinie, aber dafür darüber.

„Ja, die SZ kommt hierher", bestätigt sie nicht ohne Stolz.

„Die SZ schreibt über das Chalet?" So baff wie jetzt hat sie Alex wahrscheinlich noch nie erlebt. Wie gerne würde sie ihn noch ein wenig hinhalten, aber das ist nicht fair.

Lachend entgegnet sie daher: „Leider nicht über das Chalet und dessen bezaubernde Inhaberin samt Hund, sondern", dabei senkt sie die Stimme und schaut sich konspirativ um, „über einen der langweiligen Politiker, die hier sind. Da hat der Journalist sich wirklich den Lahmsten der vier ausgesucht, aber du hast wohl recht – er scheint wichtiger zu sein, als ich angenommen habe."

„Na ja, wichtig", antwortet Alex lachend. „Ich würde mal sagen, das ist immer relativ. Für mich zumindest ist nichts wichtiger als diese bezaubernde Dame mir gegenüber. Da pfeif' ich auf alle Politiker!"

„So mag ich das." Lucy knufft ihm lachend in die Seite, während er an ihrem Haar riecht.

„Haben dieses Parfum und deine heute besonders glänzenden Haare etwa etwas mit diesem Journalisten zu tun? Und sieht Rosie deshalb so aufgebrezelt aus?"

Er schaut zu dem Hund herunter, der wie immer bewundernd zu Alex hinaufguckt und heute ein hübsches blaues Halstuch trägt.

„Bayerisch, aber doch nicht kariert", murmelt Lucy, der das jetzt vor Alex ein wenig peinlich ist.

Aber da wird sie auch schon von Aishley gerettet, die in

den Garten gerannt kommt und dabei heraus prustet: „Ich habe gehört, es kommt heute ein anderer Fotograf ins Haus? Ich bekomme Konkurrenz? Das kann ja wohl nicht sein." Bevor Lucy auch nur antworten kann, streckt Aishley jedoch stolz ihre Brust hervor und verkündet: „Du glaubst doch nicht, dass eine Londoner Künstlerin sich von einem Fotografen einer Vorstadtzeitung einschüchtern lässt ..."

„Vorstadt, na ja ...", schafft Lucy noch zu murmeln, bevor Aishley sie forsch unterbricht: „Daher habe ich mir von all deinen Gästen die Erlaubnis geholt, sie fotografieren und die Fotos frei nutzen zu dürfen, was sagst du dazu?"

„Du hast was?" Lucy ist komplett verdutzt und sieht, wie auch Alex etwas verwirrt guckt.

„Die stehen doch alle im Rampenlicht, gut, die einen vielleicht etwas weniger als die anderen, aber das war mir egal. Man muss alle Menschen gleich behandeln, nicht wahr? Ich weiß noch nicht, was ich damit machen will, aber irgendwie habe ich das Gefühl, die Bilder könnten cool werden. Ihr könnt mir erzählen, was ihr wollt, hinter diesen Leuten steckt mehr, als man auf den ersten Blick wahrnimmt. Vielleicht sehe ich auf den Fotos etwas, das ich vorher nicht erkannt habe. Bilder lügen nie."

Lucy bemerkt, wie Alex sie mit hochgezogenen Augenbrauen anguckt, und demonstriert ihre eigene Ratlosigkeit mit einem kurzen Schulterzucken. Sie hat genauso wenig Ahnung wie er, wovon Aishley hier spricht. Aber dass sie ihre Gäste fotografieren will, das hat sie verstanden!

„Aishley, das kannst du nicht bringen", sagt sie ernst und runzelt die Stirn. „Du kannst doch meine Gäste nicht einfach fragen, ob du sie fotografieren darfst."

„Ja klar darf ich das", entgegnet Aishley ungerührt. „Ich bin genauso Gast wie die, da kann ich machen, was ich will. Außerdem hatte ich das Gefühl, dass sie auch ein wenig stolz darauf waren. Nur der Amerikaner, Dick, der hat sich etwas geziert. Bis seine hübsche junge Frau ihn überzeugt hat, sich nicht so anzustellen."

„Das heißt, du willst ein richtiges Fotoshooting mit ihnen machen?", fragt Lucy nervös.

„Nonsens", erwidert Aishley. „Wer will denn schon formelle Fotoshootings? Außer dem komischen Typen von der Zeitung heute Nachmittag natürlich. Nein, ich werde sie ab und zu mal ganz natürlich und unauffällig fotografieren, nur so bekommt man meines Erachtens richtig gute Bilder. Obwohl, das stimmt nicht. Gute gibt es auch gestellt. Aber nur so bekommt man wirklich authentische Bilder, das meinte ich. Und authentisch ist mein Ding. Ich mag nichts, was künstlich ist."

„Versuch' nicht, sie umzustimmen", ruft Sophie jetzt von einem der Gartentische zu ihnen herüber. Lucy hat gar nicht mitbekommen, dass sie herausgekommen ist, so konzentriert war sie auf Aishleys Bericht. Jetzt sieht sie, dass Sophie ihr Zeichenbuch vor sich liegen hat, und freut sich, dass die neue Kollektion ihrer Freundin offensichtlich in Arbeit ist.

„Ich weiß", ruft sie zurück. „Aber ich dachte, es sei einen Versuch wert, sie davon abzuhalten, meinen Gästen mit ihrer Kamera hinterher zu spionieren."

„Das haben schon ganz andere versucht", erwidert Sophie lachend. „Ich würde da keine Energie drauf verschwenden. Übrigens, Alex, ich glaube, die beiden wollten gleich los. Musst du dich nicht sputen?"

Mit Erstaunen in den Augen dreht Lucy sich zu Alex um: „Deshalb bist du also hier? Um mit Patrick und Nicolai wieder golfen zu gehen? Und nicht etwa meinetwegen, wie ich in meiner Arroganz zu hoffen gewagt habe?"

Zu ihrer Genugtuung bemerkt sie, wie Alex leicht rot wird. Dann gibt er ihr einen flüchtigen Kuss auf den Mund und beteuert: „Aber heute Abend steht. Und da kommt nichts dazwischen. Ich versprech's."

„Kein Golf im Fernsehen?", fragt sie ironisch.

„Und selbst wenn." Verschmitzt zwinkert er ihr zu, gibt ihr noch einen Klaps auf den Po und fegt dann aus dem Garten heraus, offensichtlich froh, dass er noch so gut davongekommen ist.

„Dieses verdammte Golf", murrt Lucy ihm hinterher.

Sie haben sich mittlerweile zu Sophies Tisch herüberbewegt, die ihr Buch im selben Moment schließt. Lucy kennt das schon von ihr. Sie mag es nicht, wenn jemand in der Mitte ihres kreativen Prozesses sieht, woran sie arbeitet. Lucy kann das nicht nur nachvollziehen, sondern komplett verstehen. Sie würde wahrscheinlich genauso arbeiten.

Herausfordernd guckt sie ihre Freundinnen jetzt an.

„Treibt euch das nicht in den Wahnsinn mit diesem Golf?"

„Quatsch, wieso denn?", will Sophie geistesabwesend wissen und obwohl Lucy das Gefühl hat, sie zu stören, muss sie sich jetzt einfach mal auskotzen.

„Weil es so unglaublich viel Zeit in Anspruch nimmt! Und so ein bescheuerter Sport ist."

„Es soll wohl sehr entspannend sein", antwortet Sophie und lehnt sich zurück. Sie hat sich offenbar damit abgefunden, die nächsten Minuten ein offenes Ohr für ihre Freundin haben zu müssen. „Im Gegensatz zu dir denke ich, dass Patrick spielen kann, wann er will. Er ist mir schließlich keine Rechenschaft schuldig. Und in London spielt er sehr viel weniger, da freue ich mich, dass er es hier mal in vollen Zügen genießen kann."

Sogleich kommt Lucy sich kleingeistig und wie eine meckernde Zicke vor. Aber da kommt Aishley ihr zu Hilfe: „Also, bescheuert ist es allemal. Ich habe ja mal gespielt und ich schwöre euch, ich habe mich selten in meinem Leben so gelangweilt."

Jetzt muss auch Sophie lachen. „Natürlich hast du mal

gespielt", stellt sie fest und schüttelt den Kopf. „Wie könnte es auch anders sein, Miss Superadelig? Aber ich erinnere mich. Ich hatte das fast schon verdrängt. Hast du nicht irgendwelche Dates auf dem Golfplatz ausgemacht? Bevor du mit dem guten alten Maurice zusammenkamst?"

Lucy erinnert sich, dass Maurice schon einmal erwähnt wurde. Er ist Aishleys Ex-Freund, den sie jedoch aus Learjet-Höhe hat fallen lassen. Hinab auf den kalten Boden der Tatsache, dass er für Aishley einfach zu langweilig war. Kleinkariert und mit veralteten Ansichten. Oder adlig halt, wie Aishley sagen würde. Diese lacht jetzt und bestätigt:

„Ja, das habe ich zwei Mal versucht. Beide Male sind tüchtig in die Hose gegangen. Das erste Mal hatte ich vorher einen Joint geraucht und war high wie ein Drachen, während mein Gegenüber das Spiel fürchterlich ernst nahm und nicht verstanden hat, wieso ich permanent in Lachanfälle ausbrach. Das zweite Mal war der Typ so langweilig, dass ich meine Bälle immer extra in die andere Richtung gespielt habe, um möglichst wenig Interaktion mit ihm zu haben. Wenn er nach rechts gespielt hat, habe ich nach links geschlagen und umgekehrt. Irgendwann reichte jedoch auch das nicht mehr und ich habe mir einfach Kopfhörer aufgesetzt und Musik angemacht. Sagte ihm, dass ich mich nur mit Musik auf mein Spiel konzentrieren kann. Er war zwar etwas irritiert, aber hat es akzeptiert. Trotzdem war es unser letztes Date." Verträumt schaut sie in die Ferne. „So schlecht ist Golf vielleicht doch nicht. Vielleicht waren es nur meine Partner. Wisst ihr was, ich glaube, ich werde mal mit den Dreien spielen gehen!"

Lucy spürt, wie ihr aller Wind aus den Segeln genommen wurde, und beschließt, das Thema zu wechseln. „Wie findest du das Setting für das Interview, Aishley? Meinst du, das passt für den Fotografen so?"

Sie schauen zu dem Tisch mit den beiden Stühlen unter

dem Kirschbaum hinüber. Später wird Lucy dort noch Kaffee, Limonade und ein wenig Kuchen hinstellen.

„Es ist perfekt, sieht wunderschön aus", antwortet Aishley mit aufrichtiger Anerkennung. „Er wird die beiden aber wahrscheinlich nicht beim Interview fotografieren, sondern hinterher ein paar extra Bilder machen. Aber mach du dir darum keine Gedanken. Das Setting hier ist ideal und auch wenn Helmut nicht gerade der Schönste ist, wird der Chalet-Garten dem Ganzen das nötige Charisma verleihen. Ich werde im Hintergrund auch ein paar Fotos schießen. Ganz unauffällig natürlich", beeilt sie sich zu versichern. „Keiner wird überhaupt merken, dass ich da war. Komm, setz dich da vorne mal hin. Ich mache ein Foto von dir und Rosie. Ihr seht heute beide besonders hübsch aus."

Ein Kompliment von Aishley geht an niemandem einfach so vorbei und Lucys Wangen fangen an, vor Stolz zu glühen. Und vielleicht auch ein wenig vor Aufregung, da ihr Chalet heute Mittag immerhin der Schauplatz eines wichtigen politischen Treffens sein wird. In ihren Gedanken hat sie Helmut gerade zum neuen Bundespräsidenten erkoren. Vergessen sind irgendwelche kleingeistigen Gedanken von wegen Vorstadtpolitiker. Wäre er so unbedeutend, würde ihn die SZ nicht interviewen wollen, richtig?

„Na ja, ein Foto vielleicht", sagt sie und setzt sich mit Rosie schon einmal in Pose, während Aishley ihre Kamera holt.

DANN IST ES SO WEIT – der echte Fotograf kommt! Mit dem Journalisten im Schlepptau. Lucy läuft ihnen auf dem Vorhof entgegen, um sie zu empfangen. Sie möchte ihre Chance auf keinen Fall verpassen!

„Guten Tag", wünscht sie etwas zu fröhlich und schüttelt den beiden verdutzten Männern enthusiastisch die Hand.

„Ich bin Lucy Davenport, die Inhaberin des Chalets am See, wo Ihr verehrter Interviewpartner gerade Urlaub macht. Und das hier ist Rosie, die eigentliche Herrin des Hauses." Lachend deutet sie auf ihren Hund. „Kommen Sie doch rein und legen Sie ab!" Sie weiß eigentlich nicht genau, was die beiden ablegen sollen, da es Hochsommer ist und beide dementsprechend leicht gekleidet sind. So sagt der Journalist, dessen Namen er zwar genannt hat, aber den sie in der Aufregung gleich wieder vergessen hat, auch schon zu ihr: „Das ist sehr aufmerksam von Ihnen, Frau Davenport, aber wir haben alles, was wir benötigen. Wenn Sie uns nur sagen könnten, wo Herr …"

„Im Garten, er ist im Garten", fällt Lucy ihm ins Wort. „Kommen Sie, ich bringe Sie hin! Auf, Rosie, wir zeigen den Herren, wo es langgeht!"

Sie will verdammt sein, wenn ihr Hund nicht mit aufs Foto kommt. Oder sogar Plural – die Fotos – je nachdem, wie viele es sind.

„Sie sind also Fotograf", sagt sie auf dem Weg zum Garten zu dem übergewichtigen Mann, dem unter der Last seiner Kameraausrüstung der Schweiß hinunterläuft.

„Ja, bin ich", knurrt dieser nicht gerade nett.

„Wir haben hier eine professionelle Fotografin im Haus wohnen, wissen Sie, eine meiner besten Freundinnen!", quasselt Lucy nervös weiter und würde sich am liebsten in den Hintern beißen, als sie ein gebrummtes „Was glauben Sie denn, was ich bin? Ein unprofessioneller Fotograf?" zur Antwort bekommt.

Halt einfach deinen Mund, Lucy, denkt sie, aber da sind sie glücklicherweise schon im Garten angekommen, wo Helmut von seinem Stuhl unter dem Kirschbaum aufsteht und mit ausgestreckter Hand auf die beiden Männer zugeht. Er hat sein bestes Politikerlächeln aufgelegt und Lucy sieht, dass er voll in seinem Element ist. „Die Herren!", ruft er aus und bedankt sich dann überschwänglich bei ihnen, dass sie in der Hitze den weiten Weg von München zum um die Ecke gelegenen Tegernsee auf sich genommen haben, um ihn in seinem natürlichen Habitat besuchen zu können.

Natürliches Habitat, mein Arsch, denkt sich Lucy nicht ganz ladylike. Sein natürliches Habitat ist der Ruhrpott, nicht ihr schönes Chalet. Er macht noch nicht einmal Yoga! Aber sie leiht es ihm gerne kurz aus, wenn sie dann auch etwas davon hat. Also setzt sie ihr süßestes Lächeln auf und fragt mit weicher Stimme, ob sie den Herren noch etwas bringen dürfe. Gönnerhaft legt Helmut ihr eine Hand auf die Schulter.

„Danke, Lucy, Sie haben das alles ganz wunderbar vorbereitet, aber jetzt schaffen wir das schon allein. Kümmern Sie sich nicht weiter um uns!"

Lucy spürt es in sich brodeln. So wird sie also abserviert. Als sei sie hier nur eine Dienstleisterin und nicht die Herrin dieses Anwesens. *Es geht hier nicht um dich*, Lucy, hört sie in sich die Stimme der Vernunft und kann sich auch genau Alex' Grinsen vorstellen, wenn er ihre Gedanken jetzt lesen könnte.

„Ich setz' mich einfach da vorne hin", sagt sie und zeigt auf einen der anderen Tische in der Nähe von Sophie, die immer noch völlig vertieft über ihre Entwürfe gebeugt sitzt. „Falls jemand von Ihnen noch etwas braucht."

Aber da scheinen sie sie schon vergessen zu haben, denn keiner kümmert sich mehr um sie und Rosie. Noch nicht einmal Sophie scheint sie wahrzunehmen.

15

Wie versprochen kommt Alex abends mit einem Korb voll guten Essens zu ihr ins Apartment. Sie hat die Tür für ihn offengelassen, denn sie selbst liegt in der Badewanne auf ihrer Terrasse und betrachtet statt des Panoramas ihre Zehen.

„Guten Abend." Alex beugt sich zu ihr herunter und gibt ihr einen Kuss auf den Mund. Dann nimmt er etwas Schaum und tupft ihn ihr auf die Nasenspitze.

„Ein Bad ganz allein?", fragt er neckend. „Ich hatte ja gehofft, wir machen das danach zu zweit."

„Nicht ganz allein. Meine Zehen und ich. Das heißt, wir sind schon zu elft. Außerdem – wer sagt denn, dass man nicht zwei Mal am Tag baden kann?" Verschmitzt lächelt sie ihn an. „Ich freue mich so, dass du da bist." Sie schlingt ihre nassen Arme um ihn und lässt sich von ihm aus der Wanne heben.

„Puh, so leicht, wie du aussiehst, bist du gar nicht", keucht er unter ihrem Gewicht und lässt sie, sobald sie drinnen sind, auf die Couch fallen. „Da muss ich mir das noch einmal überlegen mit dem Über-die-Schwelle-Tragen."

Lucy wird leicht rot und trocknet schnell ihr Gesicht ab, damit er es nicht sehen kann. Aber da wechselt Alex auch schon das Thema. Während er ihren weichen, weißen Bademantel um sie legt, fragt er interessiert: „Und, wie ist es heute gelaufen? Kommst du morgen in der SZ groß raus und ganz Bayern wird dir die Tür einrennen? Nicht zu sprechen von den ganzen Anträgen, die Rosie erhalten wird, nachdem du sie so herausgeputzt hast!"

Lucy lächelt ihn ein wenig traurig an. „Ach, so ein Erfolg war es glaube ich nicht. Sie waren tatsächlich nur an dem langweiligen Politiker interessiert. Aber was hältst du davon, wenn ich mich jetzt erst einmal anziehe und du währenddessen den Tisch deckst? Wir essen auf dem Balkon, oder? Es ist so ein schöner Abend! Und dann erzähle ich dir alles."

„Zu Befehl, Madame!", gehorcht Alex und steht stramm. Dann packt er den Korb aus, während Lucy sich anziehen geht. Sie entscheidet sich für eine luftige, lange Leinenhose mit einem weißen Leinenhemd. Genau das Richtige bei diesem Wetter. Dann bürstet sie sich die Haare, legt noch etwas Mascara und Parfum auf und fertig ist sie für einen schönen Abend mit ihrem Liebsten. Sie sehen sich im Moment so wenig, da will sie jede Minute in seiner Präsenz voll auskosten. Als sie fertig ist, hat Alex den Tisch auf dem Balkon schon festlich gedeckt. Als gestandener Hotelier hat er das drauf, da kann ihm niemand etwas vormachen. Lucy entdeckt, dass er sogar Blumen mitgebracht hat, die jetzt in einer schönen Vase den Tisch schmücken. In ihren Gläsern wartet sprudelnder Champagner und auf ihren Tellern feine Horsd'œuvres.

„Oh, wow", stellt sie beeindruckt fest. „Ich bekomme hier heute wirklich die 5-Sterne-Behandlung, was? Bin schwer beeindruckt, mein Lieber!"

Dann drückt Alex ihr ein Glas Champagner in die Hand

und sie stoßen feierlich an. „Auf uns!", deklariert Alex und guckt ihr tief in die Augen.

„Auf uns!", antwortet Lucy und ihr Herz wird warm und leuchtend.

„Also, jetzt erzähl' mal von deinem spannenden Tag heute. Ich kann gar nicht glauben, dass Helmut es geschafft hat, Aufmerksamkeit von dir und Rosie abzuziehen."

„Doch, das hat er leider mit links geschafft", murmelt Lucy und lässt den Nachmittag nochmals an ihrem inneren Auge vorbeiziehen. „Ich weiß gar nicht, wofür ich mir all die Mühe gemacht habe. Ich glaube, der Fotograf hat uns wirklich keines einzigen Blickes gewürdigt. Noch nicht einmal Rosie mit ihrem süßen Halstuch hat er wirklich wahrgenommen. Wobei ich schon denke, dass sie auf ein paar Fotos drauf sein wird. Ich hab' schließlich immer wieder versucht, sie ins Blickfeld zu schmuggeln. Zur Not war noch Aishley da. Die hat parallel wie wild geknipst. Sie wollte es unauffällig machen, das hat sie zumindest vorher versprochen, aber ich glaube, das ist gehörig in die Hose gegangen. Begeistert war der SZ-Fotograf von seinem ständigen Schatten jedenfalls nicht!"

Alex muss lachen. „Ganz schön was los hier", sagt er und hebt sein Glas erneut. „Die Herren haben keine Ahnung, was ihnen entgangen ist! Für mich jedenfalls seid ihr die Hauptakteure!"

„Das ist das Wichtigste", bestätigt Lucy und hebt ebenfalls ihr Glas. „Und weißt du was, Alex, das Chalet wird ja auf jeden Fall in dem Artikel vorkommen. Da werden sie nicht drum herumkommen, es zu erwähnen."

„Eben!" Herzhaft beißt Alex in ein mit Champignonpaste gefülltes Törtchen. „Morgen werden wir's ja sehen, aber jetzt lass uns diesen herrlichen Abend genießen."

. . .

AM NÄCHSTEN MORGEN wird Lucy von einem Klopfen an ihrer Tür geweckt. Sie hört Emmas leise Stimme von draußen: „Die Zeitung, wie du es gewünscht hast!"

Die SZ! Sofort ist sie hellwach, springt aus dem Bett und wirft sich einen Bademantel über. Dann läuft sie zu der Tür ihres Apartments und reißt sie auf. Genau wie man es aus alten Filmen kennt, ist die Zeitung fast noch druckfrisch. Der Journalist hat ihr bei dem knappen Abschied versichert, dass der Artikel heute drin sein sollte. Von Helmut hingegen war der Abschied gar nicht knapp. Dem hat er ausgiebig die Hand geschüttelt und ihm immer wieder auf die Schulter geklopft. Fast so, als sei er der Politiker und nicht Helmut.

Lucy hebt mit zitternden Händen das Blatt auf und wundert sich selbst darüber, wie nervös sie ist. Fahrig öffnet sie die Seiten und sucht nach einem Foto des Chalets. Sie muss die Zeitung zwei Mal durchgehen, aber dann findet sie das Interview. Sie weiß gar nicht, wie sie es eben verpassen konnte, es ist immerhin zwei Seiten lang! Aber schon auf den ersten Blick ist sie enttäuscht. Im Titel steht nichts vom Chalet und auch die beiden Bilder von Helmut zeigen nur einmal ihn neben dem Journalisten und einmal ihn allein. Den Tegernsee kann man dahinter mehr erahnen als wirklich erkennen und das Chalet sieht man gar nicht. Selbst Rosie ist nirgends zu entdecken! Lucy schluckt ihre Enttäuschung herunter und zwingt sich dann, den langen Artikel zu lesen. Es sollte immerhin um Helmut im Urlaub gehen, da muss das Chalet einfach irgendwo erwähnt sein! Mittlerweile ist auch Alex aufgestanden und sie spürt seinen warmen Atem in ihrem Nacken. Dann legt er seine Arme um ihre Taille, während er ihr über die Schulter blickt.

„Hm – langweilige Bilder, oder? Die hätte selbst ich besser machen können!", behauptet er loyal.

„Viel besser hätten wir die selbst machen können!", bestätigt Lucy, liest dann aber weiter. „Der Artikel ist nicht viel interessanter als die Bilder", murmelt sie und merkt, wie sie wieder schläfrig wird. Ein Effekt, den Politik immer auf sie hat. „Helmut, bla, bla, bla, Helmut, bla, bla, bla", grummelt sie, während ihre Augen über die Zeilen fliegen. „Er scheint wirklich eine steile Karriere vor sich zu haben, Alex. Du hattest recht. Und seiner Wiederwahl zum Bürgermeister scheint nichts im Wege zu stehen. Selbst Henriette wird erwähnt. Dass sie gegen ihren Mann keine echte Chance hat. Dabei würde sie auch gerne Bürgermeisterin werden. Das hat sie ja hier auch schon erwähnt. Ist das nicht schräg? Da teilen die hier Tisch und Bett und stehen sich gleichzeitig im Wahlkampf gegenüber. Ich wusste gar nicht, dass so etwas möglich ist!"

„Ja, dazu gehört wohl viel Vertrauen", mutmaßt Alex, der den Artikel ebenfalls überfliegt. „Würde ich zumindest meinen. Die müssen sich darauf verlassen können, dass der eine keine dreckige Wäsche über den anderen öffentlich breittritt."

„Die sind zu langweilig für dreckige Wäsche", behauptet Lucy mit Nachdruck, bevor sie laut aufquietscht. „Hier steht es, schau Alex, schau! Der gerade am idyllischen Tegernsee in einem kleinen familiären Haus seinen Urlaub verbringt." Sie lässt die Zeitung sinken und schaut Alex groß an. „Das war's? Das war alles, was die über das Chalet zu sagen haben? Dass es klein und familiär ist? Ernsthaft? Noch nicht einmal der Name war es ihnen wert?" Erneut steigt kalte Enttäuschung in ihr auf und sie kann nur mit Mühe die Tränen unterdrücken, die sich ihren Weg nach draußen bahnen. Sie kommt sich selbst albern vor, aber sie kann sich einfach nicht helfen. „Ich hätte ihnen Zyankali ins Getränk mixen sollen", knurrt sie und spürt Alex' Arme um ihre Taille, die sie nun etwas stärker halten.

„Mach dir nichts draus", flüstert er ihr ins Ohr. „Diese

Typen haben keine Ahnung. Die würden etwas Gutes nicht erkennen, wenn es sie in den Hintern beißen würde!"

„Eben! Selbst wenn es sie in den Hintern beißen würde!", wiederholt Lucy und nickt kräftig mit dem Kopf. Dann dreht sie sich zu Alex um und funkelt diesen böse an.

„Und du hast mir diese Deppen eingebrockt", sagt sie mit aufgebrachter Stimme. „Ohne dich wäre ich jetzt nicht in dieser Situation!"

Sie weiß selbst, wie albern das ist und auch wie ungerecht, aber sie braucht einfach jemanden, den sie beschuldigen kann, und Alex ist der Einzige, der da ist. Sie windet sich aus seinen Armen und sieht die Verletzung in seinen Augen.

„Das ist jetzt nicht gerecht, Lucy!", sagt er und schaut sie ernst an. „Willst du dieser Sache wirklich so eine Bedeutung beimessen? Ist es dir so wichtig, dass du dafür selbst unsere Harmonie riskierst? Komm, so viel kann dir eine Erwähnung in der SZ doch nicht wert sein!"

Tief drinnen weiß sie, dass er recht hat, aber trotzdem kann sie die heißen Tränen nicht mehr aufhalten, die jetzt endgültig aus ihren Augen schießen. Sie ist auch reflektiert genug, um zu erkennen, dass es hier gar nicht um die Erwähnung in der SZ geht. Es geht darum, dass sie sich allein fühlt, seit alle um sie herum so beschäftigt sind. In der Hochsaison ist enorm viel los am Tegernsee, und doch fühlt sie sich im Herzen einsam. Das will sie Alex jedoch nicht sagen, da sie dann bedürftig und wie ein Kind wirkt, und außerdem will sie nicht, dass er dies als Vorwurf auffassen könnte. Also versteckt sie sich lieber hinter diesem Artikel.

„Ich weiß", lenkt sie jetzt ein und guckt verlegen zu Boden. „Aber hätte ich mir meine Gäste selbst ausgesucht, dann wäre ich auch für alles selbst verantwortlich. Aber dadurch, dass du sie mir so zugeschustert hast, habe ich irgendwie das Gefühl, da gar kein Sagen zu haben."

„Fängt das schon wieder an", murmelt Alex und verdreht die Augen. Dann dreht er sich mit resolutem Gesichtsausdruck zu ihr hin. „Kannst du bald mal damit aufhören, Lucy? Wann verstehst du endlich, dass du dir deine Gäste nie aussuchen können wirst? Außer natürlich, sie müssen sich bewerben, um hier wohnen zu dürfen. Dann wirst du sie dir tatsächlich aussuchen können. Aber auch dann wärst du nicht für alles verantwortlich, wie du so schön sagst. Du kannst doch nicht für die Aktionen deiner Gäste verantwortlich sein. Oder irgendwelcher Journalisten. Sei doch einfach mal im Flow und nimm die Dinge so, wie sie kommen. Ist das nicht auch Yoga? Um ehrlich zu sein, wusste ich nicht, dass du solch ein Kontrollfreak bist. Alles willst du micromanagen. Selbst deine Gäste. Wenn wir mal ehrlich sind, ist der Artikel doch ganz okay. Das ist die SZ, verdammt noch mal! Da wollen die Leute über Politik lesen. Das ist kein Reisemagazin, geschweige denn ein Yogamagazin! Es wäre schön gewesen, wenn du erwähnt worden wärst, ja, aber so wurdest du es nun einmal nicht. Leb' damit!"

Seine Augen funkeln gefährlich und Lucy hat das Gefühl, dass er wirklich sauer ist. Hat sie eine Grenze überschritten? Hätte sie seine Worte schon vorher ernst nehmen sollen? Alex ist eigentlich niemals wütend, es dauert lange, bis er mal aus der Haut fährt. Aber er hat wohl recht. Sie kann ihm nicht immer wieder vorwerfen, dass er ihr die Gäste zugespielt hat. Im Gegenteil, sie könnte ihm auch dankbar dafür sein.

Aber das verletzte Kind in ihr will jetzt keine Dankbarkeit spüren oder zeigen und so sagt sie mit kalter Stimme: „Ah, so denkst du also über mich. Ist ja interessant, Alex. In diesem Fall ist es wohl besser, wenn du jetzt gehst. Meine Yogastunde fängt eh gleich an." Damit schreitet sie ins Badezimmer und stellt sich unter die Dusche. Als sie wieder herauskommt, ist Alex verschwunden. Er hat keine Nachricht hinterlassen und auch auf ihrem Handy ist nichts von ihm.

Hach, muss das Leben so kompliziert sein? Wäre es nicht schön, wenn alles ganz einfach wäre?

Etwas später betritt Lucy den Yogaraum, wo Henriette und Tanja sich schon aufwärmen.

„Hast du das Interview gelesen?", ruft Henriette ihr sogleich zu. „Ist es nicht wunderbar? Zwei Seiten in der SZ! Helmut ist im siebten Himmel!"

Lucy geht sogleich ein Stich durchs Herz. Es ist ihr egal, in welchem Himmel Helmut ist. Seinetwegen hat sie sich gerade mit Alex gestritten. Andererseits möchte sie nicht kleingeistig erscheinen und versucht daher, zumindest so zu tun, als würde sie sich mit Henriette freuen.

„Ja, wirklich ganz wunderbar", presst sie mit leicht gekünstelter Heiterkeit hervor. „Ein schönes Porträt von ihm, wirklich sehr beeindruckend!"

„Nur schade, dass das Chalet nicht erwähnt wurde", mischt Tanja sich ein, deren Gesicht gerade zwischen ihren Knien steckt. „So ein wenig PR wäre für dich auch nicht schlecht gewesen und wenigstens einmal hätten sie den Namen schon einflechten können."

Lucys Herz geht sofort für die junge Frau auf. Hier ist eine, die sie ohne viele Worte versteht. Die weiß, wie wichtig Werbung ist und wie es schmerzen kann, wenn solch eine Gelegenheit ungenutzt vorbeizieht.

„Klar wäre das schön gewesen", antwortet sie betont lässig und lacht unsicher. „Aber es ist ja schließlich kein Reisemagazin", plappert sie Alex' Worte nach, „sondern der Artikel war im politischen Teil der Zeitung. Da sind die Leute an einem Yogachalet wohl nicht ganz so interessiert."

„Finde ich nicht", widerspricht Tanja und streckt jetzt ihren Rücken in ein Rad durch. „Helmut wäre viel menschlicher rübergekommen, wenn sein Reiseziel ein wenig beschrieben worden wäre. Die Leute wollen doch den Menschen dahinter kennenlernen und nicht nur den Politiker. Es geht auch darum, Emotionen zu wecken." Keuchend kommt sie aus dem Rad heraus.

„Aber du bist doch seine PR-Tante", schaltet sich jetzt Henriette wieder ein, die sich zum Aufwärmen lediglich ein wenig nach links und rechts verdreht. „Hättest du dich da nicht drum kümmern sollen?"

„Ich habe ihm schon das Interview besorgt", entgegnet Tanja. „Mehr konnte ich nicht tun. Denen von der SZ kannst du leider nicht diktieren, was sie schreiben sollen. Und um ehrlich zu sein", gibt sie jetzt zu, „hatte ich vorher das Chalet auch nicht im Fokus. Es war schon ein Gewinn, überhaupt die Aufmerksamkeit der SZ zu bekommen. Erst als ich den Artikel heute Morgen gelesen habe, merkte ich, dass ein wenig Farbe, ein wenig Atmosphäre fehlt. Aber daran können wir jetzt nichts mehr ändern."

„Eben", bestätigt Lucy und klatscht resolut in die Hände. „Aber Yoga können wir jetzt machen und das tun wir auch. Also Ladys und Gentlemen, bitte hinsetzen, wir fangen mit ein paar Atemübungen an."

Nach der Stunde kommen Schuldgefühle in ihr hoch, als sie daran denkt, wie sie Alex behandelt hat. Sie seufzt und entscheidet, dass eine Entschuldigung fällig ist. Vorher schickt sie noch Babs eine Nachricht: „Wollte gleich mal ins Tegerngold hochkommen. Mich bei Alex entschuldigen – mal wieder. Bist du da und hast Zeit für einen Kaffee?"

Umgehend kommt die Antwort: „Du solltest mehr Yoga machen, dann wärst du nicht immer so impulsiv. Hab in einer halben Stunde Zeit. Kommst du ins Spa? Freu mich!"

Lucy bestätigt kurz und wechselt dann von ihren Flip-Flops in Turnschuhe. Wenn Babs erst in einer halben Stunde Zeit hat, kann sie vorher noch mit Rosie ein wenig spazieren gehen. Und vielleicht kurz bei Michi vorbeischauen, ja, genau, das wird sie tun!

„HEY MICHI, wie läuft's?", ruft sie ihm ein wenig später zu, während Rosie schon vorprescht und erfreut an Michi hochspringt.

„Gut läuft's", antwortet dieser lachend und versucht, sich gegen die Hundeküsse zu wehren. „Rosie, ich bin schwul", wehrt er den Hund vergeblich ab. „Da gehört es sich für eine Dame nicht, mich so abzuschlecken."

„Ach, sie sieht das alles nicht so eng", entgegnet Lucy und schließt ihren guten Freund in die Arme. „Du weißt doch, männlich, weiblich, etwas dazwischen, schwul, lesbisch, hetero oder sonst was – das ist Rosie alles egal. Sie liebt alle." In dem Moment fällt ihr auf, dass ihr Hund eigentlich viel spiritueller ist als sie selbst. Genau das ist doch das Ziel – so zu leben, wie Rosie es tut. Jeden Moment zu genießen und jedes Wesen so zu nehmen, wie es ist. Ihr Hund als Guru. So weit ist es also gekommen.

Dann betrachtet sie Michi in seiner Badehose und mit seinem nackten Oberkörper und nickt anerkennend.

„Die Wassersportschule tut dir gut, mein Lieber, du siehst aus wie einem Surferfilm entsprungen. Wenn du nicht aufpasst, schlecke ich dich auch noch ab."

Michi grinst und klatscht sich auf den Sixpack. „Ist nicht schlecht geworden, was? Marcel ist auch ganz beeindruckt, wobei es ihn auch etwas unsicher macht. Nach seinem Geschmack sind zu viele Single-Männer Schüler bei mir hier."

Lucy streichelt ihm kurz über den Arm und befühlt dann beeindruckt seinen Bizeps. „Ich glaube, da muss Marcel sich keine Sorgen machen. Denn trotz deines großen Mundes bist du doch eigentlich eine treue Seele."

„Ja leider." Michi verdreht die Augen. „Manchmal wünschte ich, ich könnte diese Sachen etwas lockerer sehen. Aber ich liebe Marcel einfach. Da kann ich nichts tun. Auch wenn unsere Leben jetzt so unterschiedlich sind. Er sitzt ununterbrochen am Schreibtisch und bekommt die Sonne kaum zu sehen und ich werde hier zum regelrechten Beachboy. Aber so ist das nun einmal, nicht? Komm, setz dich, was willst du trinken? Ich hab' fast alles da. Für dich eine zuckerfreie Limonade?"

Lucy schaut auf die Uhr. „Schaffe ich leider nicht. Ich bin gleich mit Babs verabredet und sie hat immer nur kurze Zeitfenster. Außerdem scheinen da vorne deine nächsten Schüler zu kommen." Sie deutet mit dem Kinn zu einer Gruppe Jugendlicher, die zielbewusst auf sie zusteuern und mindestens genauso durchtrainiert wie Michi aussehen.

„Was hab' ich nur für vielbeschäftigte Freunde", murmelt sie kurz darauf, als Michi voller Enthusiasmus auf die Gruppe zustürzt und sie und Rosie im selben Moment vergessen zu haben scheint. „Komm, Rosie", ruft sie ihren Hund zu sich. „Die Prioritäten haben sich verschoben." Da bemerkt sie, wie zickig sie sich wieder anhört, geht stattdessen zu Michi hin und drückt ihm ein Küsschen auf die Wange. „Wir sind dann mal weg", lässt sie ihn wissen. „Vielleicht mache ich die Tage ein Essen. Seid ihr dann dabei?"

„Ja, logo, ist eh schon viel zu lange her, seit wir alle etwas zusammen unternommen haben. Nimm nur bitte einen Abend, an dem ich nicht in der Weinbar arbeite, ansonsten habe ich eigentlich nichts vor."

Stimmt, das macht er ja auch noch! Lucy hätte seinen zweiten Job beinahe vergessen. Sie ist beeindruckt davon, was er so alles schafft. Dann macht sie sich mit Rosie auf den Weg zum Tegerngold. Ein wenig Zeit haben sie noch, also beschließt sie, einen kleinen Umweg zu nehmen. Der Wald hier ist einfach herrlich und bietet bei der Hitze ein bisschen Abkühlung. Kurze Zeit später steht sie dann vor dem imposanten Gebäude, das Alex sein Eigen nennt, und wie immer geht ihr Herz bei dem Anblick auf. Es ist schon unglaublich, wie Alex es schafft, diesen Riesenkasten zu managen. Nebenbei versucht er zudem, ihr das Leben so einfach wie möglich zu machen, und was tut sie? Wirft ihm mit ihren Vorwürfen immer wieder Stöcke zwischen die Beine. Dabei kann sie sich nicht daran erinnern, dass er jemals etwas getan hätte, das nicht in ihrem besten Interesse gewesen wäre. Sie seufzt. Manchmal ist es schon nicht leicht, mit so einem Heiligen zusammen zu sein! Bevor sie sich jedoch auf die Suche nach ihm macht, geht sie erst einmal in den Spa, um Babs zu besuchen. Selbst wenn sie Kaffee trinken, müssen sie dies in der kleinen Spa-Küche tun, da Babs als Angestellte nicht die anderen Cafés und Restaurants besuchen darf. Natürlich könnten sie in die allgemeine Mitarbeiterkantine gehen, die erfreulich nett und einladend ist, aber da Lucy mit dem Chef zusammen ist, sind alle in ihrer Anwesenheit eingeschüchtert und die Stimmung ändert sich blitzartig, sobald sie hereinkommt. Daher haben sie und Babs es sich zur Gewohnheit gemacht, sich im Spa zu treffen. Weil das Wetter heute so schön ist, machen sie die Tür zum Garten auf und setzen sich draußen auf ein Mäuerchen im Schatten.

„Du musst dich also mal wieder bei Alex entschuldigen", stellt Babs süffisant fest und grinst sie an. „Was hast du denn wieder angestellt?"

„Eigentlich nichts Schlimmes." Es tut Lucy immer gut, mit Babs zu sprechen, aber wenn sie jetzt an die Geschichte denkt, kommt sie sich noch kleinlicher vor als zuvor. Trotzdem fährt sie wahrheitsgemäß fort: „Gestern war ein Journalist von der SZ da, um einen meiner Gäste – Helmut – zu interviewen. Ist wohl ein wichtigerer Politiker, als ich angenommen habe."

„Die SZ, wow." Babs pfeift anerkennend durch die Zähne.

„Ja, ich weiß." Lucy kratzt sich kurz am Kopf. Wie soll sie das jetzt erklären? „Jedenfalls hatte ich gehofft, dass das Chalet kurz erwähnt wird, weißt du? Oder ich oder zumindest Rosie."

„Rosie?" Babs schaut ihre Freundin an, als hätte diese zwei Köpfe.

„Ja, ich bin mir ziemlich sicher, dass Helmut gesagt hat, es würde sich um einen Artikel handeln, der ihn im Urlaub porträtieren wird. Da wäre es doch nur natürlich, wenn auch das Haus erwähnt wird, in dem er wohnt, oder?"

Jetzt scheint Babs ein Licht aufzugehen. „Ah, ich verstehe. So ein wenig kostenlose PR wäre natürlich toll gewesen. Und jetzt lass mich raten. Du hast dich und Rosie wie auf dem Jahrmarkt aufgebrezelt und wenn du dich nicht selbst vor die Linse des Fotografen geworfen hast, hast du Rosie ins Bild geschmissen, richtig?"

Lucy lächelt ihre Freundin leicht beschämt an. „Du kennst mich einfach viel zu gut. Genau so war's. Aber diese SZ-Heinis sind das offenbar gewohnt. Nicht nur haben sie uns keines Blickes gewürdigt, sondern sie haben es trotz all meiner Versuche geschafft, ganz souverän um uns herumzuarbeiten!"

„Und das ist alles Alex' Schuld?", fragt Babs mit erneutem Erstaunen in der Stimme. „Was hat er denn damit zu tun?"

„Er hat mir diese Gäste auf den Hals gejagt", antwortet Lucy leise und merkt mal wieder, wie absurd sie sich anhört. Das wird durch Babs' Reaktion nicht besser.

„Wow, das nenn' ich mal wirklich weit hergeholt", deklariert diese und schlägt sich lachend auf die Schenkel. „Du hast recht, mach' ihn für alles verantwortlich, was diese Gäste tun!" Kopfschüttelnd stellt sie ihre Kaffeetasse neben sich ab.

„Also, meine Liebe, es ist gut, dass du hier bist, um dich zu entschuldigen. Ich weiß zwar nicht, was du dem armen Mann an den Kopf geworfen hast, aber ich bin mir sicher, dass es nicht angebracht war." Sie steht auf und klopft sich die Hose ab. „Ich muss jetzt wieder los zur nächsten Massage. War schön, dich zu sehen – wenn auch nur kurz. Aber wann treffen wir uns wieder mal richtig? Ist schon viel zu lange her!"

„Das haben Michi und ich eben auch festgestellt. Ich wollte vielleicht die Tage mal etwas organisieren, was meinst du? Wir müssen nur einen Abend nehmen, wo Michi nicht in der Weinbar arbeitet."

„Ach, da stress dich mal nicht. Ich finde für ihn immer eine Vertretung. Der Tegernsee ist gerade voller Leute, die arbeiten wollen. Sag einfach Bescheid, wann, und wir sind dabei. Aber jetzt geh erst einmal zu deinem Liebsten und krieche im Staub. Doch so wie ich Alex kenne, verzeiht er dir ohnehin gleich wieder. Ich weiß ja nicht, was du so für Talente hast, aber du hast ihn wirklich in der Hand."

„Na, ‚in der Hand' würde ich nicht gerade sagen", erwidert Lucy leicht beschämt. „Aber wir verstehen uns grundsätzlich wirklich gut und ich sollte das mit meinen Aktionen wohl nicht immer wieder aufs Spiel setzen."

„Weißt du, was ich an dir liebe?", fragt Babs. „Dass du trotz deines Yoga-Trallalas immer noch so herrlich unperfekt bist. Ich komme heute übrigens zur Nachmittagsstunde. Hab' mir die Zeit extra freigeschaufelt. Gibst du die?"

„Nein, ich war heute Morgen dran. Heute Nachmittag kommt Josephine. Kannst du dir nicht mal angewöhnen, auf den Plan zu gucken?"

„Ach was, ich mag euch beide gern. Bei dem Wetter ist Josephine sowieso angenehmer, bei ihr schwitzt man nicht so. Ich mag es, mich vor der Stunde überraschen zu lassen, wer von euch beiden auftaucht. Aber ich komme danach vielleicht noch einmal kurz rein und schaue, ob du da bist. Also, mach es gut, vielleicht bis später." Die beiden Freundinnen umarmen sich und Lucy ist plötzlich gar nicht mehr bewusst, wieso sie sich eigentlich in letzter Zeit so allein gefühlt hat. Klar, alle sind beschäftigt, aber das hat doch an der Qualität ihrer Freundschaften nichts geändert! Dann legt sich wieder ein kurzer Schatten über ihr Herz. Hoffentlich wird Alex so vergebend sein, wie Babs es prophezeit hat.

DOCH DA HÄTTE sie sich keine Sorgen machen müssen.

Bevor sie in der Hotellobby auch nur einen seiner Angestellten nach ihm fragen kann, sieht sie Alex schon grinsend auf sie zukommen.

„So ein schlechtes Gewissen habe ich selten auf dein Gesicht geschrieben gesehen", sagt er und schließt sie zärtlich in die Arme. „Kommst du um Vergebung bittend?"

Erleichterung macht sich in ihr breit und am liebsten hätte sie vor Freude eine flapsige Antwort gegeben. Aber dafür ist der Zeitpunkt noch nicht gekommen.

„Ja, ich komme auf Knien gekrochen", antwortet sie stattdessen und schaut ihn von unten her durch ihre langen Wimpern an.

„Auf Knien musst du hier nicht sein", erlöst Alex sie und wuschelt ihr durch die blonden Haare. „Das kannst du dir fürs Bett aufheben."

„Alex!" Empört schaut Lucy sich um, ob jemand sie gehört hat. Aber Alex lacht nur.

„Ich sag' es dir, Lucy Davenport, du treibst mich noch in den Wahnsinn. So viel Kopfzerbrechen wie du hat mir noch keine Frau bereitet. Dabei dachte ich, du seist eine ausgeglichene Yogalehrerin."

„Vielleicht bin ich Yogalehrerin geworden, weil ich eben nicht ausgeglichen bin", erwidert Lucy spontan, um dann unsicher zu fragen: „Ich bin da nicht sehr gut drin, in dieser ganzen Beziehungssache, oder?"

Alex streichelt ihr zärtlich über Kopf und Wange. Ihr Herz schmilzt regelrecht dahin.

„Du bist schon ganz in Ordnung so, wie du bist, Lucy. Ich liebe dich, egal was ist. Fühl dich in unserer Beziehung sicher, okay? Es ist nicht so, dass jede kleine Krise gleich zu einem Krieg ausarten muss. Ich bin gut im Verzeihen, das habe ich bei dir bemerkt." Schelmisch grinst er sie an und Lucy fällt ein weiterer Stein vom Herzen. Tief drinnen war sie sich nie sicher, ob sie wirklich gut genug für diesen Traummann ist, und wie sie jetzt merkt, hat das dazu geführt, dass sie ihn immer wieder testete. Testete, ob er sie mit all ihren Fehlern mag, also die echte Lucy, und nicht nur die Lucy, in die er sich verliebt hat – als er noch nichts von all ihren Ecken und Kanten wusste.

„Heute Morgen", erläutert sie jetzt, „war ich einfach wegen des Artikels so enttäuscht und vor allem, weil ich dir groß angekündigt hatte, dass ich drin sein würde, und dann war da nichts. Da hab ich's einfach an dir ausgelassen. Es tut mir ehrlich leid."

„Ach was, das ist menschlich. Natürlich würde ich mir manchmal wünschen, dass du dich diesbezüglich etwas zurückhältst, aber so ist das nun einmal. Aber darf ich dir trotzdem einen Tipp geben, Lucy?"

„Ja klar, welchen?" Ihr Herz zieht sich wieder zusammen. Er meint also doch, dass es bei ihr Verbesserungsbedarf gibt.

„Du erinnerst dich, als du in London warst und festgestellt hast, dass alle Blumen zu einer Blumenwiese gehören und dass man auch sein eigenes Leben nicht auf einige wenige Aspekte reduzieren muss?"

Sie nickt. Ja klar erinnert sie sich. Sie und Alex hatten Streit, da sie von allem überfordert war. Zudem hat sie ihre Freunde vernachlässigt und musste obendrein ihr Chalet schließen. Alles ging drunter und drüber und sie wusste nicht mehr, wo ihr der Kopf steht. Bis sie in einem Park in London ein kleines Mädchen auf einer bunten Blumenwiese beobachtet hat und mit einem Mal verstand, dass das Leben bunt ist. Alles gehört dazu, man darf die Vielfalt genießen, ohne sich von ihr überwältigt fühlen zu müssen.

„Was mir jetzt auffällt", fährt Alex fort, „ist, dass du eventuell nur gelernt hast, das Gute, das Schöne zu akzeptieren."

Lucy guckt ihn erstaunt an. Hat er etwa vergessen, durch was für schwierige Zeiten sie gegangen ist? Der Tod ihrer Eltern und ihrer Schwester, als sie klein war – ein Umstand, der sie gezwungen hat, bei entfernten Verwandten aufzuwachsen, die nicht viel mit ihr anfangen konnten? Wie kann er da sagen, dass sie nur das Gute akzeptiert? Als hätte er ihre Gedanken gelesen, fährt Alex unbeirrt fort:

„Versteh' mich nicht falsch, ich weiß, dass du durch eine harte Zeit gegangen bist. Durch eine verdammt harte sogar. Aber bekämpfst du diese nicht bis heute? Du akzeptierst jetzt vielleicht die Vielfalt und Farbenpracht des Lebens, aber nur die Aspekte, die du für akzeptabel hältst. Das andere wird verneint, so sehe ich das zumindest. Aber die Disteln, der Löwenzahn, das Unkraut, sie gehören auch alle auf einer Wiese dazu. Wir können sie zwar ausreißen, aber sie wachsen doch wieder nach. Oder wir können uns entscheiden, sie ebenfalls als schön und liebenswert anzusehen."

„Was willst du damit sagen?", fragt Lucy in kühlem Ton und verschränkt die Arme vor der Brust.

„Genau das jetzt, Lucy", sagt Alex und guckt sie zärtlich an. „Du kannst nicht nur die positiven, liebevollen Worte von mir akzeptieren, wo ich dich in den Himmel lobe und dir sage, wie wundervoll du bist. Genauso kannst du doch die anderen Zeiten annehmen und akzeptieren. Die Momente, wo ich Golf spielen gehe, statt Zeit für dich zu haben, die Worte, die dich auch mal kritisieren, Gesten, die dir vielleicht nicht so gefallen. Du möchtest so genommen werden, wie du bist. Wir alle möchten so genommen werden, wie wir sind. Ich auch. Und das Leben auch. Und um wieder zum ursprünglichen Thema zurückzukommen", bemerkt er und schaut sich um, „wenn du ein Gasthaus leitest, wirst du gezwungen sein, auch die nicht so schönen Seiten der Menschen zu akzeptieren. Denn diese Seiten kommen immer wieder hervor. Keine zwei Menschen sind gleich und du bist die Gastgeberin. Wenn du sie alle beurteilst oder sogar verurteilst, wird das verdammt anstrengend werden. Für alle Beteiligten. Wenn du deine Gäste jedoch so akzeptierst, wie sie sind, erleichterst du dir das Leben ungemein."

Lucy atmet tief durch und der Geräuschpegel um sie herum wird ihr bewusst. Sie hatte ganz vergessen, dass sie sich in einer Hotellobby befinden. Alex' Worte haben sie verwirrt. Er scheint sich viel mehr Gedanken über Dinge zu machen, als ihr bewusst war. War das schon immer so? Aber sie muss zugeben – es hört sich alles schlüssig an und es stimmt auch – sie versucht, das Unschöne, das Dunkle aus ihrem Leben zu verdrängen. Kommt es dadurch nicht immer wieder zum Vorschein? Sie löst die Verschränkung aus ihren Armen und streichelt Alex kurz über die Wange.

„Du hast wahrscheinlich recht", gibt sie zu. „Ich muss das mal alles verarbeiten und dann können wir uns noch mal darüber unterhalten."

„Wie wäre es, wenn du es heute Abend bei einer guten Flasche Champagner verarbeitest?", fragt Alex. „Ich könnte mit einer vorbeikommen."

Doch Lucy schüttelt den Kopf. „Nicht heute, Alex. Was du gesagt hast, hat wirklich etwas in mir getroffen. Was gut ist!", beeilt sie sich zu versichern. „Also werde ich mir heute einfach mal Zeit nehmen und darüber reflektieren. Die Londoner sind auf einem Ausflug, von dem sie erst spät wiederkommen werden, und die anderen brauchen mich nicht. Also stört mich heute niemand. Aber ich hatte überlegt, morgen etwas zu organisieren. Alle unsere Freunde einzuladen. Was hältst du davon? Bist du dabei?"

„Nicht nur das." Lächelnd nickt Alex ihr zu. „Sondern was hältst du davon, wenn ihr alle hierherkommt?"

Glücklich strahlt sie ihn an. „Das hatte ich offen gestanden auch schon angedacht. Gute Idee!"

„Dann ist das gebongt", bestätigt Alex. „Wir können bei mir auf der Terrasse essen und haben hier unsere Ruhe. Ich glaube, es tut dir auch mal wieder gut, aus dem Chalet rauszukommen. Ein Tapetenwechsel, zumindest für eine Nacht, hat noch niemandem geschadet."

„Prima!" Lucy freut sich bei der Vorstellung, auszugehen. „Ist dir sieben Uhr zu früh oder passt das? Ich sage dann den anderen Bescheid."

„Sieben Uhr werde ich schaffen", beteuert Alex, bevor er ihr einen Kuss gibt. „Babs musst du nicht Bescheid geben. Das mache ich. Ich muss ohnehin gleich in den Spa."

„Alles klar!" Lucy verabschiedet sich mit einem weiteren Kuss von ihm. „Ich freue mich!" Dann wendet sie sich ab und geht hinaus. Kaum draußen, holt sie ihr Telefon hervor. „Aurelia, hier ist Lucy. Ich weiß, es ist kurzfristig. Aber meinst du, ich könnte heute vorbeikommen?"

16

"So, Lucy, wo brennt es denn?"

Lucy sitzt der netten Schweizerin gegenüber, die ihr mit ihrer Atemtherapie schon so manches Mal geholfen hat. Aurelias Therapieraum ist wie eine Oase für sie und Lucy fühlt sich in dem großen Sessel sogleich geborgen. Am liebsten würde sie sich hier einkuscheln und gar nicht mehr rausgehen.

„Danke, dass du so kurzfristig Zeit hattest", sagt sie, ohne auf die Frage zu antworten. „Kommt es dir sehr ungelegen?"

Aurelia schüttelt ihre dunklen Locken.

„Ach was, das konnte ich mir schon einrichten, da mach dir mal keine Sorgen. Außerdem bist du meine letzte Kundin für heute und mein Mann ist auf Geschäftsreise, wir haben also alle Zeit der Welt."

Aus unerklärlichem Grund ist Lucy nie auf die Idee gekommen, dass Aurelia verheiratet sein könnte. Sie hatte immer das Gefühl, dass diese nur für ihre Kunden und deren mentales Wohl zuständig ist.

„Also, was ist passiert?", fordert Aurelia sie erneut auf, zu sprechen, und wie immer weiß Lucy nicht genau, wo sie beginnen soll.

„Man würde meinen, es sei etwas Dringendes, nicht wahr? So sehr, wie ich dich gedrängt habe, dir heute noch Zeit zu nehmen. Aber das ist es irgendwie nicht. Es ist vielmehr etwas Unterschwelliges, aber etwas, das mir permanent im Weg steht."

Aurelia schaut sie einfach nur erwartungsvoll an und sagt kein Wort mehr. Also keine Chance, von dort auf Hilfe zu hoffen. Lucy wird von allein kommunizieren müssen, was ihr auf dem Herzen liegt.

„Erinnerst du dich", fährt sie jetzt fort und verschränkt ihre nackten Füße auf dem Stuhl, „als ich hier war und gespürt habe, dass ich dieses Ewige bin? Dass egal, was passiert, ich immer diese reine unendliche Energie bin?"

„Wie hätte ich das vergessen können?", fragt Aurelia.

„Irgendwie fühlte es sich damals wie eine regelrechte Erleuchtung an. Ich dachte, dass ich künftig alles mit links schaffe, dass ich mir immer meiner innersten Natur bewusst sein werde."

Ein sanftes Lächeln umspielt Aurelias Lippen. „Aber das Leben kam dazwischen, stimmt's?"

„Ganz richtig", seufzt Lucy auf. „Das Leben kam dazwischen. Immer und immer wieder. Und mein Buddha-mäßiger Gleichmut war wie weggespült. Das heißt ..." Sie richtet ihren Blick zur Decke und denkt kurz nach. „Nein, wie weggespült war er eigentlich nicht. Seit ich diese Erfahrung hatte, bin ich tief drinnen ein anderer Mensch. Viel, viel glücklicher. Es ist mit vorher nicht zu vergleichen. Aber ich hatte gehofft, diese Ausgeglichenheit und dieses Glücksgefühl ständig beibehalten zu können. Die ganze Zeit über, weißt du?"

„Ich weiß natürlich, was du meinst." Aurelia pustet in ihren heißen Tee. „Das ist immer unsere Hoffnung. Aber damit negieren wir auch das Leben. Das Leben ist nun einmal bunt. Daher sagt man auch, wir sind spirituelle Wesen, die eine menschliche Erfahrung machen. Und die menschliche Erfahrung ist halt manchmal auch schmerzlich. Aber erzähl weiter."

„Dass das Leben bunt ist, da hast du genau das Richtige gesagt", knüpft Lucy an ihre Worte an. „Das habe ich vor ein paar Wochen erst so richtig verstanden."

Und dann erzählt sie Aurelia, wie überfordert sie von allem gewesen ist, da sie alles perfekt machen wollte, und wie das dazu führte, dass sie letztlich jeden in ihrem Umfeld vernachlässigte. So sehr, dass Alex eines Tages genug davon hatte. Und wie sie dann schließlich verstand, dass das Leben bunt ist.

„Aber mit diesem Bunten", fährt sie jetzt fort, „da habe ich das Dunkle, das Unangenehme vergessen. Ich habe gedacht, wenn ich den Tod meiner Familie verarbeitet habe, dann wird alles locker und flockig sein. Ein ewiger Frühling. Aber das ist leider nicht der Fall. Ich fühle mich immer noch manchmal allein, obwohl ich in einer tollen Beziehung bin und wundervolle Freunde habe … es ist, als könne ich weiterhin nicht alles akzeptieren, sondern als würde ich das wegschieben, was unangenehm ist. Und wenn es sich dann nicht wegschieben lässt, dann mache ich zu oder eine Szene. Weißt du, was ich meine?"

„Oh ja", antwortet Aurelia lachend. „Ich denke mal, das kommt den meisten von uns bekannt vor. Wobei die soge-nannten ‚spirituellen' Menschen nach meiner Erfahrung am meisten damit zu kämpfen haben. Sie wollen überall Licht und Liebe haben und unterdrücken ihre dunklen Seiten, wo auch immer das möglich ist. Aber nichts lässt sich auf Dauer unterdrücken. Ganz im Gegenteil. Je länger es verdrängt wird, umso stärker ist die Wucht, mit der es schließlich an die Oberfläche knallt. Das manifestiert sich dann auch in diversen Krankheiten. Also, was du mir gerade erzählst, ist verständlich und menschlich, aber gesund ist es nicht. Ideal wäre es, wenn wir all unsere Seiten annehmen könnten."

„Und wie macht man das?" Lucy ist selbst erstaunt über die Hoffnung in ihrer Stimme und bemerkt, wie sie vor Erwartung fast die Luft anhält.

Aurelia denkt kurz nach und nimmt wieder einen Schluck von ihrem Tee. „Hmm", sagt sie dann. „Letztlich hat es viel mit Akzeptanz zu tun. Mit der Akzeptanz dessen, dass das Leben nun mal solche und solche Seiten hat und dass sie zwar nicht alle angenehm, aber doch alle bunt und lebendig sind."

„So bunt und lebendig fühlen sich die dunklen Zeiten nicht an", wirft Lucy mit schwerem Herzen ein. Wenn sie unglücklich ist, hat sie manchmal das Gefühl, sich kaum bewegen zu können. Und alles wirkt grau. Ganz sicher nicht bunt.

Aurelia nickt. „Ich weiß, was du meinst. Weißt du, was das Gegenteil von depressiv ist?"

„Glücklich?", fragt Lucy.

„Das denken die meisten. Aber das stimmt nicht. Das Gegenteil von depressiv ist lebendig. Depressive Menschen fühlen sich oft wie versteinert, als sei alles Leben aus ihnen gesaugt worden. Aber das ist es nicht. Wir sind alle immer voller Leben. Die ganz subtile Lebenskraft in uns lässt nie nach. Bis zu unserem Tod nicht. Und selbst wenn unser Körper nicht mehr da ist, ist diese Lebenskraft so lebendig wie eh und je. Das ist das, was du erkannt hast, als du das letzte Mal hier warst. Diese ewige Präsenz, die du in Wahrheit bist. Nicht dieser sterbliche Körper, nicht diese Gefühle, die kommen und gehen, und ganz sicher nicht die Gedanken, die uns das Leben gerne so schwer machen. Nein, du bist diese ewige Präsenz hinter dem Ganzen. Erinnerst du dich?"

„Ja klar, das war das Schönste, das ich je erlebt habe. Aber Aurelia, machen wir uns doch nichts vor. Letztlich leben wir doch hier als Menschen auf dieser Erde. Mit genau diesem sterblichen Körper, den ständig wechselnden Gefühlen und diesen Gedanken, von denen du so richtig sagst, dass sie uns das Leben oft schwer machen. Ewige Präsenz hin oder her. Dieses Auf und Ab ist doch die Realität, in der wir leben, das ist das, womit wir klarkommen müssen!"

Aurelia lächelt sie wie eine Sphinx an. Lucy ist froh, dass sie heute so viel Zeit haben. Sie fühlt sich wie Platon im Gespräch mit Sokrates. Ob Platon als der Schüler von Sokrates wohl auch immer das Gefühl hatte, ein wenig weniger als sein Gegenüber zu wissen? Als würde das Gegenüber einen reizen, anlocken und dann schließlich das Leckerli hinwerfen, so wie Aurelia es jetzt mit ihr tut:

„Es gibt eine schöne Aussage aus den *Bhagavad Gita*, Lucy: ‚Alles, was zerstört werden kann, ist nicht echt, und alles, was echt ist, kann nicht zerstört werden.' Damit haben wir dir auch gleich die Antwort auf deine Frage gegeben."

Lucy war gar nicht bewusst, dass sie überhaupt eine Frage gestellt hatte. „Nämlich?", erkundigt sie sich unsicher.

„Du wolltest doch wissen, was das Echte ist. Dieses sich ständig Verändernde, dem du so viel Bedeutung beimisst, oder die ewige Präsenz, die sich nie ändert, aber halt auch nie verschwindet. Und ohne die es das sich ständige Verändernde übrigens auch gar nicht gäbe. Also?"

„Das sich ständig Verändernde wird in jeder Sekunde zerstört und neu erschaffen", murmelt Lucy jetzt. „Damit hat es keine Realität, keine Substanz. Das andere ist die Realität."

„Richtig", bestätigt Aurelia und Lucy würde sich nicht wundern, wenn auch diese sich wie beim Philosophengespräch im alten Griechenland fühlt. „Aber", fährt Aurelia jetzt fort und Lucy spitzt ihre Ohren, „du hast absolut recht damit, wenn du sagst, dass wir mit diesem Auf und Ab leben müssen. Und weißt du, wie man am besten damit lebt?"

„Nein …"

„Na komm schon", fordert Aurelia sie auf, aber Lucy kommt trotz längerem Nachdenken nicht darauf.

„Keine Ahnung", sagt sie daher.

„Es als eben genau das sehen, was es ist", hilft Aurelia ihr auf die Sprünge. „Als etwas, das jede Sekunde kommt und geht. Außer der ewigen Präsenz ist alles ständigem Wandel unterlegen. Dein ganzer Körper ändert sich in jeder Sekunde. Millionen oder auch Milliarden von Zellen sterben jede Sekunde und es entstehen wieder neue. Deine Gedanken und Gefühle ändern sich und genauso ändert sich deine Lebenssituation jede Sekunde, inklusive aller Menschen um dich herum. Und das alles, während wir uns hier in unseren Breitengraden mit ungefähr 1000 km die Stunde um uns selbst drehen. Und nicht nur das – während die Erde sich mit dieser Geschwindigkeit um sich dreht, kreist sie gleichzeitig mit 100.000 km pro Stunde – 100.000 pro Stunde, Lucy, kannst du dir vorstellen, wie viel das ist? Nein, kannst du nicht – um die Sonne."

Aurelia ist jetzt voll in ihrem Element, ihre Wangen sind gerötet und ihre Stimme bebt. Gleichzeitig gestikuliert sie aufgeregt herum. Astronomie scheint also auch eines ihrer Steckenpferde zu sein. Aber kein Wunder – Sokrates hatte auch mehr als nur ein Interesse. Aurelia ist aber noch nicht fertig.

„Und dann dreht sich unser Sonnensystem auch noch mit 1 Million km die Stunde um die Mitte unserer Galaxie, die Milchstraße. Aber das muss ich dir ja alles nicht erzählen. Das weißt du sicherlich noch aus dem Schulunterricht."

Lucy hat keinen blassen Schimmer, aber sie nickt wie selbstverständlich mit dem Kopf. „Jaja, sehr viel Bewegung."

„Sehr viel Bewegung, Lucy? ‚Sehr viel' nennst du das?

Das sind nur die Sachen, die wir messen können. Es ist so unglaublich viel Bewegung da, so unvorstellbar viel, wie könnte man sich da jemals nicht lebendig fühlen? Selbst wenn du tot bist – das Tempo, in dem dein Körper verwest, also weiterhin in ständiger Transformation ist …"

Lucy hüstelt und Aurelia stoppt mitten im Satz. „Du hast recht, ich glaube, ich habe meinen Punkt rübergebracht."

Jetzt wird sie wieder die ruhige, lächelnde Aurelia. Das Feuer, das unsere Galaxie in ihr entfacht hat, ist kurz eingedämmt. Aber sicher nicht für lange. Lucy mag diese Frau mehr und mehr. Je mehr sie sie kennenlernt, umso mehr weiß sie sie zu schätzen. Aber jetzt ist sie wegen ihrer Probleme hier.

Daher kommt sie jetzt auch wieder darauf zu sprechen: „Alles schön und gut, Aurelia, so viel Bewegung, dass ich es mir gar nicht vorstellen kann, ich gebe es zu. Aber was mache ich jetzt damit?"

Aurelia guckt sie verständnislos an.

„Was du damit machst? Na, du bist dir der konstanten Wandlung der Dinge bewusst und reitest diese Welle. Reitest sie in dem Wissen, dass alles kommt und geht. Was ist das für eine Freude, Lucy! Eines der großen Probleme der Menschen ist, dass sie alles festhalten wollen. Das vermeintlich Gute festhalten, das vermeintlich Schlechte von sich fernhalten. Es soll sich bloß nichts ändern. So funktioniert das aber nicht. Es ist alles Teil dieses Spiels und alles will fließen, zum Vorschein kommen und dann auch wieder verschwinden. Wir müssen nichts festhalten, wir können gar nichts festhalten! Was kommen will, kommt, und was gehen will, geht."

„Hört sich ein wenig traurig an, oder?", fragt Lucy mit bedrückter Stimme.

„Ganz im Gegenteil, da ist gar nichts traurig dran, wobei Traurigkeit natürlich auch ihren Raum und ihre Berechtigung hat. Aber der ständige Wechsel ist weder traurig noch dramatisch, sondern es ist die ewige Erlösung. Nichts bleibt, wie es gerade ist. Kaum meint man, es ist, wie es ist, schwups, da ist es auch schon wieder etwas anderes! Wieso also so wahnsinnig viel Energie darauf verschwenden? Und weißt du, wieso es nicht traurig ist? Weil wir doch die ewige Präsenz sind. Wir sind in unserer Essenz das, woraus das alles kommt und wohin es auch wieder zurückgeht. Das heißt, wir müssen letztlich nie Abschied nehmen. Es ist alles immer zu Hause. Und um diesen ständigen Wechsel, der aus der ewigen Präsenz kommt, wirklich zu erfahren und zu akzeptieren, was hilft uns da am besten?"

„Meditation?", fragt Lucy leise. Sie kommt sich mittlerweile vor wie ein kleines Mädchen in der Schule. Verschwunden ist Platon.

„Fraglos!" Aurelia nickt ihr anerkennend zu. Puh, drei Goldsternchen für Lucy! „Aber vor allem das Atmen bringt uns doch direkt da rein. Kein Atemzug ist wie der nächste, der Atem verkörpert die Dualität und das Kommen und Gehen auf dieser Welt. Solange wir hier auf Erden sind, erhält er uns, und sobald wir uns entscheiden, das irdische Leben zu verlassen, brauchen wir ihn auch nicht mehr. Und obwohl kein Atemzug wie der nächste ist, weinen wir doch keinem hinterher. Wir wollen den Atem nicht aufhalten, wir genießen seinen freien Fluss. Daher, liebe Lucy, ist unsere Atemtherapie hier auch so wertvoll. Was meinst du – sollen wir anfangen?"

In Lucys Kopf schwirrt es ein wenig, aber sie nickt. „Ja, lass uns anfangen", stimmt sie Aurelia zu, um es sich dann auf der Matte auf dem Boden gemütlich zu machen. Dort fängt sie an, tief und gleichmäßig zu atmen. Und genau das, was Aurelia angekündigt hat, passiert: Sie sieht unendlich viele Szenen aus ihrem Leben an sich vorbeiziehen, sie spürt unterschiedliche Gefühle, lässt sich von diversen Gedanken ablenken, hat verschiedene körperliche Reaktionen und der Atem, dieser ständig wechselnde Atem, trägt sie unermüdlich durch das Ganze. Und obwohl er sich kontinuierlich verändert, verankert er sie doch auch im Hier und Jetzt. Denn er kommt aus dieser immerwährenden Präsenz, die sie ist, und er zeigt ihr, dass sie lebt! Dass sie auf dieser wundervollen Erde lebt, die mit Millionen von Stundenkilometern um die Galaxie rast, dass sie alles erleben darf, nicht nur das Angenehme, und dass letztlich alles wundervoll und aufregend ist, aber doch auch nicht wirklich wichtig. Denn sobald etwas erscheint, ist sein Ende schon darin verankert, und letztlich zählt doch nur, dass sie in ihrem Wesenskern die Quelle von allem ist. Wow, ist das ein wundervolles Gefühl! Mitten in ihrer Atemsession lacht sie laut auf und möchte diese Welle am liebsten immer und immer weiter reiten. Solch eine Lebendigkeit hat sie lange nicht mehr gespürt!

Dann ist die Sitzung vorbei und Lucy bleibt mit einem breiten Lächeln und geschlossenen Augen auf der Matte liegen.

„Wow!", murmelt sie nur. „Wow! So, so schön!"

NACH DER SITZUNG sitzen die beiden Frauen sich wieder gegenüber und trinken mit einem stillen Lächeln ihren Tee. Dann fällt Lucys Blick auf die Wanduhr.

„Oh, sorry", stellt sie erschrocken fest. „Ich habe meine Zeit komplett überzogen. Ich werde natürlich dafür zahlen!"

„Hier gibt es kein Überziehen", beschwichtigt Aurelia sie und schenkt ihr nochmals nach. „Der Prozess bestimmt die Zeitspanne und es ist für mich eine Freude, zu sehen, wie sehr du jetzt strahlst. Deine Augen sehen völlig anders aus und wenn mich nicht alles täuscht, leuchtet selbst deine Haut."

„Wie eine Schwangere", lacht Lucy. „Aber nein, jetzt mal

ehrlich. Ich fühle mich unglaublich. Es ist so schön, zu spüren, dass man das Universum nicht mehr managen muss. Dass es durch einen fließt und man einfach nur der Kanal sein muss."

„Schön ausgedrückt", bestätigt Aurelia nickend. „Von Byron Katie, einer spirituellen Lehrerin, die du vielleicht auch kennst, und auf deren Lehren einige meiner Methoden basieren, gibt es ein Buch, das heißt *Lieben, was ist*. Ich finde diesen Titel wahnsinnig schön. Ist es nicht unglaublich anstrengend, immer alles zu beurteilen und zu verurteilen und den Richter über alles zu spielen? Das Universum schert sich ohnehin nicht darum, was wir von ihm halten. Es macht es uns nur schwerer, wenn wir ständig versuchen, ihm im Weg zu stehen. Also wieso nicht einfach im Fluss sein und lieben, was ist. So lebt es sich doch viel einfacher. Und wenn uns mal etwas nicht gefällt, dann macht das auch nichts, denn es wird sich ja sowieso wieder ändern", stellt sie lachend fest.

Lucy stimmt ihr nickend zu, fragt dann aber nachdenklich: „Heißt das denn, dass wir völlig passiv sein sollen? Dass wir alles genau so akzeptieren sollen, wie es ist?"

„Akzeptieren, wie es ist, zunächst schon", antwortet Aurelia. „Denn wenn es ja eh schon ist, wäre es ziemlich sinnlos, es nicht zu akzeptieren. Das heißt aber nicht, dass man es für die Zukunft nicht ändern kann oder will. Wir kreieren ja unser Leben, wir sind die Schöpfer unserer Wirklichkeit. Nur ist die Frage, wo man ansetzt. Im Außen Feuer zu löschen und unsere Baustellen aufzulösen, bringt gar nichts, denn solange wir die Ursachen für diese Baustellen nicht in uns drinnen geklärt haben, werden sich immer neue auftun. Das ist ein müßiges Unterfangen, wie Don Quijote, der gegen die Windmühlen kämpft. Aber wenn wir die Dinge in uns selbst klären, so wie du das jetzt gerade machst, dann wird das unvermeidlich in unserer Außenwelt reflektiert. Ich glaube, wir hatten das Thema schon einmal. Es passieren uns gute Dinge, weil es uns gut geht. Dies steht in direktem Gegensatz zu dem Glaubenssatz, den viele Menschen immer noch haben: dass es ihnen gut geht, weil ihnen gute Dinge geschehen. Kein Wunder, dass es so viel Angst auf der Welt gibt, wenn wir unser Wohlbefinden von äußeren Dingen abhängig machen, anstatt den Anker in uns selbst zu finden."

„So wahr", murmelt Lucy. „Aber es ist doch für unser Wohlbefinden auch wichtig, wie es im Außen funktioniert."

„Es ist ganz einfach, Lucy. Wenn du die Liebe in dir nicht findest, kannst du noch so sehr suchen, du wirst sie auch im Außen nicht finden. Wenn du das Vertrauen in dir nicht findest, wird dir das durch Vertrauensbrüche im Außen immer wieder gezeigt werden. Wenn du die Wertschätzung dir gegenüber nicht findest, wird dir auch keine Wertschätzung von anderen entgegengebracht werden. Wenn du die Fülle in dir nicht findest, wirst du auch keine Fülle im Außen erschaffen können. Das Außen reflektiert immer ganz genau, wie unser Innenleben aussieht. Daher neigen wir auch dazu, in immer dieselben Muster zu verfallen. Erst, wenn wir diese Baustelle in uns selbst aufgelöst haben, wird sie auch in unserer Außenwelt aufgelöst."

Lucy denkt kurz nach. Dann nickt sie. „Das ist ein schönes Gefühl, nicht? Denn so haben wir wirklich Macht darüber. Gegenüber den ganzen Dingen im Außen fühlen wir uns oft machtlos, aber an uns selbst können wir durchaus arbeiten."

„Ganz richtig", bestätigt Aurelia. „Ich würde sogar noch weiter gehen. Wir müssen noch nicht einmal wirklich arbeiten, das hört sich immer etwas anstrengend an und fast so, als müssten wir noch etwas hinzufügen. Wir müssen jedoch lediglich zu unserem simplen Urzustand zurückfinden. Du weißt schon, zu der Präsenz, von der wir immer sprechen.

Denn dort ist alles. Die Liebe, die Fülle, die Wertschätzung, einfach alles. Aber das ist leichter gesagt als getan, nicht? Wir sind es so gewohnt, hart für alles zu arbeiten, es ist uns fast unheimlich, dass wir etwas bekommen könnten, nur indem wir alte Konditionierungen fallen lassen und wieder zu unserem Urzustand zurückkehren. So, jetzt wird es aber sehr esoterisch. Ich würde sagen, das war es für heute, Lucy, oder willst du noch etwas besprechen?"

Lucy schüttelt den Kopf. „Ganz im Gegenteil", antwortet sie. „Ich möchte jetzt am liebsten gar nicht mehr sprechen, sondern in genau dem Zustand verweilen, den ich eben beim Atmen erfahren durfte. Wo alles so simpel war und einfach kam und ging." Sie steht auf und geht lachend auf Aurelia zu. „Und in diesem Sinne verabschiede ich mich jetzt auch. Danke, dass ich heute kommen durfte."

Aurelia nimmt sie in die Arme. „Es war wie immer eine Freude, Lucy, und auch inspirierend für mich. Vergiss nicht", sagt sie dann und hält Lucy auf Armeslänge von sich weg, „dass du im Leben durch sehr viel gegangen bist. Es ist alles andere als einfach, diese alten Traumata aufzulösen. Sei stolz auf dich, dass du es in Angriff nimmst."

Lucy nickt, zahlt schnell und lässt Aurelia dann nach einer letzten Umarmung allein. Draußen ist es mittlerweile dunkel geworden, sie war über zwei Stunden da. Aber zwei Stunden, die sich mehr als gelohnt haben. Sie fühlt einen Frieden in sich, der von dem klaren Himmel über ihr reflektiert wird. Langsam geht sie zu dem Auto, das sie sich wieder von Babs geliehen hat. Sie entschließt sich, noch nicht nach Hause zu fahren, sondern hält unterwegs an einer Stelle, wo sie einen besonders guten Blick über den See hat, der sich im Mondlicht spiegelt. Sie weiß nicht, wie lange sie dort sitzt und einfach die Ruhe in ihrem Herzen genießt. Das einfache Da-sein-Dürfen. Oder wie Aurelia sagte: *Lieben, was ist.*

17

A m nächsten Morgen hört Lucy in sich hinein und ist froh, den Frieden in ihrem Inneren weiterhin zu spüren. Sie weiß, er wird auch wieder verdeckt werden, aber hinter all den Wolken ist er immer da. Sie gibt heute die Morgenstunde im Yoga, was ihr ganz ausgezeichnet passt. Denn Yoga ist genau das, wonach ihr jetzt der Sinn steht. Ihre Teilnehmer sind erstaunt, dass sie heute eher eine ruhige Stunde durchführt, die sich auf das In-sich-Gehen konzentriert. Das steht ganz im Gegensatz zu dem Power-yoga, das sie sonst bevorzugt und das selbst den geübtesten Yogis und Yoginis den Schweiß aus den Poren treibt. Sogar der Artikel in der SZ stört sie nicht mehr im Geringsten. Sollen sie doch schreiben, was sie wollen! Nach der Stunde hält sie Sophie und Aishley fest, die es offenbar genießen, wieder bei ihrer alten Yogalehrerin aus London Unterricht nehmen zu können. Auch für Lucy fühlt es sich vertraut an, die beiden dazuhaben.

„Bitte sagt mir, dass ihr für heute Abend nicht schon Pläne habt!" Flehend schaut sie sie an.

„Na, wenn du so guckst, hätten wir eh alles abgesagt", entgegnet Aishley lachend und streichelt ihr über den Arm. „Du siehst ja aus wie ein Fohlen, das seine Mama verloren hat."

„Na, so schlimm ist es auch nicht." Lucy stimmt in ihr Lachen ein. „Aber wir wollten heute bei Alex einen schönen Abend veranstalten und ohne euch vier wäre es einfach nicht komplett. Außerdem vermisse ich euch irgendwie", sagt sie und blickt verschämt nach unten.

„Bist du okay?", fragt Sophie besorgt und als Lucy zu ihr aufguckt, bemerkt sie, dass sie Tränen in ihren Augen hat. Sie weiß eigentlich selbst nicht wieso, aber sie würde am liebsten losheulen.

„Mir geht es gut", versichert sie mit einem Lächeln. „Aber es gibt immer noch so viele Dinge in mir, mit denen ich kämpfe. Gestern hatte ich eine von diesen Atemsitzungen, von denen ich euch erzählt habe. Und es war einfach wundervoll. Es hat mir so viel gezeigt und auch mein Herz geöffnet. Ich glaube, deswegen bin ich jetzt auch so sentimental." Sie wischt sich eine Träne von der Wange. „Ich fühle gerade meine Gefühle so intensiv, wisst ihr? Unter anderem auch die Liebe euch gegenüber. Und den Schmerz bei der Vorstellung, dass ihr bald wieder weg seid." Unsicher schaut sie die beiden an und erwartet einen flapsigen Spruch von Aishley. Diese legt ihr jedoch einen Arm um die Schulter.

„Komm, ich glaube, das ruft nach einer guten Tasse Tee zusammen. Was auch immer wir vorhatten, es kann warten."

Sie gehen in die große Wohnküche, reißen dort die Fenster auf, damit die Sommerluft hereinwehen kann, setzen Wasser für den Tee auf und nehmen am Tisch Platz.

„Also?", fragt Sophie und schaut Lucy erwartungsvoll an.

„Es gibt kein ‚Also'", entgegnet Lucy. „Es ist nichts

Besonderes vorgefallen. Es ist nur so, dass ich gestern beim Atmen erkannt habe, wie viel Energie ich dafür aufwende, das vermeintlich Schlechte und Schmerzhafte von mir fernzuhalten. Ich wollte immer nur Friede, Freude, Eierkuchen. Das ist anstrengend, wisst ihr? Und nicht nur das – dann kommt genau das Verdrängte wieder auf. Und seit dieser Atemsitzung gestern lasse ich alles einfach durch mich hindurchfließen und es fühlt sich so schön an. So befreiend und friedlich."

„Ah, daher auch das softe Yoga heute", murmelt Aishley und Lucy nickt.

„Es fühlt sich irgendwie schön an, wisst ihr. Sehr zärtlich, zerbrechlich, kostbar. Ja, es ist eine fast zärtliche Liebe, die ich empfinde. Auch euch beiden gegenüber. Vielleicht *gerade* euch beiden gegenüber." Sie hebt die Hände, als sie Aishleys erschrockenen Blick sieht. „Keine Sorge, Aishley, ich werde euch jetzt nicht anspringen. Und ich werde dir sicherlich keinen Grund geben, deine Lesbentheorien in meinem Haus weiterzuspinnen. Nein, ich spreche von rein platonischer Liebe. Aber von sehr tiefer, wisst ihr? Ihr beide, ihr seid doch für mich Heimat. Ihr seid das, was mich am meisten an London erinnert."

„Ich weiß, was du meinst", sagt Sophie und lächelt sie milde an. „Und Aishley weiß es auch, trotz ihrer ruppigen Art. Und wir empfinden doch das Gleiche für dich. Aber eine Frage habe ich noch …" Sie druckst herum und Lucy spürt, dass ihr etwas unangenehm ist.

„Raus mit der Sprache!", fordert sie sie auf. „Du weißt, du kannst mich alles fragen!"

„Na, ich hoffe, du verstehst das nicht falsch. Aber wir haben uns doch in London ziemlich spät kennengelernt. Und du hast doch dort recht lange gelebt. Solltest du da nicht relativ viele Freunde in der Stadt haben?"

Ah, daher weht also der Wind! Lucy denkt kurz nach.

Klar, das muss den beiden eigenartig vorkommen, dass sie ihre Zeit in London so sehr mit ihnen in Verbindung bringt. Denn Sophie hat recht. Sie haben sich erst relativ spät kennengelernt. Sie wird versuchen, es den beiden zu erklären. Vor allem, da Sophie jetzt vor Verlegenheit rot wird.

„Sophie, das muss dir gar nicht unangenehm sein, ich bin doch froh, dass du mich darauf ansprichst! Du hast recht, es muss etwas schräg auf euch wirken, nicht wahr? Vor allem, dass ich letztens auch die ganzen Tage bei dir und Patrick in London übernachtet habe und nicht bei anderen Freunden." Sie denkt an die Zeit zurück, als sie sich mit Alex gestritten und sich daraufhin kurzerhand bei Sophie und Patrick eingenistet hat. Sie winkt ab, als sie sieht, dass Sophie sie unterbrechen will. „Nein, sag jetzt nichts. Ich würde doch genau das Gleiche denken, aber ich werde versuchen, es euch zu erklären. Als ich nach London kam, war ich doch dieses kleine Landei, das von den schrägen Verwandten im letzten Winkel Englands kam. Ich weiß bis heute nicht, wieso ich mich überhaupt getraut habe, in die große Stadt zu reisen."

Sie macht eine Pause und denkt an den Tag im September zurück, als sie mit ihrer Reisetasche an der *Victoria Station* in London ankam und wie aller Mut sie in dem Moment verließ, als sie auf die Plattform trat. All die Leute und diesen Smog hatte sie nicht erwartet. Sie weiß nicht mehr, was sie erwartet hat, aber bestimmt nicht dieses Graue, Geschäftige. Alle wirkten auf sie wie verrückt und so unglaublich wichtig. Alle schienen dazuzugehören zu dieser großen, beschäftigten Gemeinschaft, nur sie nicht. Sie hatte das Gefühl, den Kleinstadtmief niemals abschütteln zu können. Kurz denkt sie an Michi. Ihm scheint es manchmal genauso zu gehen. Wie lange er versucht hat, die kleinbürgerlichen Verhältnisse abzuschütteln, aus denen er gekommen ist, weiß nur er. Sie reißt sich aus ihren Gedanken und konzentriert sich wieder auf ihre Zuhörerinnen, die sie gespannt angucken.

„Jedenfalls, der Grund, wieso ich es gewagt habe, das Vertraute hinter mir zu lassen und nach London zu kommen, war Yoga. In dem Kaff, in dem ich wohnte, gab es tatsächlich eine Yogaschule und während ich es mir damals nicht leisten konnte, dort mitzumachen, habe ich es doch von außen beobachtet und fand es immer unglaublich grazil und zugleich stark. Genauso wollte ich auch werden. Ich war zu dem Zeitpunkt weit davon entfernt, das könnt ihr mir glauben! In meinen fürchterlichen Outfits war ich alles andere als grazil und eher plump. Aber ich hatte eine Vision und die ließ sich nicht mehr abschütteln. So fing ich in der Abgeschiedenheit meines Zimmers an, Yoga zu praktizieren, und wie ich heute weiß, habe ich alles komplett falsch gemacht. Es ist ein Wunder, dass ich keine bleibenden Haltungsschäden davongetragen habe. Zumindest am Anfang sollte man immer mit einem Lehrer arbeiten. Irgendwann reichte mir mein Selbststudium jedoch nicht mehr und zu dem Zeitpunkt wurde mir auch bewusst, dass ich mir noch keine echten Gedanken darüber gemacht hatte, was ich mit meinem Leben anfangen wollte. Gleichzeitig wurden die Andeutungen meiner Pflegefamilie immer deutlicher, dass ich mich doch endlich von ihnen abnabeln sollte. Wie ich euch schon einmal erzählt habe, hatte ich ohnehin nie das Gefühl, zu ihnen zu gehören. Mein schlechtes Gewissen, eine Last zu sein, wurde immer schlimmer. Ich dachte wirklich, ich liege ihnen auf der Tasche. Dabei weiß ich heute, dass meine Tante, die mir auch das Haus hier vererbt hat, ihnen Geld für mich zugeschustert hat. Nicht aus Wohltätigkeit natürlich, sondern damit ich ihr nicht in die Quere komme." Sie denkt kurz an den Brief, den ihre Tante ihr nach ihrem Tod hinterlassen und in dem sie alles erklärt hat, bevor sie fortfährt: „Jedenfalls – ihr seid übrigens selbst schuld, dass ihr euch jetzt meine ganze Lebensgeschichte anhören dürft – wollte ich zunächst Sekretärin werden. Diese Vorstellung!"

Sie lacht bei dem Gedanken und auch Sophie und Aishley müssen grinsen. Rosie ist mittlerweile ebenfalls zu ihnen gestoßen und bekommt von Lucy gedankenverloren den Kopf gekrault.

„Glücklicherweise", fährt sie fort, „hatte ich dann eines Tages beim Spazierengehen eine Art Erleuchtung. Nicht unbedingt eine hoch spirituelle Erleuchtung, aber mir wurde plötzlich klar, dass ich ja gar nicht in diesem Kaff und diesem beengten Leben bleiben muss. Mir wurde bewusst, dass es da draußen noch eine große, weite Welt gibt. Ob ihr's glaubt oder nicht – darüber hatte ich vorher noch nie nachgedacht. Ich hatte gedacht, mein Leben ist für mich vorbestimmt."

Sophie und Aishley schütteln fasziniert den Kopf. Das erstaunt Lucy nicht. Die beiden kommen aus privilegierten Verhältnissen. Sie wurden immer dazu angeregt, groß und weit zu denken. Sie hingegen wurde noch nicht einmal dazu angeregt, überhaupt zu denken. Geschweige denn groß.

„Ja, es ist unglaublich, ich weiß." Sie krault Rosies Kopf mittlerweile so energisch, dass der Hund sie erstaunt anblickt und unauffällig versucht, sich wegzuducken. „Aber was konnte ich denn schon machen?", fragt sie. „Ich konnte ja nichts wirklich. Und mir war schon klar, dass die in der großen, weiten Welt nicht unbedingt auf mich warten. Während ich meine – zugegebenermaßen sehr limitierten – Optionen durchging, kam ich immer wieder zum Yoga zurück. Das war das, was mir Spaß machte. Ja, das, was mich glücklich machte. Wieso sollte ich nicht versuchen, etwas damit zu bewerkstelligen? Ich muss euch sagen, überhaupt solche Ideen zu haben, fühlte sich für mich schon sehr mutig, fast revolutionär an. Ich meine, wer war ich denn, um überhaupt so denken zu können? Aber es ließ mich nicht mehr los. Yoga bestand darauf, ein Teil meines Lebens zu werden.

Ich führte ein wenig Recherche durch, erfuhr, dass man in London eine Ausbildung zum Yogalehrer machen kann und zumindest damals noch relativ günstig in einer WG leben konnte. Eine eigene Wohnung wäre schlichtweg unerschwinglich gewesen. Daher nahm ich also meinen ganzen Mut und mein wenig Erspartes zusammen und machte mich auf nach London. Die Erleichterung in den Augen meiner Pflegefamilie zu sehen, war schon fast beschämend. Und so kam ich in die Großstadt. Ein verschüchtertes und eigenartiges Mädchen. Versteht ihr jetzt, wieso Emma mir so am Herzen liegt?" Sie grinst die beiden verschmitzt an und Sophie nickt mit einem Lächeln zurück.

„Das dachte ich mir schon die ganze Zeit", bemerkt sie. „Die Parallelen sind nicht zu übersehen."

„Emma selbst habe ich das nie erzählt, vielleicht sollte ich das mal tun." Lucy nimmt einen Schluck von ihrem Tee, der mittlerweile kalt ist. „Ich hatte zumindest insofern Glück, als dass ich im Internat gewesen bin. So war ich es doch einigermaßen gewohnt, unter Gleichaltrigen zu sein, und das WG-Leben lag mir. Um ehrlich zu sein, bin ich heute heilfroh, dass ich damals in einer WG hausen musste. Meine Mitbewohner waren sehr viel weltlicher und großstädtischer als ich und haben mich gewissermaßen unter ihre Fittiche genommen. Dafür bin ich ihnen bis heute dankbar, aber mittlerweile haben wir den Kontakt verloren. Ich hatte sowieso nie viel Zeit. Die Yogaausbildung hat viel Zeit und Anstrengung gekostet und natürlich auch Geld. London ist so höllenteuer, ich sah meine dürftigen Ersparnisse nur so dahinfließen. Daher musste ich mich auch gleich darauf beeilen, einen Job als Yogalehrerin zu bekommen, und habe mehr Stunden reingesteckt als alle anderen. Das musste ich einfach tun, um zu überleben, und irgendwann wurde es zur Routine. Obwohl ich jetzt in der großen, weiten Welt war, oder, nun ja, zumindest in London, habe ich trotzdem nicht so wahnsinnig viel gesehen. Meine Welt zirkelte um den Yogaraum herum. Trotzdem war ich nicht einsam. Ich hatte meine Schüler und meine Mitbewohner. Es funktionierte eigentlich alles ganz gut. Zwischendurch gab es sogar mal ein paar Flirts und so, aber das war nie etwas Ernstes. Bis dann halt Stu kam. Der berühmte Stu, der mich so vom Hocker gerissen hat."

„Und wegen dem du schließlich nicht nur London, sondern ganz England verlassen hast", wirft Sophie ein.

„Na ja, das stimmt so halb. London hätte ich wegen ihm verlassen, aber England habe ich doch eher wegen dieses Erbes hier verlassen. Wie ihr von meiner Story hören könnt, bin ich nicht sehr international aufgewachsen. Klar war ich auch mal im Urlaub, aber meine deutschen Wurzeln sind das Internationalste an mir. Ohne das Erbe hätte ich sicherlich nicht in Erwägung gezogen, das Land zu verlassen."

„Faszinierend", murmelt Aishley und guckt sie mit großen Augen an. Lucy muss grinsen. Ja, das kann sie sich vorstellen, dass Aishley das faszinierend findet. Unterschiedlicher konnten zwei Leben gar nicht sein.

„Na ja, faszinierend, wie man es nimmt", sagt sie jetzt. „Ich würde es eher dröge nennen. Dröge bis durchschnittlich. Unterdurchschnittlich eher. Aber ich habe versucht, das Beste daraus zu machen. Jedenfalls erschien dann Stu auf der Bildfläche und mein Leben änderte sich von einem Tag auf den anderen. Er brachte so viel Energie und Lebensfreude mit, so viel frische Luft! Er zeigte mir Dinge, die ich nicht für möglich gehalten hätte, nicht nur kulturell, sondern auch im Bett", gesteht sie jetzt mit einem verschmitzten Grinsen und die anderen brechen in lautes Gejohle aus.

„Erzähl!", fordert Aishley. „Wir wollen alles hören von Dirty Stu!"

„Oh nein, das werdet ihr ganz sicher nicht, lasst eure Fantasie spielen!"

„Das tue ich, oh glaub mir, das tue ich gerade", flüstert Aishley verzückt.

„Wie es mit Stu endete, das wisst ihr ja. Ihr wart da gerade auf eurem Trip quer durch Europa, als ich erfuhr, dass er seine ausgefeilten Liebeskünste nicht nur auf mich konzentrierte. Wäre auch eine Verschwendung gewesen, nicht wahr? Es war regelrecht großherzig von ihm, auch andere an diesem Geschenk teilhaben zu lassen!" Sie lacht auf und stellt trotz ihrer sarkastischen Worte erfreut fest, dass keine Bitterkeit mehr in ihrem Herzen ist. Im Gegenteil, sie ist Stu mittlerweile dankbar dafür, dass es vorbei ist. Sonst hätte sie ihr neues Leben nicht beginnen können. Und wie heißt es so schön in Hermann Hesses Gedicht *Stufen*: ‚Und jedem Anfang wohnt ein Zauber inne, der uns beschützt und der uns hilft, zu leben.'

„Auf jeden Fall war es so", fährt sie mit ihrer Schilderung fort, „dass die ersten Freunde, die ich in London hatte, Stus Freunde waren. Ich habe das nie infrage gestellt, für mich war das normal. Und zu meiner Schande muss ich gestehen, dass ich mich nie besonders um einen eigenen Kreis bemüht habe. Oder zumindest darum, seine Freunde auch wirklich zu meinen zu machen. Ich wurde gemocht, akzeptiert, aber als Schluss war, war ganz klar, auf wessen Seite sie stehen. Beziehungsweise – ich weiß gar nicht, ob sie auf einer Seite standen, denn die meisten haben sich nicht mehr bei mir gemeldet. Ein paar der Mädels texteten, dass es ihnen leidtäte und dass sie hoffen, mich mal wiederzusehen, aber ich glaube, das war nur so dahingesagt. Und ich habe mich dann auch nicht darum bemüht, den Kontakt wieder aufzunehmen, denn ich wollte niemanden in einen Loyalitätskonflikt bringen."

Sophie nickt. „Genauso war es damals bei meinem Ex Oliver." Sie schüttelt sich. „Oh mein Gott, was hat mich damals nur geritten, mit ihm zusammen zu sein! Und nicht nur das – ich war regelrecht besessen von ihm. Was für ein Segen, dass er mich verlassen hat!"

Aishley nickt voller Überzeugung. „Du sagst es!", ruft sie aus. „Aber wenn du wüsstest, Lucy, wie lange es gedauert hat, bis wir sie von diesem Schwachkopf losbekommen haben! Da waren Höchstleistungen gefordert. Aber was meinst du damit", jetzt guckt sie Sophie empört an, „dass es damals bei Arschgesicht Oliver genauso war? Du warst doch danach nicht allein! Du hattest doch uns! Wenn du nicht aufpasst, werde ich bald beleidigt sein!"

„Das meinte ich doch nicht!" Sophie schüttelt lachend den Kopf. „Natürlich hatte ich euch. Und ihr habt mir das Leben damals nicht gerade leicht gemacht! Ein wenig Verständnis wäre auch nicht schlecht gewesen, statt Madame Aishleys legendärer Erhabenheit. Aber letztlich war es gut so. Nein, was ich meine, ist, dass ich in seinen Freundeskreis auch nie wirklich involviert war. Und er auch nicht in meinen. Das hätte schon eine rote Flagge sein müssen. Und als Schluss war, hat sich nicht einer seiner Freunde bei mir gemeldet. Nicht ein einziger!"

„Na ja", bemerkt Aishley. „Denk mal nicht, dass sich ein einziger deiner Freunde bei ihm gemeldet hätte. Obwohl – wir hätten ihm Blumen schicken sollen. Als Dank dafür, dass er endlich verschwunden ist. Oder etwas für sein bescheuertes Cabrio. Von dem war er ja nicht wegzubekommen. Seine Schwanzverlängerung sozusagen."

Lucy sieht, wie Sophie resignierend die Augen verdreht, und muss lachen. „Ich sehe, dieser Oliver hatte nicht gerade einen riesigen Fanclub. Wie gut, dass du jetzt Patrick hast, Sophie. Und ich Alex. Und du natürlich Nicolai", bemerkt sie an Aishley gewandt. „Aber an diesen Traummann kommt ja ohnehin keiner ran. Jedenfalls, um jetzt endlich auf deine Frage zurückzukommen, Sophie, wieso gerade ihr beide mir so am Herzen liegt: Natürlich habe ich den einen oder anderen in London, den ich mag, das bringt schon allein der Yogaunterricht mit sich. Aber ihr seid mir besonders ans Herz gewachsen. Wie ihr da am ersten Tag aufgetaucht seid und trotz dieser beiden Ziegen so tapfer mitgemacht habt, das war schon erstaunlich."

Jetzt verdrehen Sophie und Aishley beide die Augen.

„Ziegen ist gut. Hexen würde ich sagen", stellt Sophie klar.

„Oder das, ja. Wer konnte schon ahnen, dass die eine Patricks Ex-Freundin war", wühlt Lucy jetzt in der Erinnerungskiste. „Das war eine harte Nummer, die sie abgezogen hat."

Alle drei schweigen kurz und Lucy erinnert sich daran zurück, wie Patricks Ex alles getan hat, um ihn zurückzubekommen. Auf Sophies Kosten natürlich. Nachdem das aufgeflogen ist, hat Lucy sie nett, aber bestimmt aufgefordert, das Yogastudio zu verlassen. „Wie du da durch diesen Mist gegangen bist", sagt sie jetzt, „das tat mir wirklich leid. Aishley hat mir das ja alles erzählt. Und irgendwie mochte ich euch beide dadurch noch lieber. Wie ihr immer zusammengehalten habt und euch durch nichts habt unterkriegen lassen. Ich fand das super. Und das finde ich bis heute. So oft werde ich nicht von Leuten inspiriert, aber ihr beide inspiriert mich immer wieder und daher seid ihr für mich Zuhause. Ich hoffe, das ist okay?"

Sowohl Sophie als auch Aishley stehen synchron auf und gehen wie abgesprochen zu Lucy hin. Dort umarmen sie sie von beiden Seiten.

„Das ist sowas von okay", flüstert Sophie in Lucys Haarschopf hinein. „Uns geht es mit dir doch genauso. Sonst wären wir ja nicht ständig hier. Also, heute Abend bei Alex, ja? Gibt es einen Dresscode?"

„Unkompliziert, wie immer", antwortet Lucy und spürt, wie ihr Herz noch weiter wird.

„Puh, Gott sei Dank", sagt Sophie. „Was anderes hätten wir auch gar nicht dabeigehabt!"

Lucy glaubt ihnen kein Wort. Sie ist sich sicher, dass die beiden für ihre Zeit in Mailand die coolsten Sachen dabeihaben. Aber wie immer spielen sie alles herunter. Ist es da ein Wunder, dass sie sie so sehr liebt?

18

Abends ist Lucy mehr als bereit, sich im Tegerngold verwöhnen zu lassen. All ihre Freunde haben zugesagt und sie hat auch Emma eingeladen. Damit werden die Düsseldorfer Gäste zum ersten Mal einen Abend allein im Chalet sein, aber Lucy ist sich sicher, dass das kein Problem darstellen wird. Es sind erwachsene Leute und sie brauchen nicht ständig einen Babysitter. Sie und Emma haben sich hingegen eine Auszeit mehr als verdient.

„Was soll ich denn anziehen, Lucy?", fragt Emma sie am Nachmittag unsicher. „Ich war noch nie im Penthouse. Bist du dir sicher, dass es Alex recht ist, wenn ich mitkomme? Ich war immerhin ein Zimmermädchen im Tegerngold, ist es da nicht eigenartig, wenn der Inhaber plötzlich mein Gastgeber ist?"

Lucy guckt sie ernst an. Sie kann Emmas Denkweise nachvollziehen, aber sie würde sich auch wünschen, dass diese sich nicht ständig über ihre Vergangenheit definiert.

„Emma, Zimmermädchen ist ein durchaus ehrenwerter Beruf, aber du bist jetzt schon seit Monaten Hausdame bei mir. Meine rechte Hand, ohne die das hier alles zusammenbrechen würde. Es wird Zeit, dass du mal dieses ‚Zimmer-mädchendasein' abschüttelst. Es war eine wichtige Phase in deinem Leben und sie hat dich dahin geführt, wo du jetzt bist: Hausdame im Chalet am See. Also lass doch die alte Haut hinter dir, was meinst du?"

Emma lächelt sie an und Lucy ist wie immer erstaunt darüber, wie hübsch sie dann aussieht.

„Wie viele Häute soll ich denn noch hinter mir lassen, Lucy? Ich bin schon ganz schön stolz darauf, was ich bislang alles geschafft habe. Das hätte ich früher nie für möglich gehalten."

„Ich weiß ja", gibt Lucy murmelnd bei. „Aber das ist doch kein Grund, jetzt aufzuhören. Ganz im Gegenteil – jetzt siehst du doch, was alles möglich ist. Dass dir das Leben mit all seinen Möglichkeiten offensteht!" Lucy ist dabei, sich in Fahrt zu reden, aber Emma unterbricht sie.

„Du hast völlig recht. Und weißt du was – ich bin dir sehr dankbar, dass du nicht nur meine Chefin bist, sondern dass ich auch noch immer diese Coachings zwischendurch bekomme."

„Meinst du das ernst?" Lucy schaut sie skeptisch an. Ironie ist sie von Emma nicht gewohnt.

„Vollkommen ernst!" Emma hebt eine Hand mit zwei verschränkten Fingern in die Luft, als wolle sie einen Schwur ablegen. „Wer hat das schon? Im Flur, in der Waschküche, beim Toilettensäubern – immer wieder gecoacht zu werden. Nicht vielen wird dieses Glück zuteil!" Ihr Grinsen ist noch breiter geworden und Lucy erkennt das schüchterne Mädchen von damals kaum wieder. Sie weiß immer noch nicht, ob Emma das jetzt ernst oder sarkastisch meint, aber sie lässt es einfach mal so stehen. Eines ist jedoch klar: Noch vor ein paar Wochen wäre kein Funken Ironie über Emmas Lippen gekommen. Ungerührt macht Lucy weiter:

„Emma, das ist wichtig!" Gleichzeitig fragt sie sich, wieso

sie hier so engagiert ist, und hat das leise Gefühl, dass sie eigentlich zu sich selbst spricht. Aber es ist so viel einfacher, wenn man die Worte an jemand anderen richtet. „Wenn du dich immer und immer wieder als Zimmermädchen siehst, wirst du dich energetisch auch immer wieder auf das Level eines Zimmermädchens herunterziehen. Du lässt diese Denkweise dann dein Leben regieren. Denk dir doch lieber, was du sein willst, begib dich energetisch auf dieses Level und dann ziehst du auch das an, was du willst, anstatt das Alte immer zu wiederholen."

Emma schaut sie etwas erstaunt an und Lucy murmelt: „Das Gleiche gilt auch für mich. Oder sogar noch mehr für mich. Ich bin nicht mehr das ungewollte Waisenkind, das nicht weiß, wo es hingehört. Ich muss aufhören, mich darüber zu definieren."

„Möchtest du darüber reden?", fragt Emma leise und zunächst will Lucy aus Reflex verneinen. So weit kommt es noch, dass sie vor ihrer Angestellten die Seele ausschüttelt. Doch dann ändert sie ihre Meinung. Wieso eigentlich nicht?

„Weißt du was, Emma? Ja, gerne! Es wird mir guttun, meine wirren Gedanken zu ordnen. Wieso setzen wir uns nicht in die Küche und machen uns einen Tee? Was hältst du davon?"

Emma nickt und folgt ihr schweigend. Lucy bemerkt, dass ihre Angestellte mindestens genauso erstaunt wie sie selbst über ihr Verhalten ist.

Nachdem sie sich einen Tee zubereitet und hingesetzt haben, rührt Lucy in ihrer Tasse, um den Honig zu verteilen. Dann beginnt sie vorsichtig:

„So genau weiß ich eigentlich gar nicht, was ich sagen will. Aber was ich merke, ist, dass wir – damit meine ich vorwiegend uns Frauen – oft dazu neigen, uns mit den Zeiten in unserem Leben zu identifizieren, in denen wir kleingehalten wurden. Ein Mann, der es vom Tellerwäscher zum Millionär macht, wird stets davon sprechen, wie er mal Tellerwäscher war und es dann ‚geschafft' hat, doch es wird von Anfang an klar sein, dass er im Geiste immer ein Millionär war. Er ist gewissermaßen das geworden, was er schon immer zu sein meinte, und er wird stolz auf die Geschichte sein. Wie er Hindernisse überwunden hat, um zu seinem Ziel zu gelangen. Wir Frauen hingegen, wir fühlen uns oft noch wie das kleine Mädchen, das eigentlich nichts verdient. Weder Geld noch Liebe. Und wenn wir es dann doch schaffen, so war es Glück oder Zufall. Und selbst wenn wir zugeben, dass es wirklich harte Arbeit war, so werden wir uns doch nie sicher sein, ob wir das auch wirklich verdient oder ob wir uns nicht irgendwie an die Spitze gedrängt haben. An einen Ort, an den wir gar nicht gehören und wo auch bald jeder andere merken wird, dass wir dort fehl am Platz sind."

Emma hört aufmerksam zu und lächelt sie dann an. „So wie ich heute Abend bei Alex zum Beispiel? Ganz ehrlich, Lucy, bei der Vorstellung, in Alex' Apartment zu sein, bekomme ich fast Schnappatmung. Ich habe schon jetzt das Gefühl, ich dürfte nichts anrühren, mich nirgendwo hinsetzen. Ich gehörte schließlich nie dazu und sollte als Zimmermädchen am liebsten unsichtbar sein. So wollte man es von uns. Dass ich jetzt etwas anderes sein könnte, ist für mich schwer vorstellbar. Und du hast recht – es fühlt sich an wie eine Haut, die nicht zu mir gehört."

„Aber ist das nicht eigenartig?", fragt Lucy mit einem Drängen in der Stimme. „Das kann doch eigentlich nicht sein, oder? Sollten wir nicht daran glauben, dass wir das Höchste, das Größte sind und alles, was dem nicht entspricht, sind nicht wirklich wir? Wie kommt es, dass wir sofort glauben, dass wir etwas nicht verdienen, dass wir es nicht wert sind, aber es so schwer finden zu akzeptieren, dass wir vielleicht ganz, ganz viel wert sind, unendlich wertvoll sozusagen?"

„Ja, woran liegt das wohl?", fragt Emma mit großen Augen.

„Ich weiß es", erwidert Lucy seufzend. „Aber es zu wissen, macht es leider nicht einfacher, es aufzulösen. Es ist die gute alte Konditionierung. Dieses Gefühl der Wertlosigkeit oder des Nichtgewolltseins ist in uns entstanden, als wir noch klein waren und unser Bild über uns selbst geformt haben. Und das wurde stärker und stärker, bis es fast ein Teil unserer Identität wurde. Aber das sind wir nicht, Emma! Gerade in meinen Atemsitzungen, aber ebenso beim Yoga, erlebe ich immer wieder, dass wir in unserem wahren Wesen, in unserem spirituellen Wesen, das uns wirklich ausmacht, perfekt sind. Absolut perfekt. Das andere ist unecht. Es wird Zeit, wirklich Zeit, dass wir uns auf unser wahres Wesen konzentrieren, meinst du nicht?"

„Hm, wenn du das so sagst." Emma wirkt nicht überzeugt und schaut ihre Chefin skeptisch an. „Aber wie macht man das?"

„Indem man seine Glaubenssätze ändert und sie dann so oft wiederholt, bis man sie verinnerlicht", entgegnet Lucy mit Inbrunst. „Und damit, Emma, werden wir heute beginnen. Weder du noch ich haben es nötig, uns zu verstecken. Ganz im Gegenteil!"

„Aber du versteckst dich doch nicht", erwidert Emma erstaunt. „Die Versteckende bin doch ich."

„Ja, das denkst du vielleicht", gibt Lucy zurück. „Nach außen hin bemerkt man das möglicherweise nicht so, aber tief in mir drinnen würde ich mich auch manchmal gerne verstecken. Doch jetzt nicht mehr. Wie sagt Bob Proctor so passend: ‚Die meisten Menschen gehen auf Zehenspitzen durch das Leben, in der Hoffnung, sicher beim Tod anzukommen.' So möchte ich nicht enden. Das Leben ist zum

Leben da! Meins soll ein Feuerwerk sein. Und du bist die wundervolle Emma und nicht ein Zimmermädchen, das sich fragen muss, ob es irgendwo sein darf. Du darfst überall sein. Verstehen wir uns da?"

Anstatt sich mit Elan in Lucys Enthusiasmus zu werfen, guckt Emma sie nachdenklich an. „Ja, klar, vom Kopf her verstehe ich das schon. Aber unten im System, im Herzen, im Körper, da ist es noch nicht angekommen, weißt du? Da bin ich immer noch das Mädchen, das sich von klein auf verstecken musste und am liebsten gar nicht existieren sollte. Vergiss nicht – ich war von Anfang an nicht gewollt. Dieses Wissen aus dem System zu bekommen, ist gar nicht so einfach. Mir hat ja schon viel geholfen. Das Yoga, der neue Job und natürlich auch die Beziehung mit Daniel. Als Chefkoch im Tegerngold muss er immer an neue Kreationen denken, das beflügelt natürlich auch mich. Und ich gebe zu – bisweilen öffnet sich etwas in mir und der Horizont wird plötzlich ganz weit und ich sehe, wie das Leben sein könnte. Natürlich sehe ich mich dann weiterhin hier bei dir", fügt sie eilig hinzu. Lucy beschwichtigt sie mit einer Handbewegung und fordert sie auf, weiterzusprechen. „Aber das sind nur ganz kurze Momente, weißt du, wie wenn im Frühling die Wolkendecke aufbricht und die Sonne hervorgucken kann." Emma macht eine Pause und scheint über sich und ihre Worte selbst erstaunt zu sein. Es ist sonst nicht ihre Art, so viel und vor allem über so tiefe Themen zu reden. Lucy spürt, wie sie selbst das Gespräch genießt. Und Emma scheint es nicht anders zu gehen, denn sie fährt unaufgefordert fort:

„Ansonsten hast du absolut recht. Ich fühle mich immer noch wie ein Eindringling, wenn ich irgendwo dazugehören soll, anstatt andere zu bedienen. Es ist fast, als sei das Dienen in meinem Blut."

„Na ja, in deinem Blut, das weiß ich nicht", entgegnet Lucy und dreht ihre Teetasse nachdenklich in der Hand.

„Aber in deiner Programmierung sicherlich. Und das kann man auflösen, da bin ich mir sicher. Wobei es etwas Schönes und Gutes ist, etwas für andere Menschen zu tun, aber es kommt wahrscheinlich auf die Motivation an. Wenn man es tut, weil man denkt, es wird erwartet, dann ist das nicht so cool. Wenn, dann sollte es aus einem inneren Bedürfnis, einem tiefen Wunsch heraus kommen. Oder? Und wenn man aus diesem Wunsch heraus dienen will: prima. Aber nicht, weil man denkt, man sei zu nichts anderem fähig. Verstehen wir uns da richtig?"

„Ja, absolut. Und ich mache es ja auch gerne. Wahrscheinlich auch, weil das die eine Sache ist, in der ich gut bin. Wenn man etwas gut macht, macht es gleich viel mehr Spaß, nicht wahr?"

Lucy nickt bestätigend und Emma fährt fort: „Aber du hast recht, es kann ja nicht angehen, dass ich meine, ich müsste immer im Schatten anderer stehen. Das ist ehrlich gesagt kein schönes Gefühl." Der Nachsatz kam fast geflüstert und von einem bedrückten Gesichtsausdruck begleitet.

„Natürlich ist das kein schönes Gefühl, Emma." Lucy legt ihr eine Hand auf den Arm. „Und vor allem ist es nicht wahr. Es ist nur deine subjektive Wahrheit, aber andere sehen das nicht so."

„Ich habe das Gefühl, alle anderen sehen es genauso."

„Na ja, es ist schon so, dass wir das, was wir über uns selbst glauben, in die Welt ausstrahlen. Wenn wir daran etwas ändern wollen, müssen wir bei uns selbst beginnen."

„Und wie?"

„Das Gesetz der Anziehung", antwortet Lucy.

„Wie bitte?" Emma schaut sie verdutzt an.

„Das Gesetz der Anziehung", wiederholt Lucy. „Hast du noch nie davon gehört? The Secret?"

Emma guckt sie an, als hätte sie gerade Swahili mit ihr

gesprochen. „Nein, ich habe keine Ahnung, was du meinst", bestätigt sie überflüssigerweise.

Lucy überlegt, wie sie es ausdrücken soll. Es wird auch ihr guttun, sich das nochmals durch den Kopf gehen zu lassen.

„Also", beginnt sie, „beim Gesetz der Anziehung geht es eigentlich darum, dass wir unser Leben in jeder Sekunde selbst erschaffen. Mit der Energie, die wir ausstrahlen."

„Na, dann bin ich erstaunt, dass ich überhaupt lebe", murmelt Emma.

Lucy muss lachen. „Emma, genau das ist es! Mach dich doch nicht selbst so runter! Deine Lebensenergie, die, die immer in dir schwelgt und aktiv ist, ist immer perfekt und unendlich und die kannst auch du nicht begrenzen. Denn das ist Gottes Energie. Aber du kannst entscheiden, wie viel du daraus schöpfst!"

Emma sieht sie mit talergroßen Augen an. Nun ja, zumindest hat sie jetzt ihre volle Aufmerksamkeit.

„Es ist wie Knete", sagt Lucy, um ein besseres Beispiel verlegen. „Du hast diese Masse an Knete und kannst damit machen, was du willst. Alle haben den gleichen Zugang zu der Knete und es ist unendlich viel davon da. So wie die Luft zum Atmen. Da hast du auch nicht das Gefühl, dass Knappheit herrscht und dir jemand etwas wegnehmen könnte. Ebenso viel gibt es von dieser Knete. Aber einige schöpfen halt ganz viel daraus und bauen die wundervollsten Sachen und andere trauen sich nicht. Sie stümpern ein wenig herum, formen kurz etwas Kleines, aber zerstören es dann gleich wieder, da es ihnen nicht gefällt und sie denken, dass das alles ist, was sie jemals hinbekommen werden."

„Aber wenn sie mit ihren Händen einfach nicht so gut sind?", fragt Emma jetzt, „Dann ist es doch kein Wunder, dass sie nicht so imposante Sachen wie alle anderen bauen."

„Ha, das ist es ja!" Lucy ist jetzt voller Begeisterung. „Alle haben die gleichen Möglichkeiten, die gleichen Fähigkeiten. Nur nehmen einige das als selbstverständlich hin, dass sie gut in dem sind, was sie machen, während andere nicht an sich glauben wollen."

„Aber das stimmt ja eigentlich nicht", entgegnet Emma ungewohnt vehement. Ihre Augen leuchten und auch sie scheint jetzt voll in Fahrt zu sein. „Einige Menschen sind einfach objektiv besser in einigen Dingen als andere. Das kannst du doch nicht bestreiten. Du zum Beispiel bist im Yoga sehr viel besser als ich und wahrscheinlich noch in vielen anderen Dingen. Das ist einfach ein Fakt."

„Aber das ist es ja, Emma, bei der Manifestation oder der Erschaffung unserer Wirklichkeit geht es nicht um solch handwerkliche Fertigkeiten. Da geht es um etwas, das wir grundsätzlich alle können: denken!"

„Denken?"

„Richtig, denken! Und jetzt wirst du wieder sagen, dass einige besser denken können als andere, und damit magst du recht haben. Aber was wir fast ausnahmslos alle können, ist, uns das Leben vorzustellen, das wir leben wollen. Das erfordert kein großes Geschick. Und wenn wir dieser Vorstellung dann noch die richtige Energie mitgeben, dann steht unserer Wunscherfüllung nichts mehr im Wege, denn dann vibrieren wir genau auf der Frequenz dieser Wunscherfüllung."

„Soso", murmelt Emma und schaut skeptisch drein. „Dieses ‚die richtige Energie mitgeben' – was beinhaltet das denn genau? Das scheint hier die Krux zu sein. Da kommen dann die Talente und Befähigungen rein, nicht wahr?"

Jetzt ist es an Lucy, zu grinsen. „Eben nicht, Emma, denn das Einzige, was hier erwartet wird, ist zu fühlen!"

„Fühlen?" Emma zieht erstaunt eine Augenbraue hoch. „Das kann ich."

„Siehst du", Lucy zwinkert ihr zu, „so schwierig ist das gar nicht. Denken und fühlen. Können die meisten von uns.

Man kann es auch anders ausdrücken: es sich vorstellen. Wenn wir uns etwas vorstellen und uns quasi da reinversetzen, ganz so, als wäre es schon wahr, dann schwingen wir auf der Frequenz, die benötigt wird, um genau das in unser Leben zu ziehen. Aber natürlich funktioniert das auch umgekehrt. Wenn wir uns immer kleinmachen und nur Katastrophen vor unserem inneren Auge sehen, dann vibrieren wir auch auf dieser Frequenz."

„Oje." Emma schlägt erschrocken die Hände vors Gesicht. „Das heißt, wir müssen vorsichtig sein, was wir denken?"

„Na ja, vorsichtig würde ich jetzt nicht gerade sagen", versucht Lucy sie zu beschwichtigen. „Aber die Macht unserer Gedanken zu unterschätzen, das wäre ein großer Fehler. Es macht jedoch auch nichts, wenn wir mal ,etwas Falsches' denken. Denn um dies wirklich in unser Leben zu ziehen, müssen wir schon daran glauben. Das ist wieder die Sache mit den Emotionen. Wenn wir so überzeugt davon sind, dass wir es wirklich fühlen können, dann ist der nächste Schritt die physische Manifestation. Aber das passiert nicht durch ein paar harmlose Gedanken, genauso wenig wie ein paar Gedanken nicht zu unserer Wunscherfüllung reichen. Überzeugung ist notwendig, ebenso wie Wiederholung. Also kannst du ruhig deine Hände wieder vom Gesicht nehmen und aufhören, dich daran zu erinnern, was du dir in letzter Zeit so alles vorgestellt hast." Lucy kann sich ein Grinsen nicht verkneifen und als Emma ihre Hände vom Gesicht nimmt, ist sie tatsächlich knallrot.

„Du versprichst mir, dass das nicht alles passiert?", fragt sie vorsichtig.

„Ich verspreche es dir", entgegnet Lucy lachend. „Wobei ich jetzt alles geben würde, deine Gedanken lesen zu können."

„Mmmh, würdest du nicht!" Emma schüttelt mit

Inbrunst den Kopf. „Wie kamen wir eigentlich auf das Ganze?"

„Ganz einfach. Ich habe dich gefragt, ob du heute Abend mit zu Alex kommst. Also, was ist die Antwort?"

„Na, das ist ja wohl keine Frage." Emma grinst sie voller Selbstbewusstsein an: „Oh ja!", sagt sie dann. „Ja, ich komme heute Abend mit zu Alexander von Meyenhofen. Als Gast!"

bends kann Lucy ihren Augen kaum trauen. Emma steht in der Eingangshalle des Chalets und sieht aus wie ein Engel. Sie trägt ein leichtes, weißes Sommerkleid mit kleinen Marienkäfern darauf sowie helle Sandalen an den Füßen. Lucy ist schon beim Yoga aufgefallen, was sie für feine Knöchel hat, aber heute sieht sie Emma zum ersten Mal im Kleid. Und es ist mittlerweile wirklich unverkennbar, wie sehr Emmas ganze Haltung sich geändert hat. Sie steht aufrecht und würdig da, als würde sie auf ihren Prinzen warten, der sie zum Ball führt. Spontan läuft Lucy auf sie zu und schließt sie in die Arme.

„Oh Emma", flüstert sie ihr zu. „Wie schön du aussiehst." Dann hält sie sie auf Armeslänge von sich.

„Wo hast du denn die Sachen her? Sag nicht, du bringst jeden Tag vorsorglich ein Kleid mit zur Arbeit?", fragt sie lachend.

„Das nun nicht gleich", antwortet Emma und stimmt in das Lachen ein. „Aber ich bin kurz hoch ins Tegerngold gelaufen, um die Sachen zu holen. Das Kleid hatte ich noch nie an. Gefällt es dir?"

Damit dreht sie sich zu Lucys Erstaunen einmal um sich selbst.

„Ob es mir gefällt?" Lucy guckt sie mit großen Augen an. „Du wirst heute Abend allen die Show stehlen, du siehst wunderschön aus. Was meinst du, Rosie?", fragt sie den Hund, der mittlerweile dazugekommen ist und Emma voller Freude die Hand ableckt.

„Was ist denn mit Rosie passiert?", fragt Lucy jetzt kichernd. Die Hündin ist nicht nur gebürstet, dass ihr Fell glänzt wie Gold in der Sonne, sondern sie hat auch noch eine riesige rote Schleife um den Hals gebunden.

„Na, sie kommt doch heute mit und sieht Birdie", erwidert Emma stolz. Gemeint ist damit Alex' Hund. „Da dachte ich, sie soll schön aussehen."

„Recht hast du." Lucy streichelt über das weiche, seidige Fell des Retrievers. „Heute werden wir uns alle einen schönen Abend machen. Wo sind denn die anderen?"

Da kommen Sophie und Aishley mit ihren Männern im Schlepptau auch schon die Treppe heruntergepoltert. Wie Lucy sieht, haben sich auch die vier herausgeputzt. Sie ist froh, sich heute auch besonders hübsch zurechtgemacht zu haben.

„Wow", sagt sie und blickt in die Runde. „Ich sehe schon, ein Abend bei Alex im Tegerngold scheint das Beste aus jedem herauszuholen. Wenn ich hier im Chalet etwas organisiere, ist nie jemand so festlich angezogen."

„Da kann ich nur zustimmen", ertönt da eine Stimme von hinten und Tanja kommt aus dem Garten herein. „Ihr seht ja alle hinreißend aus!" Bewundernd wandert ihr Blick von einem zum anderen. „Müssen wir Angst haben, etwas zu verpassen? Wo geht es denn hin?"

Kurz bekommt Lucy ein schlechtes Gewissen. Hätte sie ihre anderen Chalet-Gäste auch einladen müssen? Aber nein, das ist ja Nonsens! Dies ist ein rein privates Event, da haben die diesmal nichts zu suchen.

Freundlich sagt sie zu Tanja: „Wir sind heute eingeladen, das heißt, ihr habt das Haus ganz für euch." Verschwörerisch zwinkert sie ihr zu. „Aber nehmt es nicht auseinander, okay? Ich habe gehört, ihr Düsseldorfer könnt ganz schön feiern."

„Können wir!" Tanja nickt kräftig mit dem Kopf. „Aber ich verspreche dir, wir werden uns heute zurückhalten." Schelmisch guckt sie die Gruppe an. „Aber *ihr* solltet euch nicht zurückhalten. So super wie ihr heute ausseht, hoffe ich, dass ihr richtig die Sau rauslasst!"

„Das werden wir sicherlich", bestätigt Aishley. „Aber jetzt sollten wir los."

„Ja, eine Sekunde noch." Lucy wendet sich Tanja zu. „Du weißt ja, meine Handynummer ist hier an der Rezeption aufgeklebt. Wenn irgendwas ist, ruft mich an, okay? Und wenn es nur ist, dass ihr einen Teelöffel nicht finden könnt, ich bin für euch erreichbar. Und sollte ich mein Handy nicht hören, da wir so ‚die Sau rauslassen', dann ruft doch im Tegerngold an. Da sind wir heute Abend. Lasst euch einfach mit dem Penthouse von Herrn von Meyenhofen verbinden, die an der Rezeption werden Bescheid wissen."

„Oh, Penthouse vom Inhaber", neckt Tanja sie. „Nobel geht die Welt zugrunde, was!?" Lucy würde sich am liebsten auf die Zunge beißen, aber da beruhigt Tanja sie auch schon: „Lucy, mach dir doch keine Sorgen. Wir sind erwachsene Menschen und auch wenn wir aus Düsseldorf kommen, können wir uns durchaus am Riemen reißen. Also, macht euch einen schönen Abend!"

„Übrigens", wirft Aishley da ein, „Sophies Vater kannte deinen Namen vom Industrieclub leider nicht. Den deines Mannes schon, aber weder deinen noch den von deinen Eltern. Schade eigentlich. Es ist doch immer schön, wenn man gemeinsame Bekannte hat. Vielleicht solltet ihr euch mal einander vorstellen, wenn du wieder zurück bist."

Lucy bemerkt, wie Tanja blass wird und sich kleine Schweißtropfen über ihrer Oberlippe bilden. Kurz ist sie erstaunt über diese starke Reaktion. Aber mehr noch ist sie genervt von Aishley. Was sollte diese Aktion jetzt? Was hat Aishley für eine Paranoia, wenn es um ihre Gäste geht? Das ist fast noch schlimmer als sie selbst. Bevor sie jedoch etwas sagen kann, schaltet Sophie sich schon mit tadelndem Blick zu Aishley ein:

„Das tut doch jetzt nichts zur Sache, oder? Und selbstverständlich wäre es schön, wenn ihr euch mal kennenlernt, aber das ist im Moment nicht wichtig. Ihr seid im Urlaub und sollt ihn genießen – und wir sollten jetzt wirklich mal langsam los. Sonst denkt Alex noch, er sei sitzen gelassen worden."

Erleichtert, dass Sophie die Situation gerettet hat, antwortet Lucy: „Oh nein, das wird er bestimmt nicht denken. Michi und Marcel sind sicherlich schon da. Michi war so nervös, im Tegerngold eingeladen zu sein, dass er mich heute drei Mal angerufen hat, um zu fragen, was er anziehen soll. Wenn er hingegen hierhin kommt, kann ich froh sein, wenn er überhaupt eine Hose und nicht nur Badeshorts trägt. Aber wir müssen auf dem Weg noch Hannah und Sven abholen. Also auf, Leute."

Sie nickt Tanja kurz zu und erkennt erleichtert, dass diese sich wieder gefangen hat. Aber obwohl sie selbst die Situation so abgetan hat, wundert sie sich doch ein wenig. Waren ihre Gäste vielleicht nicht ganz ehrlich ihr gegenüber? Dann schüttelt sie diesen Gedanken ab. Sie ist hier nicht bei der CIA. Ihre Gäste haben keine Verpflichtung, ihr ihr ganzes Leben darzulegen. Wer hat denn schon keine Geheimnisse?

Sophie, Aishley und die beiden Männer sind schon draußen, also hakt sie Emma unter und geht mir ihr – von Rosie mit ihrem roten Halsband angeführt – hinaus.

„Ich habe ihr schon den Kopf gewaschen, Lucy", verkündet Nicolai, sobald sie draußen sind, und bezieht sich damit offensichtlich auf Aishley. „Sie kann einfach manchmal ihren großen Mund nicht halten, aber dafür liebe ich sie auch."

Lucy schaut Aishley an und schüttelt den Kopf. „Also, du und deine Paranoia. Was ist denn mit dir los? Dabei dachte ich immer, du seist so wahnsinnig cool."

„Bin ich auch", entgegnet Aishley und wirft ihre langen Haare zurück. „Und das hier hat nichts mit Paranoia zu tun, sondern einfach mit Sorge um meine Freundin. Und ich will, dass die kleine Kröte da drin das weiß."

„Kleine Kröte?" Lucy guckt Aishley erstaunt an. „So nennst du Tanja? Magst du sie denn nicht? Ich finde sie cool."

„Klar ist sie nett. Da sage ich ja nichts gegen. Aber irgendwie traue ich ihr nicht. Der ganzen Truppe nicht. Etwas stimmt nicht mit denen."

„Willst du mir jetzt Angst machen?" Ein Kloß fängt an, sich in Lucys Hals zu formen. Gleichzeitig ärgert sie sich, dass sie sich von Aishley so verunsichern lässt.

„Quatsch, keiner will dir Angst machen", sagt Patrick nun und drückt kurz Lucys Schulter. „Aishley braucht einfach nur ein bisschen Drama, das ist alles."

„Ich? Drama?" Aishley guckt ihn fassungslos an. „Ich hasse Drama, finde es kindisch und albern. Aber auch wenn ihr mir jetzt nicht glaubt: Wenn man es gewohnt ist, die Leute durch die Kamera zu beobachten, sieht man eine Menge. Und diese Truppe da hat mir ja erlaubt, sie zu fotografieren. Ich habe mir die Bilder noch nicht im Detail angeschaut, aber ich wette, da wird ihre wahre Natur zum Vorschein kommen!"

„Aishley, es reicht!" Sophie legt ihrer Freundin lachend den Arm um die Schulter. „Du spinnst wirklich. Genug jetzt davon. Kommt, lasst uns einen schönen Abend haben. Also, erst zu Hannah, richtig?"

Als sie bei Hannahs Café ankommen, stehen sie und Sven schon draußen, wobei sein Gesicht hinter den großen Kuchenkartons kaum zu erkennen ist.

„Hannah, was hast du da schon wieder dabei?" Lucy muss lachen. Die Unsicherheit von eben ist verschwunden. „Du weißt, dass wir dich auch lieben, wenn du uns nicht immer mit deinen Backwaren mästest, nicht wahr?"

Sie umarmt ihre Freundin und wuschelt Sven kurz durch die Haare. Umarmen kann man ihn wegen der Kuchenkartons nicht.

„Hallo allemal", knurrt dieser. „Wenn sie sie wenigstens selbst tragen würde!"

„Komm, wir nehmen dir etwas ab", bietet Patrick an und nimmt die obersten Kartons vom Stapel. Auch Nicolai nimmt einen und jetzt ist Svens Gesicht wieder zu erkennen. Lucy bemerkt, dass er in den vergangenen Monaten etwas runder geworden ist. Hannahs Backkünste hinterlassen offenbar auch bei ihm ihre Spuren.

„Schnell", drängt Hannah. „Die Sachen sollten nicht zu lange in der Hitze sein. So eine Schwüle. Obwohl es schon Abend ist." Sie fächert sich zu und betrachtet dann die anderen. „Wow, toll seht ihr aus." Ihre Augen gleiten von einem zum anderen und bleiben an Emma hängen. „Emma!", ruft sie voller Begeisterung aus. „Du siehst aus wie eine andere Person. Wie eine Prinzessin aus einem Märchen oder so. Wenn du mal keine Inspiration bist, dann weiß ich nicht, wer! Sven, wir müssen weniger essen. Ich will auch so ein Kleid anziehen!"

„Ich habe mal weniger gegessen", murrt Sven, während

sie den Berg zum Tegerngold hoch stiefeln. „Bis ich eine gewisse Bäckerin kennengelernt habe."

„Konditorin, bitte", berichtigt Hannah ihn. „Bäckerin hört sich so plump an."

„Was auch immer", presst Sven hinter zusammengebissenen Zähnen hervor. „Jedenfalls jemanden, der dafür sorgt, dass mein Umfang immer mehr zunimmt."

Lucy lässt sich absichtlich mit Hannah und Sophie zurückfallen und fragt Hannah dann leise: „Was hat er denn? Wirkt ein wenig mürrisch heute."

„Ein wenig ist gut." Genervt verdreht Hannah die Augen. „Ich füttere ihn natürlich nicht mit meinen Sachen, die isst er von ganz allein. Und dann ärgert er sich, wenn er zunimmt. Kann aber einfach nicht die Hände von der Kuchenvitrine lassen, der Gute!"

„Ach, da stehe ich ja drauf", erwidert Sophie außergewöhnlich harsch. „Wenn jemand den Partner für seine eigenen Probleme verantwortlich macht."

Hannah nickt überzeugt mit dem Kopf. „Genau das ist es. Und ich weiß, er liebt Sport und ist gerne fit, aber ich halte ihn ja nicht davon ab. Ich bin da halt anders, aber mir machen meine Polster auch nichts aus."

Lucy denkt kurz nach. „Ja, wenn man sich unwohl fühlt, ist das immer schlecht", stellt sie dann fest. „Ich bin froh, dass du dich dafür nicht verantwortlich fühlst. Das ist wirklich seine Angelegenheit."

„Absolut", beteuert Hannah. „Und ich sage ihm auch ständig, dass er Sport machen soll, wenn er das für den Ausgleich braucht. Aber ihm fallen immer wieder Ausreden ein."

„Jaja, der Geist ist willig, aber das Fleisch ist schwach", murmelt Sophie und Lucy ist aufs Neue erstaunt über die guten Deutschkenntnisse ihrer Freundin.

„Apropos", sagt Hannah jetzt. „Emmas Metamorphose scheint ja gar nicht mehr aufzuhören. Ich kann kaum glauben, dass sie wirklich die gleiche Person ist wie vor ein paar Monaten. Ich muss mich wirklich zusammenreißen, sie nicht anzustarren."

Lucy grinst so stolz, als würde hier ihr eigenes Kind gelobt werden. „Es ist unglaublich, nicht?", bestätigt sie. „Ich kann es auch kaum fassen. Es ist schon erstaunlich, wie Menschen sich wandeln können, wenn sie nur wollen. Das Potenzial haben wir alle, aber daraus zu schöpfen, das ist eine ganz andere Sache."

„Ja, so ging es mir auch", sagt Sophie nun nachdenklich. „Es war natürlich nicht so extrem wie bei Emma, das ist schon fast filmreif, aber mein Leben hat sich auch völlig geändert, als ich den Glauben an mich selbst gefunden habe."

„Meines auch, als ich die Macht endlich von meinem Ex-Mann abgezogen habe", pflichtet Hannah bei, bevor Lucy ergänzt: „Und meines, nachdem ich der Vergangenheit keine Macht mehr gegeben habe. Und so haben wir alle immer mehr zu uns gefunden", schließt sie ab, denn nun sind sie vor dem imposanten Eingang des Tegerngold angekommen.

Der Gepäckträger, der die Truppe natürlich sofort erkannt hat, läuft auf sie zu und besteht darauf, ihnen die Kuchenkartons abzunehmen. Vor allem Sven scheint froh zu sein, seine loszuwerden. Lucy bemerkt, dass ihm der Schweiß die Schläfen herunterläuft und auch sein Hemd nasse Flecken aufweist. Dabei ist es jetzt wirklich nicht mehr so heiß. Hannah hat recht – es ist an der Zeit, dass er mal wieder Sport treibt!

„Zu Herrn von Meyenhofen?", werden sie gefragt und sogleich wird der Lift gerufen, um alle hochzufahren. Rosie wedelt schon ganz aufgeregt mit dem Schwanz. Sie scheint zu spüren, dass in Kürze ein Wiedersehen mit Birdie stattfinden wird. Sobald sie oben sind, gestaltet sich dieses Wiedersehen noch wilder als erwartet. Obwohl die beiden Hunde sich regelmäßig zu Augen bekommen, tollen sie herum, als hätte man sie über Monate hinweg getrennt. Aber wenn Lucy ehrlich ist, dann benehmen sie und ihre Freunde sich nicht viel anders. Denn Babs, Michi, Marcel und natürlich Alex sind schon da und das Hallo ist mindestens so groß wie bei einem Ehemaligentreffen nach zwanzig Jahren. Dabei treffen sie sich in irgendeiner Konstellation sicherlich alle paar Tage. Egal – das letzte Mal, dass sie alle zusammen waren, war bei Lucy, als sie ein Krisenmeeting bezüglich ihrer Gäste ausgerufen hatte, und jetzt ist sie vor allem erleichtert, dass ihre damalige Sorge unbegründet war. Sie sind alle hier, wohlbehalten und zusammen, und trotz ihrer anfänglichen Bedenken sind es keine Axt-Mörder, die bei ihr eingezogen sind. Das ist dann auch das Erste, was Marcel sagt, als er eines der Champagnergläser hebt, mit denen sie alle gleich beim Empfang im Penthouse ausgestattet worden sind:

„Auch wenn die Party rein geografisch bei Alex im Tegerngold stattfindet, so ist der eigentliche Grund doch, dass Lucy ihre ersten Gäste überlebt hat, ohne in einem Massaker zu landen! Darauf wollen wir trinken, liebe Freunde!"

„Man soll den Tag nicht vor dem Abend loben", hört Lucy Aishley noch murmeln, aber dann gehen sie alle zusammen auf die Terrasse und schauen sich beeindruckt um. Lucy kann ihren Augen kaum trauen und wendet sich Alex zu: „Mensch, mein Schatz, du bist wirklich der Wahnsinn. Du hast keinen Aufwand gescheut, was?"

Und tatsächlich – Alex hat nicht nur einen seiner Kellner abgestellt, sich heute Abend exklusiv um ihn und seine Freunde zu kümmern, sondern die lange Tafel, die aufgebaut wurde, biegt sich fast vor lauter Köstlichkeiten:

Da sind Räucherlachs in Blätterteig mit Schafskäse, Spargelsalat, Quinoasalat, Tortillas, kleine Quiches, Pasta-

Zucchini-Röllchen und vieles mehr. Lucy wird darauf bestehen, dass ihre Freunde die Reste mit nach Hause nehmen. Natürlich gibt es auch – wie nicht anders zu erwarten – alle Arten von Drinks. Lucy kann Champagner entdecken, sowie Rot- und Weißwein, Bier und alles an Antialkoholischem, was das Herz begehrt.

„Da ist ja Bier!", hört sie da auch schon Sven so erleichtert ausrufen, als sei er die Treppe zum Penthouse voll beladen hoch gestapft, statt in dem schicken Aufzug hochgefahren worden zu sein. „Mann, meinst du, ich kann eins davon haben?", fragt er Alex mit einem Glitzern in den Augen. „Champagner ist mir im Moment zu viel für meinen Magen und ich brauche die Erfrischung!"

„Klar kannst du ein Bier haben." Alex schlägt ihm kumpelhaft auf den Rücken. „Dafür ist es ja da!" Dann guckt er ihn forschend von oben bis unten an und bevor Lucy ihm noch ein Zeichen geben kann, purzelt es schon aus ihm heraus:

„Mensch, mein Freund, warst du nicht mal so ein Sportass? Ich weiß, dass ich dir vor ein paar Monaten noch nachgeeifert habe. Und jetzt macht dich der Hügel hier hoch schon kaputt?"

Lucy sieht Svens zerknirschten Gesichtsausdruck und denkt sich, dass Frauen nie so miteinander reden würden. Unter Frauen versucht man, einander aufzubauen, egal, wie die Freundin gerade aussieht. Männer sind da anders. Sie machen sich schonungslos auf ihre Schwächen aufmerksam. Lucy weiß nicht, was besser ist. Ein wenig Ehrlichkeit wäre vielleicht auch bei den Frauen nicht schlecht und ein bisschen Zurückhaltung bei den Männern angemessen.

Sie hat den ersten Teil von Svens Antwort verpasst, hört aber, wie dieser jetzt sagt: „... und dann immer Hannahs Kuchen. Da kann sich kein Mann wehren."

Lucy will einen harmonischen Abend haben, aber sie

kann trotzdem nicht an sich halten. „Ach ja?", fragt sie ihn mit einem süßen Lächeln. „Hannahs Kuchen? Hält sie dir eine Pistole an den Kopf, damit du ihn isst, oder würde ein einfaches Nein ausreichen? Ich denke, die Verantwortung für deine Ernährung musst du schon selbst tragen, Sven."

Sie sieht, wie er sie verdutzt anguckt, und ohne eine Antwort abzuwarten, dreht sie sich um und geht zu ihren Freundinnen rüber. Dort legt sie Hannah einen Arm um die Schulter. „Das ist so lieb, wie du dich immer um uns kümmerst. Mit deinen Kuchen. Habe ich mich dafür schon einmal bedankt?"

„Immerzu bedankst du dich", antwortet Hannah lächelnd und drückt ihr bekräftigend den Arm. „Aber wo kommt das denn jetzt her? Hat Sven sich mal wieder beschwert?" Sie blickt kurz in seine Richtung und Lucy weiß nicht genau, wie sie antworten soll. Sie möchte sicher nicht der Grund für Disharmonie zwischen den beiden sein. „Du kannst es ruhig sagen, Lucy", beteuert ihre Freundin. „Es macht nichts, wirklich. Er tut das die ganze Zeit. Es tut mir leid, dass er sich unwohl fühlt, aber mich dafür verantwortlich zu machen, führt doch etwas zu weit. Weißt du, zur Not muss wieder Tinder ran", sagt sie lachend und bezieht dich damit auf die Dating-App, über die sie Sven kennengelernt hat. Lucy erschrickt so sehr, dass sie sich glatt an ihrem Champagner verschluckt. „Das ist doch nicht dein Ernst, Hannah", sagt sie unter Husten und schaut sich nervös um, ob jemand sie gehört hat. „Du überlegst doch nicht, Sven zu verlassen."

„Nein, nein", beruhigt Hannah sie lachend. „Noch nicht zumindest. Und keine Angst, ich werde ihn hier heute Nacht auch nicht über die Balustrade werfen. Aber ich muss schon sagen – so besonders sexy ist das Meckern nicht. Als ich Kinder wollte, motzte er, dass es ihm zu früh ist. Und ich gebe zu, er hatte recht. Ich war da voreilig. Aber anstatt es mit mir zu besprechen, ist er zu dir gelaufen." Lucy erinnert sich noch gut an dieses für sie äußerst unangenehme Gespräch. „Und jetzt motzt er permanent, dass ich ihm das Falsche zu essen gebe – fast, als sei er ein Baby, für das ich Verantwortung habe. Besonders reif und attraktiv ist das nicht. Ich werde mal mit ihm darüber sprechen müssen. Und zwar ernsthaft. Und wenn er sich daraufhin nicht ändert, dann wird man weiterschauen."

Lucy ist so erstaunt, dass sie sich noch einen großen Schluck Champagner gönnt, der ihr jedoch sogleich zu Kopf steigt. Sie kann kaum glauben, was sie da gerade gehört hat. Und das von Hannah! Von ihrer Freundin, die immer so abhängig wirkte und von der sie angenommen hatte, dass sie alles tun würde, um in einer Beziehung zu bleiben. Sie jetzt hier so emanzipiert und unabhängig zu hören, haut Lucy doch ganz schön um. Sie ist sich nicht sicher, ob im Positiven oder im Negativen, aber sie glaubt, im Positiven. Vielleicht ist ihr Gefühl sogar mit ein wenig Neid gemischt.

„Wow, Hannah, so kenne ich dich gar nicht", sagt sie daher jetzt auch und wird, bevor sie fortfahren kann, von Babs' lauter Stimme unterbrochen:

„Wie kennst du Hannah gar nicht?"

„Ach nichts", entgegnet Hannah hektisch. „So glücklich, meint Lucy bestimmt." Dann hakt sie Babs unter. „Komm, dein Glas ist leer, wir holen Nachschub."

Lucy schüttelt noch kurz den Kopf und geht dann zu ihren Londoner Freunden rüber.

„Gefällt es euch hier?", fragt sie, während sie gemeinsam den Blick über das weite Tal schweifen lassen.

„Ob es uns gefällt?", fragt Sophie mit leiser Stimme. „Seit du hier bist, Lucy, ist der Tegernsee wie ein zweites Zuhause für uns geworden. Und auch ihr wie eine weitere Familie", sagt sie jetzt an Babs gewandt, die mit ihrem Glas Champagner und Hannah wieder zu ihnen gestoßen ist. „Dabei kannten wir uns vor allzu langer Zeit noch gar nicht."

„Mir hat eine Freundin aus Brasilien mal etwas Schönes gesagt", antwortet Babs überraschend weich. „In ihrem Land macht man keine Freunde, sondern man erkennt sie. Vielleicht ist das bei uns allen passiert!"

„Sehr schön", murmelt Sophie und Lucy spürt, wie sie alle berührt sind.

„Wisst ihr", sagt jetzt Aishley und legt einen Arm um Lucy. „Um ganz ehrlich zu sein, sollten wir schon längst in Mailand sein. Lucy war so lieb und hat uns unsere Apartments sozusagen mit offenem Ende gegeben, aber wenn alles nach Plan gelaufen wäre, wären wir schon vor ein paar Tagen weitergefahren. Aber irgendwie können wir uns nicht überwinden. Ständig fällt uns etwas ein, weshalb wir noch ein paar Tage hierbleiben sollten. Ich glaube, die Männer genießen es ebenfalls mehr, als sie erwartet haben. Die gute Luft hier und das Golfspielen mit Alex, das ist schon speziell. In Mailand wartet eh nur wieder Großstadt und sehr viel Essen auf uns, da ist es auch mal schön, durchatmen zu können."

„Das kannst du laut sagen", erwidert Sophie lachend. „Ich habe durch die Londoner Luft mittlerweile das Gefühl, meine Lungen seien zu Kaminen geworden. Hier wird jetzt mal wieder alles durchgepustet. Aber um ganz ehrlich zu sein, Lucy, weißt du, wieso wir eigentlich noch hier sind?"

„Nicht nur wegen der guten Luft?", gibt Lucy lachend zurück.

„Und unserer unwiderstehlichen Anwesenheit", ergänzt Babs.

„Doch, die beiden Dinge sind natürlich der Hauptgrund", versichert Sophie ihnen augenzwinkernd, „aber ein nicht ganz unwichtiges Element kommt noch hinzu: Aishley will Lucy mit den Düsseldorfern nicht allein lassen, könnt ihr das glauben? Und dagegen hat man natürlich keine Argumente, da können die selbstgemachten Gnocchi von Nicolais Mama in Mailand noch so verführerisch auf uns warten."

„‚Die Gnocchi von Nicolais Mama‘ hört sich leicht pervers an, findet ihr nicht?", fragt Babs grinsend, aber Lucy unterbricht sie mit einer schnellen Handbewegung. Mit fassungslosem Gesichtsausdruck schaut sie Aishley und Sophie an.

„Das ist nicht euer Ernst, oder? Ihr seid doch nicht wirklich noch da, weil auch die anderen Gäste noch hier sind?"

Sophie zuckt ratlos mit den Schultern, aber Aishley sagt mit leicht beschämter Stimme: „Es ist ein ganz kleiner Aspekt, okay? Ein klitzekleiner. Na ja, gut, vielleicht ein bisschen größer als klitzeklein, aber ganz sicher kein großer Aspekt. Mir ist es nur lieber, wenn wir auch hier sind."

„Wieso um Gottes willen, Aishley? Was stimmt denn nicht mit denen? Was ist nur in dich gefahren?"

„Ich weiß, vielleicht ist es wirklich nur Paranoia", gibt Aishley verlegen zu, während Babs die Szene offensichtlich mehr als genießt. „Ich glaube ja auch nicht, dass sie irgendwelche Serienmörder sind, wie du es anfangs vermutet hattest …"

„Ah, jetzt wird der Spieß also umgedreht", grummelt Lucy, lässt ihre Freundin jedoch fortfahren:

„Aber trotzdem glaube ich einfach nicht, dass mit denen alles ganz koscher ist. Etwas stimmt da nicht, das habe ich von Anfang an gesagt."

„Hast du nicht!", widerspricht Sophie. „Ganz im Gegenteil. Du fandest sie anfangs noch nett. Deine Paranoia kam erst, als du die angeblich lesbische Aktivität zwischen den beiden Frauen beobachtet hast." Lucy schießen kurz Michis Worte in den Kopf, der so überzeugt davon war, dass Dick schwul ist. Aber schnell verdrängt sie den Gedanken wieder und hört Sophie weiter zu, die mittlerweile im Redefluss ist:

„Und das verstehe ich ehrlich gesagt nicht. Darf ich dich daran erinnern, dass auch meine Schwägerin lesbisch ist? Meinst du, mit ihr stimmt auch etwas nicht?"

Jetzt ist es an Aishley, fassungslos zu gucken. „Das ist jetzt nicht dein Ernst, oder? Du glaubst doch nicht wirklich, dass ich Probleme mit Lesben oder Schwulen habe? Darf *ich* dich daran erinnern, dass unser bester Freund und mein Galerist Danny schwul ist? Bitte, Sophie, diese subtile Unterstellung nimmst du jetzt zurück."

Es ist das erste Mal, dass Lucy eine Spannung zwischen den beiden Freundinnen spürt, wobei sie von Erzählungen weiß, dass es zwischen ihnen auch schon einmal schwierig war, als Sophie von ihrem Ex nicht loskam. Aishleys mehr als rabiate Methoden kamen da nicht gerade gut an, während diese nichts mit der Weinerlichkeit ihrer Freundin anfangen konnte. Aber wie sich schnell herausstellt, muss Lucy sich diesmal keine Sorgen machen, denn schon bricht es zur Erleichterung aller aus Sophie heraus:

„Ich glaube, so etwas Idiotisches habe ich wirklich noch nie gesagt. Entschuldige Aishley, das war absolut daneben! Natürlich weiß ich, dass du die Letzte bist, die jemals mit so etwas Probleme haben würde. Ganz im Gegenteil, du bist immer die Vorreiterin, wenn es um großes, offenes Denken geht. Aber ich glaube, ich habe einfach nicht verstanden, wieso dieser Moment auf dem Berg so viel bei dir ausgelöst hat."

„Ja, das frage ich mich auch", antwortet Aishley nachdenklich und streichelt kurz über Sophies Arm, um ihr zu zeigen, dass sie ihr ihre Worte nicht übelnimmt. „Ich glaube, es war diese Heimlichtuerei, dieser Blick von ‚Erwischtwordensein'. Aber du hast schon recht, wären es Frau und Mann gewesen, hätte ich nur die Augen verdreht und mir gedacht ‚typisch, mal wieder eine Dreiecksgeschichte' und es dabei belassen. Aber dass hier zwei Heteropärchen herkommen und die Frauen etwas miteinander haben, das ist schon eher außergewöhnlich."

„Doch selbst wenn es wahr ist, ist es immer noch nicht kriminell", wirft Lucy ein, während Babs' Blick fasziniert von einer zur anderen wandert.

„Nein, für sich genommen natürlich nicht. Kriminell ist da gar nichts dran", bestätigt Aishley. „Und ich sage ja auch nicht, dass sie kriminell sind, dann würde ich noch viel mehr auf dich aufpassen! Aber wie wir im Englischen sagen würden, ihr Deutschen habt da kein gutes Wort für, etwas ist ‚off', etwas stimmt da nicht oder ist seltsam. Das wurde noch dadurch bestätigt, dass Sophies Vater keine Ahnung hatte, wer Tanjas Eltern sind! Oder dass Dick verheiratet ist!"

„Das finde ich allerdings auch schräg", mischt Michi sich ein, der – von Lucy unbemerkt – zu ihnen gestoßen ist und jetzt jeweils einen Arm um sie und um Aishley legt. „Denn ich könnte schwören, der ist schwul. Ich sag's euch – so wie der mich angeguckt hat!"

„Genug!", ruft Lucy und hält sich die Ohren zu. „Hört endlich auf damit! Wollt ihr das bei allen meinen künftigen Gästen tun? Ihre sexuelle Neigung und Herkunft auf Blut und Nieren checken? Und da habe ich gedacht, ich sei die, die Gespenster sieht. Dabei seid ihr alle noch viel schlimmer! Also, was ist – wollen wir uns an den Köstlichkeiten hier gütlich tun oder stehen die umsonst da? So wie ich Alex kenne, ist das nämlich erst die Vorspeise und die echte Überraschung kommt erst noch. Wo ist er überhaupt?"

Sie schaut sich um und kann sich ein Lächeln kaum verkneifen. Da vorn steht er, mit Emma in ihrem hübschen Kleid in ein Gespräch vertieft und keiner würde je auf die Idee kommen, dass sie nicht auf seiner Augenhöhe ist. Ganz im Gegenteil. Lucy fällt niemand ein, auf dessen Augenhöhe Emma nicht wäre. Trotzdem würde sie jetzt gern Mäuschen spielen, aber sie traut sich nicht, die beiden zu unterbrechen.

Stattdessen geht sie zu Hannah, Sven und Marcel rüber, mit Michi im Schlepptau.

„Geht's euch gut?", fragt sie auch diese Runde, was ebenfalls mit Begeisterung bestätigt wird. Das Ambiente, in dem sie sich befinden, ist einfach so schön, da kann ein Abend gar nicht danebengehen. Außer der erste Abend, den sie hier mit Alex hatte und na ja, gut, dann noch ein weiterer Abend. Aber das waren Ausnahmen. Heute jedoch, heute wird nichts dazwischenkommen, da ist sich Lucy sicher. Ihre besten Freunde sind hier bei ihr, was sollte da schon passieren?

20

Lucy bewegt lachend ihre Hüften zu lauter Salsa-Musik auf Alex' Terrasse, als jemand sie sanft an der Schulter antippt. Sie dreht sich um und da steht er vor ihr – ihr Traummann, heute fast noch attraktiver als sonst. Sie möchte ihn gerade zu sich ziehen, als sie den ernsten Blick in seinen Augen bemerkt.

„Alex, ist alles okay?" Instinktiv macht sie einen Schritt zurück.

„Lucy, ich weiß nicht, was los ist, aber ich glaube, du wirst im Chalet gebraucht."

„Im Chalet?" Lucy ist völlig verwirrt, aber da sieht sie den Concierge des Tegerngold, Graham, in der Tür stehen, der ebenfalls zu ihr herüberschaut.

„Was macht Graham hier?"

„Die Polizei hat angerufen, hier im Tegerngold", erklärt Alex nun und fühlt sich sichtlich unwohl in seiner Haut. „Sie haben dich gesucht. Du sollst bitte sofort runterkommen. Ich komme natürlich mit dir. Aber lass uns den anderen nichts sagen."

„Lass uns den anderen nichts sagen? Das ist dein einziges

Problem? Alex, sag mir endlich, was los ist!" Sie hat jetzt wieder einen Schritt auf ihn zugemacht und schüttelt ihn an den Schultern. Er hält ihre Handgelenke sachte fest.

„Es ist nichts Schlimmes, mein Schatz, wirklich nicht. Das hat die Polizei ganz ausdrücklich gesagt. Du sollst dir keine Sorgen machen. Es ist wohl nur …" Er stockt kurz.

„Was ist es nur? Jetzt rück schon mit der Sprache raus, Alex!"

„Es ist eine, nun ja, es ist eine Razzia. Es geht wohl um deine Gäste, also um die Politiker." Alex schaut beschämt zu Boden, es scheint ihm in diesem Moment bewusst zu werden, dass er die Gäste im Chalet eingebucht hat.

Doch Lucy ist jetzt nicht nach Schuldzuweisungen. „Eine Razzia?", ruft sie erschrocken aus und strauchelt nach hinten. Alex kann sie gerade noch festhalten, bevor sie ins Büfett fällt. Sie bemerkt, dass einige ihrer Freunde jetzt erstaunt zu ihnen herübergucken, und stimmt Alex in Sekundenschnelle zu. Das muss hier keiner mitbekommen. Es ist genug, dass sie sich mit diesem Albtraum auseinanderzusetzen hat.

„Eine Razzia?", fragt sie jetzt etwas leiser. „Alex, was erzählst du denn da?" Ihre Hände zittern wie wild und sie ist froh, kein Glas zu halten. „Und wieso haben sie Graham angerufen und nicht mich?"

„Sie haben wohl versucht, dich anzurufen", antwortet Alex und sein schuldbewusster Gesichtsausdruck wird immer schlimmer. „Aber sie haben dich nicht erreicht. Und einer von den Gästen wusste, dass du hier bist, also haben sie es hier probiert."

Sie haben versucht, sie anzurufen, oh Gott! Und sie hat den ganzen Abend nicht ein einziges Mal auf ihr Handy geschaut, sondern stattdessen die Hüften geschwungen und völlig vergessen, dass sie eine Unternehmerin mit Verantwortung ist! Offensichtlich ist sie dafür wohl doch nicht gemacht. Mit zitternden Händen holt sie ihr Handy aus der

Umhängetasche und sieht acht verpasste Anrufe! Acht Anrufe, wie konnte sie die nicht hören! Kein Wunder, wie sie jetzt merkt. Sie hatte das Handy auf lautlos gestellt. Da kann sie Tanja noch so oft sagen, dass sie sie in einem Notfall anrufen soll. Schnell drückt sie auf die Taste, um ihre Sprachnachrichten abzuhören, und bedeutet Alex mit einer Geste, ihr zu folgen. Es wird Zeit, dass sie sich nach unten bewegen, es ist keine weitere Sekunde zu verlieren! Sie sieht, wie Alex Babs schnell etwas zuflüstert, offensichtlich eine Notlüge, denn diese nickt beruhigt und lächelt. Dann folgt er Lucy, die mittlerweile im Aufzug steht und die erste Nachricht abhört.

„Lucy, Tanja hier", hört sie die aufgeregte Stimme der jungen Frau. „Es tut mir so leid, aber ich glaube, es ist besser, wenn du kommst. Die Polizei ist hier. Die …" Dann scheint Tanja zu jemand anderem zu sprechen, denn Lucy hört, wie sie sagt: „Das ist die Besitzerin, ich hinterlasse ihr eine Nachricht. Sie muss doch wissen, worum es …" Dann macht es piep piep piep und Tanja ist weg. Zweite Nachricht. „Lucy, ich bin's noch mal. Ich muss schnell machen. Die wollen mich nicht telefonieren lassen. Komm bitte schnell zurück, hier ist eine Razzia", flüstert sie. „Ich muss auflegen, ciao."

Lucys Herz klopft so stark in ihrer Brust, dass sie Angst hat, einen Infarkt zu bekommen. Sie weiß, dass das sehr unwahrscheinlich ist, aber solch ein Herzrasen hatte sie noch nie. Mittlerweile sind sie draußen und Alex' Auto ist von einem der Angestellten vorgefahren worden. Lucy springt auf den Beifahrersitz und drängt Alex, sich zu beeilen. Sie ist froh, jetzt nicht allein zu sein. Die dritte Nachricht: „Guten Abend Frau Davenport, hier spricht die Polizei. Wir haben gehört, dass wir Sie unter dieser Nummer erreichen können, aber das ist leider nicht der Fall. Wenn Sie können, so kommen Sie doch bitte so schnell wie möglich in Ihr Haus zurück. Wir sind dabei, hier eine Durchsuchung durchzuführen. Leider konnten wir nicht auf Sie warten. Ich versuche es gleich noch einmal."

Lucy wird blass und lehnt sich in ihrem Sitz zurück.

„Eine Durchsuchung, Alex, sie durchsuchen mein schönes Chalet. Ich fühle mich wie in einem schlechten Traum. Meinst du, wir sollten doch Marcel rufen? Anwaltlicher Beistand wäre vielleicht nicht schlecht."

Alex schüttelt vehement den Kopf, während er wie verrückt den Berg herunterrast.

„Wenn Sie eh schon dabei sind, dann werden sie sich kaum von uns aufhalten lassen. Und es geht hier sicherlich nicht um dich, sondern um deine Gäste. Wer weiß, was die auf dem Kerbholz haben!" Er guckt kurz zur Seite und der Wagen schlittert so, dass Lucy sich festhalten muss.

„Alex!", schreit sie auf. „Es bringt gar nichts, wenn du uns auf dem Weg umbringst."

„Weiß ich, sorry", antwortet dieser und hat das Auto schon wieder unter Kontrolle. „Ich wollte mich nur dafür entschuldigen, dass ich dir das ja gewissermaßen aufgehalst habe. In all den Jahren Tegerngold hatten wir so etwas nicht ein einziges Mal und du gleich bei deinen ersten Gästen. Wer konnte das denn ahnen?"

„Und du meinst, diese Worte helfen jetzt?", fragt Lucy ungehalten, während sie schon aufs Chalet zufahren. „Vielleicht kannst du das mit der Entschuldigung nachher nochmals versuchen. Und dann richtig. Aber jetzt lass uns erst mal um das hier kümmern."

Sie springt aus dem noch rollenden Wagen und läuft auf das Haus zu. Aber noch im Garten wird sie von Blitzlicht geblendet und erkennt nach anfänglicher Verwirrung den Reporter von der SZ wieder, der auch heute seinen Fotografen dabeihat. Sobald die beiden Lucy erblicken, machen sie gleich noch ein paar Fotos von ihr und von Alex, der kurz nach ihr in den Garten gestürmt kommt. Alex hält sich eine Hand vors Gesicht und ruft:

„Was zum Teufel machen Sie hier? Wer hat Ihnen erlaubt, das Grundstück zu betreten?"

Als der Fotograf ihn ignoriert und statt einer Antwort noch weitere Bilder schießt, macht Alex Anstalten, sich auf ihn zu stürzen. Doch Lucy hält ihn zurück.

„Mach es nicht noch schlimmer", flüstert sie ihm zu. „Das sind Bluthunde, mit denen legst du dich besser nicht an."

Dann fragt sie den Reporter, an dessen Namen sie sich nicht mehr erinnert: „Wieso sind Sie hier und was geht hier vor sich?"

Im selben Moment bereut sie diese Frage. Dass sie als Hausherrin nicht weiß, was vor sich geht, ist eher peinlich. Der Reporter grinst sie auch sogleich frech an, während der Fotograf lustig weiterknipst. So viel Elan hätte Lucy dieser trägen Gestalt gar nicht zugetraut.

„Hören Sie endlich mit diesem Geknipse auf", fährt sie ihn jetzt doch an. „Und Sie, beantworten Sie die Frage meines Freundes – was machen Sie auf meinem Grundstück?", will sie mit schneidender Stimme von dem Reporter wissen.

„Das würde ich Sie gerne fragen, Frau Davenport", antwortet dieser ungerührt. Lucy könnte schwören, dass er letztes Mal ihren Namen noch nicht gewusst hat. „Was hier vor sich geht", ergänzt er seine Frage und zückt nonchalant sein Notizbuch.

„Ihnen habe ich gar nichts zu sagen", zischt sie ihm zu und weiß nicht, ob das, was sie hier macht, klug ist oder eher nicht. Ist es gut, sich mit der Presse anzulegen? Aber das ist ihr jetzt auch egal. Sie will diese Männer von ihrem Grundstück haben. Vor allem fragt sie sich, wie sie von den

Vorfällen hier erfahren haben und so schnell aus München hergekommen sind.

„Jetzt verlassen Sie mein Grundstück", ordnet sie mit fester Stimme an und fühlt Alex' Hand stärkend in ihrem Rücken.

„Und zwar umgehend", unterstützt dieser sie jetzt. Sie ist froh, ihn bei sich zu haben.

„Wir sind schon weg", antwortet der Reporter. „Ich glaube, wir haben alles, was wir brauchen."

Lucy kann wahrscheinlich dankbar sein, dass die beiden von so einer angesehenen Zeitung und nicht von einem Klatschblatt sind. Die hätte sie wahrscheinlich gar nicht mehr fortbekommen!

„Gut", bemerkt sie, geht zurück und hält die Gartentür auf. „Hier entlang bitte."

„Noch nicht einmal einen Kaffee?", fragt der Fotograf grinsend und Lucy würde ihm am liebsten eine scheuern. Sie sieht, dass auch Alex kurz davor ist und sich nur mit Mühe zurückhalten kann.

„Raus!", befiehlt sie mit kalter Stimme. „Sofort!"

„Sind ja schon weg, sind schon weg", versichert der Reporter ihr und hält die Arme hoch. Sobald die beiden draußen und in ihrem Auto sind, lehnt Lucy sich gegen das Gartentor. Alex versucht, sie in die Arme zu schließen, aber sie drückt ihn weg.

„Die beiden habe ich gerade noch gebraucht", sagt sie. „Komm, wir schauen uns den Rest an. Ich denke mal, die Polizei ist noch drinnen."

Als sie hereinkommen, sieht es zu Lucys Erleichterung relativ ordentlich aus. Sie hat sich vorgestellt, dass alles aus den Schubladen gerissen sein würde, aber so ist das wahrscheinlich nur in Filmen. Drinnen steht eine Polizistin, die sie kurz begrüßt und dann bemerkt: „Ganz so erleichtert würde ich an ihrer Stelle nicht gucken. Die Zimmer ihrer vier feinen Gäste sehen nicht so ordentlich aus wie hier unten. Dort mussten wir ziemlich wühlen."

Lucy spürt, wie ihr schlecht wird, und sie hofft, sich nicht gleich übergeben zu müssen. Die Vorstellung, dass wildfremde Polizisten zwei ihrer wunderschönen Apartments auseinandergenommen haben, lässt ihre Magensäfte hochsteigen.

„Und haben Sie gefunden, was Sie wollten?", fragt sie und gibt sich Mühe, durchzuatmen. „Und soll ich mir einen Anwalt rufen?"

Die Polizistin sieht sie mit ernstem Blick an. „Die erste Frage darf ich Ihnen nicht beantworten und bezüglich der zweiten würde ich vermuten, das ist nicht nötig. Ihnen wird schließlich nichts vorgeworfen."

„Aber Ihnen vielleicht", mischt Alex sich ein. „Hier so mir nichts, dir nichts reinzukommen und alles auf den Kopf zu stellen, während die Inhaberin nicht da ist, das dürfen Sie doch gar nicht."

„Das dürfen wir leider schon", antwortet die Polizistin ungerührt. „Aber es bleibt Ihnen natürlich unbenommen, sich anwaltlichen Rat zu holen. Ich befürchte nur, dass sie damit nicht weit kommen werden."

„Und wo sind jetzt alle?", fragt Alex und schaut sich um.

„Meine Kollegen sind fertig und mit Ihren Gästen zur Polizeistation gefahren. Ich denke nicht, dass Sie sie heute zurückerwarten müssen. Ich selber wollte noch auf Sie warten und Sie wenigstens kurz informieren."

„Na, das ist ja nett", murmelt Lucy. „Wobei, so viel informieren Sie uns eigentlich nicht. Ich habe immer noch nicht den blassesten Schimmer. Können sie mir nicht wenigstens eine Vorstellung davon geben, worum es hier geht? Es ist doch niemand verletzt?", fragt sie dann erschrocken.

„Nein, nein, es ist niemand verletzt, da machen Sie sich mal keine Sorgen", beruhigt die Polizistin sie. „Viel kann ich

Ihnen leider wirklich nicht sagen." Sie denkt kurz nach. „Aber es handelt sich um so etwas wie ein kleines Watergate. Wie gesagt, in ganz anderem Umfang natürlich, viel unbedeutender, aber in der Sache geht es schon in die Richtung."

„Watergate!" Lucy sieht ihren Namen morgen schon in der New York Times stehen. Erschrocken blickt sie Alex an.

„Ich hätte nichts sagen sollen", sagt die Polizistin jetzt. „Damit habe ich Ihnen einen ganz falschen Eindruck gegeben. Es handelt sich hier um eine Minidimension, aber so können Sie sich vorstellen, worum es geht."

Lucy kann sich gar nichts vorstellen, sie ist in Politik und Geschichte schon immer eine Niete gewesen. Natürlich kennt sie Watergate und sie weiß auch, dass Präsident Nixon danach zurücktreten musste, aber die Details des Skandals sind ihr völlig entfallen. Das wird sie jetzt aber nicht vor der Polizistin zugeben, sondern sie hält ihr die Hand hin, um sich zu verabschieden.

„Übrigens, die Presse war hier", sagt diese, während sie Lucys Hand kurz schüttelt. „Ein Reporter und ein Fotograf. Sie haben es leider fertiggebracht, kurz ins Haus zu kommen. Wir haben sie zu spät entdeckt, bevor wir sie verjagen konnten. Aber ich befürchte, der Schaden ist angerichtet, sie haben es geschafft, ein paar Fotos zu machen. Es tut mir wirklich leid."

„Na wunderbar", murmelt Lucy und lehnt sich erschöpft gegen ihren Empfangstresen. „Wissen Sie was – ist jetzt auch egal. Danke, dass sie gewartet haben und gute Nacht."

Sobald die Frau draußen ist, guckt Lucy Alex aus müden Augen an.

„Erzähl mir alles über Watergate! Und lass kein Detail aus."

urz darauf weiß Lucy wieder alles Wesentliche über den Watergate-Skandal. Sie hätte nie gedacht, dass das Wissen hierum jemals ihr privates Leben tangieren würde. Jedenfalls sind damals enge Mitarbeiter vom republikanischen Präsidenten Nixon in den Hauptsitz der Demokratischen Partei eingebrochen – in den Watergate-Komplex –, um dort Wanzen zu installieren. Nachdem das aufgeflogen war, wurden mehr und mehr solcher Verfassungsbrüche bekannt, was nicht nur zu einem Rücktritt Nixons, sondern auch zu einer schweren Verfassungskrise in den USA führte.

„Wobei ich mir sicher bin, dass das Chalet am See nicht in eine Verfassungskrise für die Bundesrepublik Deutschland involviert sein wird", beendet Alex seinen Vortrag. „Solch eine hohe Bedeutung haben deine Gäste dann doch nicht."

„Aber was glaubst du, was sie gemacht haben?", fragt Lucy, die das Adrenalin trotz der fortgeschrittenen Stunde wachhält. Kurz denkt sie an ihre Freunde. Ob diese wohl immer noch bei Alex auf der Terrasse feiern? Sie wird ihn nachher fragen müssen, was er Babs eigentlich gesagt hat, wo sie sind. Aber das kann warten.

„Na ja, für mich ist es eigentlich ganz klar", beantwortet dieser jetzt ihre Frage. „Henriette und Helmut sind doch in unterschiedlichen Parteien, er Bürgermeister und sie will es werden. Und wie wir mittlerweile wissen, steht demnächst die neue Bürgermeisterwahl bei denen an. Ich gebe zu, das ist nicht ganz das Gleiche wie die Präsidentschaftswahl in den USA, aber wie wir ja mitbekommen haben, hat Helmut doch ein wenig mehr Bedeutung in der politischen Welt als anfangs angenommen. Das heißt, ich kann mir nur vorstellen, dass die Polizei davon ausgeht, dass einer der beiden geheime Informationen von der anderen Partei geklaut hat, um sie bei der Wahl gegen den anderen zu verwenden. Oder so etwas in der Art."

„Aber sie sind doch verheiratet!", stellt Lucy schockiert fest. Sie und Alex sind nicht verheiratet, noch nicht einmal verlobt, aber sie könnte sich niemals vorstellen, ihn zu hintergehen. Sie kann nicht glauben, dass Partner sich so etwas gegenseitig antun können. Kurz kommt ihr die Untreue ihres Ex-Freundes in den Sinn, aber das verdrängt sie schnell wieder. Er spielt in ihrem Leben auch keine Rolle mehr.

„Vielleicht haben sie sich ja gar nicht gegenseitig betrogen", greift Alex den Faden wieder auf. „Sondern eventuell sind auch die beiden anderen irgendwie darin involviert, denn die fehlen ja schließlich auch. Wer weiß das schon?"

Lucy denkt an all die Skepsis, die Aishley ihren Gästen entgegengebracht hat, und muss ihr nun schweren Herzens recht geben. Etwas ist definitiv ‚off'.

„Was hast du eigentlich unseren Freunden gesagt?", fragt sie jetzt. „Ich wundere mich, dass noch keiner von denen aufgetaucht ist." Sie schaut auf ihr Telefon. Kein Anruf, nichts. Die müssten sich doch mittlerweile wundern, wo Alex und sie bleiben.

„Mach dir keine Sorgen. Ich habe Babs gesagt, ich bräuchte ein bisschen Zeit mit dir und dass ich eine Überraschung für dich habe. Ich sagte ihr, es könnte länger dauern und es solle keiner auf uns warten. Ich glaube, sie hatte schmutzige Gedanken im Kopf, so wie sie mich angrinste."

„Babs hat immer schmutzige Gedanken", murmelt Lucy.

„Und dem Kellner habe ich auch Bescheid gegeben, dass er ein Auge auf Rosie und Birdie haben soll und zur Not jemanden ruft, der mit ihnen spazieren geht. Du siehst also, es ist für alles gesorgt. Willst du zurückgehen oder sollen wir hierbleiben?"

Lucy denkt kurz nach. Würde sie jetzt gerne ihre Freunde sehen? Sie fühlt in sich hinein. Nein, eher nicht. Es wäre nicht nur zu kompliziert, das Ganze zu erklären, sondern sie würde auch allen die Stimmung vermiesen. Sie sollen sich weiter amüsieren, es reicht schon, dass der Abend für sie selbst kaputt ist. Und nicht nur der Abend. Wer weiß, was das noch für Konsequenzen nach sich ziehen wird. In die beiden Apartments möchte sie gar nicht hereinschauen. Darum wird Emma sich dann kümmern müssen. Jetzt möchte sie nur ins Bett. Sie bittet Alex, ihren Freunden noch kurz eine unverbindliche Nachricht zu schicken, damit keiner sich Sorgen macht, versichert sich abermals, dass für Rosie gesorgt ist, und steigt dann mit Alex die Treppe zu ihrem Apartment hoch. Die Augen fallen ihr fast schon zu, als sie wahrnimmt, dass offensichtlich auch bei ihr eine Durchsuchung stattgefunden hat. Sie wird morgen alles besonders gut reinigen lassen müssen. Sie will hier keine Spuren mehr von dieser Nacht vorfinden. Als sie sich ins Bett legen, sagt Alex noch etwas, aber das hört sie schon kaum mehr. Sobald ihr Kopf das Kissen berührt, ist sie auch schon eingeschlafen.

. . .

AM NÄCHSTEN MORGEN wacht sie auf und hofft, dass sie das alles nur geträumt hat. Aber sie muss sich nur einmal umschauen, um zu erkennen, dass das leider nicht der Fall ist. Wie sie am Abend zuvor schon bemerkt hat – ihr Apartment ist von der Durchsuchung weitgehend verschont geblieben und wer auch immer hier drin gewesen ist, hat sich offenbar Mühe gegeben, keine großen Spuren zu hinterlassen. Trotzdem – Fakt ist, dass jemand hier war und durch ihre Sachen gegangen ist. Wahrscheinlich auch durch ihre Unterwäsche. Sie schüttelt sich. Gleich heute wird noch jedes Kleidungsstück in die Waschmaschine geworfen. Dann sieht sie, dass Alex schon geduscht und angezogen an ihrem Schreibtisch sitzt und sie anlächelt.

„Guten Morgen, mein Engel", begrüßt er sie und schlendert zu ihr rüber. „Ich wollte dich nicht aufwecken und habe Josephine Bescheid gegeben, dass sie auch die Yogastunde heute Nachmittag übernehmen soll. Ich hoffe, das war in deinem Sinne, aber ich glaube, du wirst heute mit anderem zu tun haben."

Zärtlich streichelt er ihr über die Wange und Lucy seufzt erschöpft auf. Yoga, das auch noch. Das hätte sie glatt vergessen, aber stimmt, das Leben läuft ja weiter. Für die meisten ganz normal. Nur für sie nicht. Mal wieder nicht! Am liebsten würde sie sich die Decke über den Kopf ziehen und das Leben draußen vergessen. Aber wie sie weiß, geht das nicht. Daher zwingt sie sich ein tapferes Lächeln aufs Gesicht. Oder das, was sie für ein tapferes Lächeln hält. Trotzdem ist sie froh, jetzt keinen Spiegel vor sich zu haben.

„Danke", antwortet sie so nett sie kann. „Danke, dass du dich um alles kümmerst." Dann setzt sie sich erschrocken auf und Alex' Hand fliegt von ihrer Wange. „Emma!", ruft sie aus. „Ich muss Emma Bescheid geben. Sie wird schon hier sein und sich wundern, was los ist. Oh mein Gott, wie spät ist es? Wie konnte ich nur so lange schlafen?"

Dann guckt sie auf die Uhr und sieht, dass es noch nicht einmal halb acht ist. So lange hat sie also doch nicht geschlafen, aber Emma wird trotzdem schon da sein, um das Frühstück für alle vorzubereiten. Schnell versucht sie, aus dem Bett zu steigen, aber Alex drückt sie sachte wieder zurück. „Emma weiß Bescheid", lässt er sie in beruhigendem Ton wissen. „Ich habe eben mit ihr gesprochen. Also mach dir keine Sorgen. Und wie wir beide wissen, ist sie sehr viel härter im Nehmen, als es so oft scheint. Eine Razzia mehr oder weniger, was ist das schon?" Er muss lachen. „Ich sag's dir Lucy, sie hat kaum mit der Wimper gezuckt. Da waren wir beide wie zwei verschreckte Pfadfinder gegen." Jetzt muss auch Lucy lächeln.

„Ja, Emma ist schon eine Nummer für sich", bestätigt sie. „Wie sie gestern mit dir gesprochen hat, dieses neue Selbstbewusstsein! Rein aufgrund der Körpersprache hätte man meinen können, du seist der Angestellte und sie deine Chefin. Aber sie hat schon recht. Es gibt wahrscheinlich keinen Grund, sich hier so aufzuregen. Zumindest war es kein Körperverletzungsdelikt. Dass Politiker sich gegenseitig die Köpfe einschlagen, das ist ja nichts Neues. Wieso sollten sie dann plötzlich hier im Chalet Anstand an den Tag legen? Die extra Reinigung, die stelle ich ihnen aber in Rechnung, da kannst du dir sicher sein. Aber ansonsten geht mich die ganze Sache eigentlich nichts an. Also Schwamm drüber. Ich habe keine Lust mehr, mich mit diesen Dingen zu beschäftigen." Sie strahlt Alex an und freut sich über ihre neu gewonnene Souveränität. So cool wäre sie noch vor ein paar Wochen nicht gewesen! Aber anstatt sie zu ermutigen oder stolz auf seine so gleichmütige Freundin zu sein, druckst Alex herum.

„So ganz egal wird es dir wahrscheinlich doch nicht sein können, Lucy", rückt er schließlich mit der Sprache heraus.

Sofort bleibt Lucy die Luft im Hals stecken. „Was genau willst du damit sagen?"

Sie hat von dem Ganzen langsam genug. Von diesem ständigen Hin und Her. Von den ständigen Schüben in der Magengegend. Sie hat in ihrem Leben keine Zeit mehr dafür. Und vor allem keine Lust. „Also, was ist es, Alex? Jetzt sag es einfach!" Ihre Stimme hört sich weiterhin überraschend ruhig an. Sie ist erstaunt. Vielleicht kann man sich daran gewöhnen? An die ständigen Katastrophen, die einen erwarten, wenn man einfach nur ein ganz normales Yoga-Chalet leiten will? *Das ist es,* flüstert eine innere Stimme ihr leise zu. *Diese Gäste hatten nichts mit deinem Traum von einem Yoga-Chalet zu tun. Du bist dir selbst nicht treu geblieben.*

Sie erkennt die Wahrheit in dem, was sie gerade gedacht hat, und würde es am liebsten schriftlich festhalten. Aber dazu ist jetzt nicht die Zeit. Denn Alex ist aufgestanden und hat die Zeitung vom Schreibtisch geholt. Und zwar nicht das lokale Tageblatt, sondern die SZ. Sie muss aufpassen, dass sie keine Allergie gegen diese Publikation entwickelt. Aufgeschlagen legt er die Zeitung vor ihr aufs Bett. Und da – ihr Traum ist wahr geworden. Nur nicht ganz so, wie sie es sich vorgestellt hat. Da ist ein riesiges Foto vom Chalet, auf dem man den Namen bestens erkennt. Dazu ein Foto von ihr, wie sie gerade, vom Blitzlicht geblendet, die Hand vors Gesicht hält, sowie ein Bild von Alex, wie er versucht, den Fotografen abzuwehren, und aussieht, als würde er gleich zuschlagen. Sogar ein Bild von Rosie gibt es. Das muss der schleimige Fotograf beim letzten Mal aufgenommen haben. Streng genommen ist es kein Bild von Rosie selbst, sondern sie hält sich zufällig vor dem Chalet auf. So viel zu ihrem Traum. Denn die Titelzeile lässt es schnell zu einem Albtraum werden: *Klein-Watergate im Yoga-Chalet* steht dort. Ah, daher hatte die Polizistin das also. Der Reporter muss etwas in der Art erwähnt haben und sie hat es übernommen. Lucy spürt in sich hinein und bemerkt, dass sie gar nichts spürt. Sie fühlt sich wie tot. Mausetot.

„Was steht da?", fragt sie Alex jetzt lautlos.

„Lucy, bist du okay?" Ihr Freund guckt sie erschrocken an und legt ihr schnell eine Hand auf die Stirn.

„Wie okay würdest du denn sein, wenn solch eine Schlagzeile über das Tegerngold in Bayerns größter Zeitung stünde? Denn eigentlich wären dies ja deine Gäste gewesen, nicht? Aber weißt du, was der Unterschied gewesen wäre? Weißt du es, Alex?"

Alex guckt sie still an und schüttelt den Kopf. Sie sieht den Schmerz in seinen Augen und etwas in ihr fordert sie dazu auf, jetzt aufzuhören, aber sie kann nicht.

„Der Unterschied wäre gewesen, Alex, dass du etabliert genug bist und das Ganze dem Tegerngold vielleicht sogar noch einen gewissen elitären Glanz gegeben hätte." Sie erinnert sich daran, als die FIFA-Funktionäre im Hotel Baur au Lac in Zürich verhaftet wurden. Während es wohl schon immer eins der Top-Hotels in der Schweiz gewesen ist, war es durch den Skandal wirklich in aller Munde. Dass selbst CNN und alle anderen Sender die Geschehnisse übertragen haben, hat sicherlich auch nicht geschadet. Dies ist jedoch etwas anders bei ihr.

„Das sieht bei mir jedoch anders aus", sagt sie daher jetzt auch laut. „Mich kennt kein Mensch, das waren meine ersten offiziellen, zahlenden Gäste, for Christ's sake!" Jetzt verfällt sie schon ins Englische! Sie sagt ‚die ersten *offiziellen* Gäste', da sie zuvor schon andere zahlende Gäste hatte. Aber die waren mehr oder weniger illegal da, denn es fehlte noch eine Brandschutztür. Vielleicht war das Chalet auch verflucht und dazu verdammt, immer wieder in Probleme zu laufen.

„Du hast recht, es tut mir leid", unterbricht Alex ihren Gedankengang. „Aber wie lange werde ich noch dafür zahlen müssen, dass ich versucht habe, dir etwas Gutes zu tun? Ich hätte doch vorher keinen kompletten Backgroundcheck machen können, was erwartest du denn von mir?"

„Dass du dich nicht in meine Angelegenheiten einmischst und mir nicht irgendwelche Gäste aufs Auge drückst, die ich nie gewollt habe", fährt sie ihn an. Er zuckt regelrecht zurück und ihre Worte tun ihr gleich wieder leid. Aber sie schafft es nicht, sie jetzt zurückzurufen. Zu groß sind die Verletzung in ihrem Herzen und die Hoffnungslosigkeit, wenn sie auf den Artikel vor sich blickt und an die unzähligen Stunden harter Arbeit zurückdenkt, die sie in den Aufbau des Chalets gesteckt hat.

„Ich führe deine Worte jetzt einfach darauf zurück, Lucy, dass das hier so ein Schock für dich ist. Trotzdem könntest du manchmal aufpassen, was du sagst. Du kommunizierst immerhin mit einem Menschen, der auch Gefühle hat. Es wäre schön, wenn du das gelegentlich berücksichtigen würdest. Ist von einer Yogalehrerin nicht zu viel erwartet, würde ich sagen."

Lucy sieht die Kälte in seinen Augen und weiß, dass sie zu weit gegangen ist. Sie streckt die Hand nach ihm aus und greift ihn leicht am Unterarm.

„Du hast recht", sagt sie und streicht sich mit der freien Hand erschöpft durch die Haare. „Vollkommen recht. Aber es ist einfach zu viel, weißt du? Ich weiß nicht mehr, wie ich damit umgehen soll. Eine Katastrophe scheint die nächste zu jagen und ich suche wahrscheinlich einen Schuldigen. Dabei kannst du wirklich nichts dafür."

Sachte streichelt sie ihm mit dem Daumen über den Handrücken und stellt erleichtert fest, dass die Kälte in seinen Augen einem etwas wärmeren Blick weicht. *Das ist genau dein Schema,* erkennt sie jetzt mit Erstaunen über sich selbst. *Wenn eine Sache schiefläuft, dann zerstörst du auch alles andere um dich herum.* Dabei braucht sie doch gerade in solchen Situationen Menschen, die sie liebt und die sie lieben. Sie ist erschrocken darüber, wie sie sich offensichtlich selbst boykottiert. Eigentlich hatte sie gedacht, dass sie mittlerweile dazugelernt hat, aber vielleicht hört das Lernen im Leben nie auf.

„Unsere Freunde?", fragt sie Alex jetzt und blickt zu ihm auf.

„Wissen Bescheid." Er nickt ihr ruhig zu. „Ich konnte sie gerade noch davon abhalten, dass sie hier alle aufschlagen. Aber Hannah hat die SZ mit den anderen Zeitungen immer in ihrem Café ausliegen und die ersten Gäste waren natürlich ganz aufgeregt, dass der Tegernsee erwähnt ist. Sie wollte gleich mit einem ganzen Frühstück für dich hier vorbeikommen, als seist du eine kranke Patientin. Marcel liest auch jeden Morgen die SZ und flext schon seine juristischen Muskeln. Durch ihn hat es natürlich auch Michi erfahren und du kennst ihn ja – sobald es Klatsch gibt, ist er nicht mehr zu halten und er hat natürlich gleich Babs informiert, die sich augenblicklich den Tag freinehmen wollte, um dir beizustehen. Ich habe ihr gesagt, das sei nicht nötig, ich bin bei dir."

„Du musst nicht arbeiten?", fragt Lucy ihn mit Hoffnung in der Stimme.

Er nimmt ihren Kopf zwischen seine Hände und guckt ihr ernst in die Augen. „Wann wirst du es endlich verstehen, mein Schatz? Wir gehören zusammen. Du und ich. Wenn es nach mir ginge, für immer." Lucys Herz macht einen Sprung und Alex fährt fort: „Du bist so ein Alleinkämpfer. Immer, wenn Probleme auftauchen, schlägst du um dich herum und verscheuchst mich und alle anderen. Dabei sind wir doch für dich da, Lucy. Wir lieben dich. Ich ganz besonders. Und ich unterstütze dich und bin an deiner Seite, egal was kommt."

Kaum hat er die Worte ausgesprochen, fängt Lucy an zu weinen. Es ist, als würde eine riesige Last von ihr genommen. Wie eine Stahldecke, die auf ihr lag und die sie immer mit sich herumtragen musste. Bis jetzt, denn Alex hat komplett recht. Sie muss nicht alles allein schaffen, sie muss nicht immer stark sein. Sie darf sich auch mal zurücklehnen, in die Arme derer, die sie lieben und unterstützen.

„Danke, Alex", sagt sie und lässt sich weinend in seine Arme sinken. „Weißt du, ich bin das nicht gewohnt. Von meiner Pflegefamilie bin ich nie in die Arme genommen worden, nicht ein einziges Mal. Ich weiß gar nicht so richtig, wie das ist. Danach natürlich schon, von meinen Freunden und Freundinnen, aber vielleicht ist es mir immer ein wenig fremd geblieben. Und die Vorstellung, dass wirklich immer jemand an meiner Seite ist, dass derjenige mit mir durch dick und dünn geht, egal, was kommt, das ist mir definitiv immer noch fremd. Es fällt mir schwer, dem zu vertrauen, weißt du?"

„Ich weiß genau, was du meinst, meine Liebste", sagt Alex jetzt und streichelt ihr übers Haar. „Ich glaube, zu einem gewissen Ausmaß haben wir das alle. Du weißt doch, dass meine Ex aus Mailand mich plötzlich verlassen hat. Das war ein Ziemlicher Schock für mich, sage ich dir. Und auch wenn ich nicht die gleiche schwierige Kindheit wie du hatte, so trage doch auch ich meine Wunden in mir. Aber sollten wir nicht versuchen, das hinter uns zu lassen und uns stattdessen immer wieder mit frischem Lebensmut in neue Bindungen begeben? Ich zumindest habe das bei dir getan und auch wenn du mich manchmal so zum Wahnsinn treibst, wie niemand anders, bereut habe ich es nie."

Lucys Herz geht regelrecht auf und sie schmiegt sich fester in seine Umarmung. „Du hast so recht", flüstert sie. „Ich wünschte, ich könnte das auch. Aber ich werde es versuchen, okay? Darauf zu vertrauen, dass du wirklich da bist. Und übrigens", ergänzt sie, „auch ich habe es noch keine Sekunde bereut. Noch nie. Nicht eine einzige!"

„Da bin ich ja erleichtert", erwidert Alex lachend und

wuschelt ihr durchs Haar. „Aber meinst du nicht, wir sollten uns jetzt mal unserem kleinen Problem hier widmen? Für Liebesschwüre ist hinterher immer noch Zeit."

„Du hast recht", seufzt Lucy, schält sich widerwillig aus seinen Armen und lehnt sich in ihrem Kissen zurück. „Also erzähl schon", fordert sie ihn auf und deutet mit dem Kinn zur Zeitung hin. „Was steht drin in dem Hexenblatt?"

„Darf ich dich daran erinnern", versucht Alex sie zu korrigieren, „dass die SZ eine der am meisten respektierten …"

„Beep, Beep", unterbricht Lucy ihn mit einem Ton, der im Fernsehen gerne genutzt wird, um Schimpfworte auszublenden. „Falscher Zeitpunkt und falscher Ort, um eine Ode an die SZ zu halten, mein Lieber. Sag mir einfach, was die geschrieben haben."

„Willst du es nicht selbst lesen?" Alex hält ihr die Zeitung hin.

„Später vielleicht. Jetzt habe ich nicht die Ruhe. Das ist ja ein niemals endender Artikel. Viel scheint im Moment in der Republik nicht los zu sein. Sommerpause, was?"

Alex lächelt und Lucy vermutet, dass es ihm lieber ist, sie leicht schnippisch zu sehen, als ein Häufchen Elend vor sich zu haben.

„Ich habe ihn offen gestanden auch nur überflogen", gibt er zu. „Und so ganz blicke ich auch noch nicht durch. Aber es scheint, dass Helmuts SPD, die ja in dem Kaff da bei Düsseldorf regiert, Informationen über Hannelores, äh, Henriettes CDU hatte, die sie eigentlich nicht hätte haben sollen. Das heißt, eine Partei muss von der anderen gestohlen haben oder sich die Info sonst wie angeeignet haben. Und das Ganze wurde bis zu Helmut und Henriette zurückverfolgt. Die beiden scheinen in diesem komplexen Politgebilde die einzige Schwachstelle zu sein."

„Natürlich sind sie eine Schwachstelle", unterbricht Lucy

ihn und schüttelt den Kopf. „Was denken die denn? Die beiden sind verheiratet, da erzählen die sich natürlich alles. Dafür muss man doch kein Einstein sein, um das zu verstehen."

„Das ist es ja eben, laut der Zeitung ist das vorher noch nie vorgekommen. Die beiden sind wohl solche Veteranen, wenn es um Politik geht, dass ihnen solch ein Fehler nie unterlaufen wäre. Sie haben wohl eine sogenannte ‚virtuelle' Mauer zu Hause, die es ihnen verbietet, über Politik zu sprechen."

„Was? Eine Mauer? Die ihnen was verbietet?"

„So nennt man das, Lucy. Sie haben sich gewissermaßen darauf geeinigt, zu Hause nicht über Politik zu reden. Damit genau so etwas nicht passieren kann. Und das ist bisher auch glattgegangen. Jetzt nicht mehr."

„Das heißt, sie haben sich jetzt doch über Politik unterhalten?"

„Mehr als das, wie es scheint. Laut dem Artikel hier scheint Helmut bewusst Informationen von Henriettes Partei gestohlen zu haben, um zu verhindern, dass sie ihm den Bürgermeisterposten abluchst. Und diese Informationen sind in der letzten Woche wohl vermehrt an die Presse geraten, womit sofort von einem Datendiebstahl ausgegangen wurde. Und – jetzt halt dich fest, Lucy, sie haben wohl auch tatsächlich etwas gefunden. Und zwar hier im Chalet. Genaue Informationen hat die SZ zwar auch nicht, aber sie haben die Bestätigung, dass die Razzia erfolgreich war."

„Oh Gott", Lucy fasst sich an den Kopf. „Verbrecher unter meinem Dach. Wenn das meine Tante wüsste!"

„Welche Tante?", fragt Alex verwirrt.

„Na, Tante Elfriede natürlich, die mir das Haus vererbt hat."

Alex guckt sie an, als hätte sie den Verstand verloren. „Wenn das dein einziges Problem ist", murmelt er.

„Nicht ganz mein einziges, wie es scheint", antwortet sie. Dann schlägt sie sich an die Stirn und schaut Alex an.

„Die Londoner! Wir müssen ihnen Bescheid geben! Sie müssen doch wissen, dass bei ihnen in den Zimmern herumgeschnüffelt wurde. Oh Gott, das ist ja dermaßen peinlich!"

„Gar nichts ist peinlich, mein Schatz. Du kannst ja wirklich nichts dafür. Und die vier sind keine, die zartbesaitet sind. Die kommen damit klar. Ich mache dir einen Vorschlag: Ich kümmere mich um alles da draußen und du nimmst dir Zeit, diesen Artikel hier durchzulesen. Dann weißt du wenigstens, womit du es zu tun hast. Was meinst du?"

„Du bist ein Engel", antwortet Lucy und haucht ihm einen Kuss zu. „Aber versprich mir eins: Halt für den Moment alle von mir fern, ich habe jetzt wirklich keine Lust auf Menschen!"

„Versprochen!" Damit steht Alex auf und geht nach einem letzten Kuss hinaus.

Kaum ist sie allein, seufzt Lucy auf und lässt den Kopf in ihre Hände sinken.

Wie oft noch?, denkt sie. *Wie oft wird mir das noch passieren?*

Doch das Gute ist: Sie hat mittlerweile so viele Rückschläge erlitten, da lässt sie sich so schnell nicht mehr aus der Fassung bringen. Jedenfalls nicht mehr so wie früher. Sie starrt auf die Zeitung und kann sich einfach nicht dazu bringen, den Artikel durchzulesen. Am schlimmsten findet sie, dass Rosie auf einem der Bilder ist. Ihr süßer, unschuldiger Hund sollte mit so einem Dreck nicht in Verbindung gebracht werden. Aber Alex hat recht – sie sollte wissen, womit sie es hier zu tun hat, also wird sie nicht darum herumkommen, den Artikel doch noch zu studieren. Doch dafür will sie sich stark fühlen. Und frisch. Was bedeutet, dass sie eine ausgiebige Dusche und ein Wohlfühlprogramm danach braucht. Das bewirkt bei ihr immer Wunder. Sie geht also ins Bad, hüpft unter die Dusche und lässt den warmen Strahl lange auf ihr Haar und ihren Körper prasseln. Sie spürt regelrecht, wie die Anspannung in ihrem Kopf beginnt, sich zu lösen. Beim Shampoonieren massiert sie sich lange den Skalp und genießt das Gefühl ihrer Hände auf dem Kopf. Auch Selbstmassagen können durchaus etwas haben! Sobald sie aus der Dusche ist und sich mit einem frischen, flauschigen und duftenden Handtuch abgetrocknet hat, cremt sie sich mit ihrer besten Bodylotion lange ein. Sie erinnert sich daran, wie sie das bei Sophie in London gelernt hat. Diese kleinen Luxusmomente zwischendurch, die unbezahlbar sind. Danach zieht sie sich einen schönen blauen Sommerrock mit einem weißen T-Shirt an, bürstet sich die Haare und fühlt sich schon wie ein anderer Mensch. Zeit, diesen Artikel zu studieren! Mit einer Karaffe frischen Wassers bewaffnet, geht sie nach draußen auf ihre Terrasse und setzt sich dort an den Tisch. Selbst um diese Uhrzeit knallt die Sonne schon vom Himmel, aber sie spürt das kaum mehr, denn schon ist sie vertieft in den Artikel. Er ist interessanter geschrieben, als sie erwartet hätte, und zu ihrem Erstaunen reißt die Geschichte sie mit. *Da sollte man einen Film draus machen*, denkt sie kurz, bevor ihr wieder einfällt, welche leidige Rolle ihr Chalet in dem Ganzen spielt. Jedenfalls hat Alex recht gehabt. Henriette ist ihrem Helmut wohl mehr auf den Fersen gewesen, als dieser gedacht hatte. Seine Wiederwahl zum Bürgermeister war nicht so sicher, wie er sich erhofft hätte. Aber so zurückhaltend Helmut auch wirken mag, er hat es wohl faustdick hinter den Ohren. Denn jetzt wurden laut der SZ hochvertrauliche Dokumente von Henriettes CDU unter Helmuts Besitztümern gefunden. Und das bei Lucy im idyllischen Chalet. (Ja, genauso hat der Reporter es genannt – ein idyllisches Örtchen, an dem man solche

Machenschaften niemals vermutet hätte. Lucy kann ihm da nur zustimmen.)

Sie lässt die Zeitung sinken. Dann liest sie den Artikel noch mal durch. Jetzt kann sie kaum genug davon bekommen. Sie kommt sich fast vor wie in einem James-Bond-Film. Nicht, dass hier bald noch Schießereien stattfinden und die Leute sich vom Dach abseilen. Erstaunen würde sie langsam gar nichts mehr.

Dann lehnt sie sich zurück und schließt die Augen. Die Sonne scheint ihr direkt ins Gesicht und lässt den Albtraum nicht mehr ganz so albtraummäßig erscheinen. Helmut, wer hätte das gedacht? Solche Intrigen hätte sie viel eher Henriette zugetraut, aber doch ganz sicher nicht dem netten, fast schon bescheidenen Helmut. Auch wenn er der Bürgermeister dieses Kaffs bei Düsseldorf ist, dessen Namen Lucy immer wieder vergisst, so scheint er doch stets im Schatten seiner lauten, selbstbewussten Frau zu stehen. Man kann den Menschen immer nur vor den Kopf schauen, das wird ihr jetzt klar. Die Abgründe, die sich zum Teil dahinter verbergen, die kann nun wirklich keiner ahnen. Lucy hat die Vermutung, dass sie von all ihren Gästen in Zukunft noch viel lernen wird. Aber jetzt ist es Zeit, sich der Welt zu stellen. Ihr Chalet ist Schauplatz eines öffentlichen Skandals geworden. Damit ist es in ihren Augen unter Beschuss, und es ist an ihr, ihr Reich zu verteidigen!

22

„Also, was ist los?"

Hannah, Michi sowie alle vier Engländer stehen mit verschränkten Armen im Eingangsbereich des Chalets vor ihr und schauen sie erwartungsvoll an. Selbst Rosie ist wieder da, genau wie Alex. Dieser guckt sie an und zuckt mit den Schultern.

„Sorry, ich habe versucht, sie von dir fernzuhalten, aber keine Chance. Dass die vier, die hier wohnen, neugierig sind, das verstehe ich ja noch. Aber die anderen haben eigentlich einen Job, der Priorität haben sollte."

Lucy muss trotz ihrer trüben Stimmung lächeln. Da kennt er ihre Freunde aber schlecht. Bevor die ihre Jobs über Lucys Wohlbefinden stellen, wird die Welt untergehen.

„Na, wenigstens ist Babs nicht da", sagt sie betont fröhlich, obwohl sie angesichts dieser Tatsache eine leichte Traurigkeit verspürt.

„Von wegen!", kommt da Babs' Stimme zusammen mit einem Windzug durch die offene Tür hineingeweht. „Von mir aus können die sich alle selbst massieren! Entschuldige, Alex", sagt sie mit einem kurzen Blick zu ihrem Chef hin, um sich dann wieder Lucy zuzuwenden. „Also, erzähl schon. Wir sind gespannt wie die Flitzebogen. Mensch, da haben wir gestern Abend alle gedacht, euch hätte die große Sehnsucht überkommen und ihr wärt losgezogen, um viele kleine Kinder zu produzieren, und stattdessen wart ihr hier in nationale Affären verwickelt. Ich muss schon sagen, Lucy", fährt sie leicht außer Atem fort und Lucy fragt sich, ob sie vorhat, jemals wieder Luft zu holen, „bevor du hier ankamst, ist hier nichts passiert. Wirklich gar nichts! Und jetzt? Ein Skandal jagt den nächsten und du schaffst es sogar, uns in die Süddeutsche zu bringen. Zwar noch nicht ganz auf die Titelseite, aber ich bin mir sicher, wenn wir dir noch ein paar Tage geben, kriegst du auch das hin!"

Alle fangen an zu lachen und die Spannung, die zuvor in der Luft lag, löst sich langsam auf.

„Es war nicht meine Absicht, glaub' mir", sagt Lucy und hebt abwehrend die Hände. „Ganz im Gegenteil, ich würde gerne ruhig vor mich hinleben. Aber davon abgesehen – es gibt nicht viel zu erzählen. Alles Wissenswerte könnt ihr in der Zeitung nachlesen. Alex und ich sind leider – oder glücklicherweise – ein wenig zu spät auf der Bildfläche erschienen. Da war eigentlich schon alles durch. Mehr als das, was in der SZ steht, wissen wir also auch nicht."

„Mist, hätten wir doch zuerst darüber geschrieben", murrt Patrick und guckt Nicolai vorwurfsvoll an. Patrick gehört in England ein ganzes Medienimperium und Nicolai als freiberuflicher Journalist arbeitet manchmal für ihn.

„Patrick!", stößt Sophie erbost hervor und knufft ihren Ehemann in die Seite. „Wie kannst du jetzt an so etwas denken, wenn Lucy durch eine Krise geht?"

„Krisen sind die perfekten Zeiten für Journalisten", gibt Patrick ungerührt zurück und bevor zwischen den beiden Streit ausbrechen kann, pflichtet Lucy ihm schnell bei:

„Das macht nichts, Sophie, ich verstehe ihn ja. Aber wer

interessiert sich in England schon für dieses deutsche Vorstadtgeklüngel?"

„Da täusch dich mal nicht", entgegnet Patrick. „Die Engländer lieben alles, was den Deutschen im schlechten Licht dastehen lässt. Da passt so etwas genau rein. Aber du hast schon recht, etwas mehr Saft brauchen wir wahrscheinlich noch."

„Hoffentlich nicht", flüstert Lucy. „Bloß nicht noch mehr Saft."

Dann fordert sie ihre Freunde auf, ihr in die Küche zu folgen, und sie lassen sich am Küchentisch nieder.

„Tee oder Alkohol?", fragt sie in die Runde. „Was ist angebrachter?"

„Tee!", kommt es prompt von allen Seiten und sie erinnert sich, dass die anderen ja alle eine feuchtfröhliche Partynacht hatten, während sie hier versucht hat, sich einen aufdringlichen Journalisten und einen Fotografen vom Hals zu halten. Von der Polizei ganz zu schweigen.

„Also", beginnt sie, als alle sitzen und sie den Tee aufgesetzt hat, „was soll ich tun?" Wie sie ihre Freunde da so hocken sieht, fühlt sie sich, als müsste sie eine Rede vor den Vereinten Nationen halten.

Acht Augenpaare starren sie an, aber es kommt kein Laut. Sie schlägt einen anderen Weg ein: „Okay, lasst mich mit einer Entschuldigung beginnen. An euch." Sie nickt zu den Engländern hin. „Das ist natürlich inakzeptabel, dass eure Sachen während eures Urlaubs durchsucht wurden. Sagt mir bitte, was ich tun kann, um das wiedergutzumachen."

Synchron lachen sie auf.

„Lucy, bitte, chill! Wir sind doch keine langweiligen Rentner, die ihre Ruhe brauchen. Wir lieben Action!", ruft Aishley mit unverhohlener Begeisterung.

„Na ja, so viel Action ...", murmelt Sophie, aber Aishley schlägt ihr auf den Arm.

„Aishley hat absolut recht", bringt Patrick sich jetzt ein. „Für uns kann es gar nicht bunt genug zugehen." Seine Frau guckt ihn entsetzt an, aber er fährt fort: „Also mach dir bitte keinen Kopf, sondern sag uns nur, wie wir helfen können!"

Lucy fällt auf, dass Nicolai noch gar nichts gesagt hat und dass Sophie offensichtlich nicht ganz so begeistert wie die anderen ist.

„Nicolai, Sophie?" Fragend sieht sie die beiden an.

Demonstrativ gähnt Nicolai. „Meinst du das ernst, Lucy? Ich bin Italiener! Ich wäre schockiert, wenn man mit Politikern unter einem Dach wohnen könnte, ohne dass die Korruption hochkocht. Und hier im Süden sind wir ja ziemlich nah an Italien dran, da wundert mich gar nichts. Ich bin einfach nur froh, dass keine Köpfe gerollt sind. Und das meine ich wörtlich! Bei uns hätte wahrscheinlich einer mit seinem Leben zahlen müssen. Also, biete mir etwas mehr und dann können wir uns wieder unterhalten."

Lucy muss grinsen. Nicolai ist für sie immer noch schwer einzuschätzen, aber er ist letztlich so ein cooler Typ! Nun meldet sich auch Sophie zu Wort.

„Versteh' mich bitte nicht falsch, Lucy-Darling. Natürlich musst du dich für gar nichts entschuldigen oder etwas gutmachen, was für eine Frage! Aber im Gegensatz zu diesen Klatschnasen hier erkenne ich das Abenteuer in dem Ganzen nicht wirklich. Ich find's einfach nur widerlich und es tut mir so leid für dich!"

Lucy lächelt sie dankbar an. „Ich bin da ganz bei dir. Ich kann mich an dem ganzen Abenteuer auch noch nicht so recht ergötzen, vor allem, wenn ich das hier sehe."

Sie hält ihr Handy hoch und die anderen recken ihre Köpfe, um einen Blick darauf erhaschen zu können.

„Es ist überall im Internet", teilt sie ihnen mit. „Googelt mal ‚Chalet am See' und es kommt nur diese Geschichte. So viel könnte man einer PR-Agentur gar nicht zahlen, dass die solch eine Masse an Berichterstattung besorgen. Seht ihr, ich bekomme das ganz umsonst." Resigniert lässt sie ihr Telefon sinken. „Nur ist es leider nicht die Art von Berichterstattung, die ich mir gewünscht hätte. Ganz im Gegenteil. Mal sehen, ob jetzt noch eine einzige Buchung reinkommt oder ob ich einfach schließen kann. Alex, braucht ihr bei euch im Tegerngold noch eine Masseurin? Dann würde ich Babs' Kollegin werden."

„Bist du leider nicht qualifiziert für", antwortet ihr Freund und zuckt gleichgültig mit den Schultern. „Und Vetternwirtschaft gibt es im Tegerngold nicht", fügt er in strengem Ton hinzu.

„Von wegen", murmelt Lucy, die sich schon joblos dastehen sieht, aber dann fährt sie fort: „Lieb, dass ihr so verständnisvoll reagiert, das weiß ich zu schätzen. Aber um wieder auf die Ursprungsfrage zurückzukommen: Was soll ich tun?"

Sie ist erstaunt über sich selbst, dass sie ihre Freunde zurate zieht. In der Vergangenheit hätte sie versucht, ihre Probleme auf eigene Faust zu lösen, das hier ist völlig fremd für sie. Aber es fühlt sich gut an. Sie spürt förmlich, wie die Verantwortung von ihren Schultern fällt.

„Ich würde sagen, erst einmal einen Applaus für Emma", antwortet Patrick und schaut zu dem Mädchen hin, das gerade durch die Tür hineinkommt. Er steht auf und fängt an, in die Hände zu klatschen. Die anderen tun es ihm nach und Lucy geht zu ihr hin und umarmt sie.

Emma sieht aus, als hätte sie eine Woche ohne zu duschen durchgearbeitet, und guckt die Gruppe erschrocken an.

„Tschuldigung", sagt sie und will sich gleich wieder zurückziehen. „Ich wollte nicht stören. Und wieso klatscht ihr?" Ihre Stimme wird leise und ihre Gesichtsfarbe – wie zu erwarten gewesen ist – rot.

„Weil du dich wieder selbst übertroffen hast", übernimmt Patrick das Wort. „Unsere Apartments sehen aus, als seien sie frisch renoviert worden, und unsere Sachen wurden noch nie so liebevoll gewaschen und gebügelt."

Jetzt schaut auch Lucy erstaunt. Ihr war klar, dass Emma seit morgens durcharbeitet, aber sie wusste nicht, dass sie auch schon die persönlichen Sachen der anderen gewaschen hat.

„Das musste sein", sagt Emma jetzt und lächelt verschämt. „Ich wollte nicht, dass ihr Klamotten anziehen müsst, die von Polizeihänden betatscht wurden. Und ihr wart ja einverstanden damit. Dafür sehen die Apartments der anderen immer noch chaotisch aus. Aber das hat keine Priorität, oder?"

„Keine hohe", bestätigt Lucy ihr und rückt einen Stuhl zurecht. „Und jetzt setz dich erst mal. Ich mach' dir auch einen Tee, was für einen willst du?"

Nachdem sie Emma nochmals reichlich gelobt haben, kommt Lucy auf ihr eigentliches Thema zurück: „Also, zum dritten Mal – was soll ich jetzt machen? Um dieses ganze Social-Media-Zeugs kümmere ich mich ein andermal. Dafür habe ich jetzt keinen Nerv. Aber soll ich die Polizei anrufen? Habe ich jetzt irgendwelche Pflichten? Und wo sind die anderen Gäste? Muss ich mich darum kümmern?"

„Also, zunächst musst du gar nichts", schaltet sich Alex ein. „Ich habe mit Marcel gesprochen. Wie zuvor erwähnt, heute Morgen schon. Ich habe ihn gebeten, sich bereitzuhalten und hoffe, das ist okay. Deshalb ist er auch nicht hier, er hängt nämlich am Telefon und es scheint, dass deine lieben Gäste in München festsitzen. Bei Verhören. Die Sache wird ganz schön ernst genommen. Wir leben hier schließlich in einer Demokratie. Da wird so etwas nicht auf die leichte Schulter genommen."

„Das stimmt", murmelt Emma bestätigend. „Wenn die

beiden größten Parteien anfangen, sich zu bespitzeln, dann sieht es nicht gut aus für uns."

„Glücklicherweise ist es hier in relativ kleinem Rahmen passiert", fährt Alex fort. „Auf Lokalebene und nicht auf Bundesebene, aber trotzdem, Helmut wurde eine glänzende Karriere vorausgesagt – das scheint hier in Deutschland mit dem Namen Helmut einherzugehen – und so klein ist das Kaff auch nicht, aus dem sie kommen. Immerhin gleich im Einzugsgebiet von Düsseldorf, politisch gesehen eine der wichtigsten Städte Deutschlands."

„Wieso?", hakt Sophie nach.

„So ganz genau weiß ich das auch nicht", gibt Alex zu, „aber es ist immerhin die Hauptstadt des bei Weitem bevölkerungsreichsten Bundeslandes. Es leben ungefähr 18 Millionen Menschen in Nordrhein-Westfalen, das ist wie Österreich und die Schweiz zusammengenommen. Jedenfalls sagt man oft, dass dort die Bundestagswahl entschieden wird. Ob es wegen der schieren Masse oder wegen etwas anderem ist, weiß ich nicht. Mein Punkt ist, dass es sich hier nicht um einen dunklen Fleck auf der deutschen Landkarte handelt, sondern um einen der ökonomischen und politischen Dreh- und Angelpunkte."

Mehr und mehr kommt sich Lucy vor wie in einem Thriller. Dabei wollte sie es doch so gemächlich haben. Vielleicht in ihrem nächsten Leben!

„Also soll ich gar nichts machen?", fragt sie zur Sicherheit noch einmal nach.

„Na ja, wenn du neugierig bist, kannst du ja versuchen, Tanja anzurufen", schlägt Aishley vor. „Sie und Dick sind ja eigentlich nicht beteiligt, ich frage mich, was die da auf der Station überhaupt machen."

„Vielleicht genießen sie einfach München", überlegt Sophie.

„Oder sie werden als gute Freunde befragt, die ja die

ganze Zeit mit den beiden zusammen waren", wirft Nicolai ein. „Aber Aishley hat schon recht", stimmt er seiner Freundin zu. „Diese Tanja wirkte ja noch ganz nett und normal und sie ist nicht direkt involviert. Vielleicht ist es wirklich am besten, sie kurz zu kontaktieren. Das heißt, falls du überhaupt wissen willst, was vor sich geht. Vielleicht hast du ja auch genug von der ganzen Bande. Basta!", sagt er und klatscht in die Hände.

Während Lucy noch überlegt, steht Emma auf, bedankt sich für den Tee und teilt ihnen mit: „Ich räume dann jetzt mal die beiden anderen Apartments auf. Es hat keinen Sinn, irgendwann muss es gemacht werden. Man kann keine Spuren mehr verwischen oder so was, Lucy, nicht wahr? In Filmen darf man ja den Tatort niemals betreten."

Tatort! Lucy greift sich an den Kopf. So weit ist es also gekommen. Ihr Chalet ist ein Tatort! Aber dann schaut sie auf und lächelt Emma beruhigend an: „Nein, geh nur. Die haben, was die brauchten. Sonst wäre das versiegelt worden oder sie hätten uns etwas gesagt."

Sobald Emma weg ist, entscheidet Lucy, dass die anderen recht haben. Tanja hat mit der ganzen Sache wirklich nichts zu tun, sie und Dick waren die ahnungslosen Freunde, die mit dem verrotteten Politikerpaar hierhergekommen sind. Das hätten sie auch nicht ahnen können, dass ihr Urlaub sich so entwickelt. Außerdem war Tanja auch diejenige, die Lucy gleich gestern versucht hat, anzurufen. Und zwar nicht nur einmal.

Also nimmt sie ihr Telefon und wählt Tanjas Nummer. Aber es geht gleich zur Voicemail. Keiner zu erreichen, sie wird es später nochmals versuchen.

„Na ja", sagt sie und legt das Telefon weg. „Irgendwann werden sie schon wiederkommen müssen. Sie haben schließlich noch all ihre Sachen hier. Will jemand Pasta?"

Verzweifelt versucht sie, Normalität einkehren zu lassen.

Aber ihre Freunde müssen wieder arbeiten gehen. Sogar Alex. Es ist schließlich mitten am Tag. Nur sie weiß nicht wirklich, was sie mit sich anfangen soll. Daher beginnt sie, im Internet rumzusurfen. Das Chalet zu googeln. Aber schon bald bemerkt sie, dass ihr das nicht guttut. Es ist ein Kaninchenloch, in das man tiefer und tiefer fällt und aus dem man nicht mehr herauskommt. Eine dunkle Höhle. Es nützt doch alles nichts. Sie schleudert das Handy auf den Tisch und geht raus, um Emma zu helfen. So kann sie sich wenigstens nützlich machen und vor allem ihren Körper bewegen!

23

Nachdem Lucy und Emma die beiden Apartments aufgeräumt und gründlich gereinigt haben – Lucy hat stets geschaut, ob sie noch etwas Verdächtiges findet, aber da war nichts mehr –, nimmt sie nochmals eine lange Dusche und wirft die alten Sachen in die Wäsche. Zumindest physisch gibt es von dem Razzia-Abend keine Spuren mehr. Was das Ganze psychisch mit ihr macht, ist eine ganz andere Sache, aber das wird die Zeit zeigen. Dann versucht sie es nochmals bei Tanja, ohne wirklich mit einem anderen Ergebnis zu rechnen. Aber schon beim zweiten Klingeln nimmt Tanja atemlos ab.

„Tanja, hier ist Lucy", begrüßt Lucy sie. „Was um Gottes willen ist passiert? Und wo bist du?"

„Ach Gott, Lucy!" Tanja hört sich ernsthaft verwirrt an. „Ist das nicht schrecklich, was da passiert ist? Es tut mir so leid, aber ich bin auch nicht im Bilde, was da los war. Weißt du mehr?"

„Ich? Ich bin doch die komplett Ahnungslose hier, ich habe überhaupt keinen Schimmer. Außer natürlich die

Sachen, die in der SZ standen. Stimmt das wirklich, Tanja? Haben sich die beiden gegenseitig beschnüffelt?"

Wie um das Wort ,schnüffeln' zu bekräftigen, schnüffelt Tanja in den Hörer. Es hört sich fast so an, als würde sie weinen.

„Ach, was weiß ich denn", sagt sie unglücklich. „Ich dachte, ich würde Helmut so gut kennen. Wir haben so eng zusammengearbeitet. Und jetzt das. Ich fühle mich auch betrogen, Lucy. Was macht das mit meinem Ruf?"

Und so beziehen wir alles immer wieder auf uns, denkt Lucy leicht verärgert.

Laut beteuert sie: „Ja, das tut mir auch leid für dich, aber ich bin mir sicher, du wirst bei der Sache nicht im Rampenlicht stehen. Im Gegensatz zum Chalet", fügt sie etwas leiser hinzu.

„Oh, das Chalet", ruft Tanja aus. „Ja, da müssen wir uns wirklich bei dir entschuldigen. So ein schnuckeliges Plätzchen und jetzt mit so einem Mist in Verbindung gebracht zu werden, da werde ich Helmut nochmals gehörig den Kopf waschen. Das heißt, falls ich ihn wiedersehe."

„Falls du ihn wiedersiehst? Was soll denn das heißen?"

„Na, sie haben ihn noch dabehalten. Wollen nicht, dass er Beweise verschwinden lässt oder Ähnliches. Wie ich gehört habe, war die Polizei auch gar nicht begeistert über den Zeitungsartikel. Keiner weiß, wer die Presse informiert hat."

„*Der* Zeitungsartikel ist gut", entgegnet Lucy. „Es sind mittlerweile zahlreiche. Schau einfach mal im Internet nach. Was denkst du denn, wie die Wind davon bekommen haben? Woher wussten die von der SZ, dass die Razzia stattfindet? Jemand muss die doch informiert haben."

Tanja scheint kurz nachzudenken. „Wenn ich das wüsste", sagt sie schließlich. „Das heißt, ich habe da so eine Vermutung, aber darüber können wir später reden."

„Okay", gibt Lucy schnell nach. „Wo seid du und Dick denn jetzt?", will sie stattdessen wissen.

„Ach, wir sind noch ein wenig in München geblieben, aber wir kommen heute zurück. Wir bleiben dann auch nicht mehr allzu lange. Ein bis zwei Tage noch, länger wollen wir dir nicht auf den Geist gehen. Unsere Truppe hat dir schon genügend Probleme bereitet, da bist du bestimmt ganz froh, wenn du uns los bist."

So gerne Lucy auch würde, sie kann ihr nicht widersprechen und bleibt daher schweigsam.

„Also", beendet Tanja jetzt das Gespräch. „Wir sehen uns dann später. Ciao, Lucy."

Lucy hängt auf und Erleichterung macht sich in ihr breit angesichts der Tatsache, dass ihre Gäste bald weg sein werden. Sie hofft, dass Henriette und Helmut, sobald sie aus dem Polizeigewahrsam raus sind, die gleiche Entscheidung treffen werden. Und wenn nicht, dann wird Lucy sie für sie treffen!

Sie spürt, dass sie heute nicht im Chalet bleiben kann. Es nimmt ihr die Luft zum Atmen. Außerdem will sie nicht hier sein, wenn Tanja und Dick zurückkommen. Sie weiß, die beiden können nichts für die ganze Situation, und doch setzt sie es mit ihnen in Verbindung. Da kann sie sich nicht helfen. Lucy läuft in ihr Apartment hoch, zieht sich heute zum dritten Mal etwas Neues an, packt einen Rucksack mit Snacks, ruft Rosie und verabschiedet sich dann von Emma. Sie empfiehlt ihren Gästen immer diese wunderschönen Wanderrouten, ohne diese selbst allzu häufig zu nutzen. Das wird sie heute ändern. Sie wohnt hier auf diesem paradiesischen Fleckchen Erde und kennt es fast gar nicht. Alles dreht sich immer um das Chalet. Das läuft jedoch auch, wenn sie nicht da ist. Genauer gesagt passieren die Katastrophen auch, wenn sie versucht, alles unter Kontrolle zu halten, da kann sie ihre Zeit auch besser nutzen. In einem letzten Akt der Rebellion schaltet sie auch noch ihr Handy aus („schlechter Empfang in den Bergen") und macht sich auf den Weg in die Natur. *Nach mir die Sintflut*, denkt sie noch, bevor sie und Rosie fröhlich davonstampfen.

ACH, was tut das gut! Sie hätte nicht gedacht, dass die frische Luft und die Bewegung sie so ablenken können. Und ihre süße Golden-Retriever-Hündin in der Natur zu beobachten, öffnet ihr sowieso immer das Herz.

Stundenlang läuft und tollt sie mit Rosie in den Bergen herum, zieht sich zwischendurch bis auf den Bikini aus und sonnt sich, während Rosie Vögeln nachjagt und hinter jedem Busch herumschnuppert. Erst nachmittags machen sie sich wieder auf den Weg hinunter ins Chalet. Lucy fühlt sich erhitzt und glücklich und die Ereignisse des Vortages scheinen in weiter Ferne zu liegen.

Als sie jedoch in das Chalet kommt, sieht sie durch die offene Tür, dass Tanja und Dick im Wohnzimmer vor ihren Computern sitzen. Das erstaunt sie. Sonst haben sie sich, wenn sie hier waren, immer in ihrem Apartment vergraben. Selbst Lucys schönen Garten haben sie so gut wie gar nicht genutzt.

Am liebsten würde sie sich unbemerkt in die Küche schleichen, aber das ist mit Rosie im Schlepptau nicht möglich. Diese macht durch ihre bloße Anwesenheit so viel Lärm, dass sie unweigerlich die Aufmerksamkeit auf sich zieht. So schauen Tanja und Dick auch zur gleichen Zeit auf und Lucy fühlt sich genötigt, sie zumindest kurz zu begrüßen. Zögerlich tritt sie ins Wohnzimmer.

„Hallo, da seid ihr ja", sagt sie und weiß nicht genau, wie sie weitermachen soll.

Dick schaut nur kurz von seinem Handy hoch und nickt

ihr zu, während Tanja ihren Laptop zuklappt und Lucy entwaffnend anlächelt.

„Was für zwei Tage, he?", fragt sie.

„Das kannst du laut sagen!" Lucy muss sich Mühe geben, nicht zu unfreundlich rüberzukommen. Sie muss sich immer wieder daran erinnern, dass Tanja ebenso ein Opfer dieser Situation ist wie sie selbst. Sie findet es jedoch faszinierend, wie nonchalant Dick mit dem Ganzen umgeht. Ein kurzes Zunicken und das war's! Während ihr Haus fast auseinandergenommen wurde! Sie hat jetzt wirklich keine Lust, sich mit den beiden zu unterhalten. Trotzdem fragt sie kurz:

„Was ist mit Henriette und Helmut? Kommen die auch wieder?"

Tanja guckt sie verschwörerisch an. „Was mit Helmut ist, das weiß ich nicht. Die Polizei hält da dicht. Aber Henriette wird bestimmt kommen und die Sachen der beiden abholen. Heute oder morgen würde ich sagen. Aber weißt du", sie senkt ihre Stimme zu einem Flüstern, „ich bin mir ziemlich sicher, dass Henriette heute Nachmittag einen Termin bei der SZ hat. Vielleicht sitzt sie sogar gerade jetzt da. Es lohnt sich also, morgen noch mal in die Zeitung zu schauen. Wer weiß, was uns da erwartet."

Lucy interessiert nicht mehr, was sie erwartet. Sie geht in die Küche und macht ihr Telefon an. Dann wählt sie Alex' Nummer.

„Kann ich heute Abend zu dir kommen? Bitte! Ich kann hier nicht bleiben, ich ertrage die alle nicht mehr!"

24

Am nächsten Morgen fühlt Lucy sich überraschend erholt. In Alex' Armen zu liegen, hat ihr die nötige Geborgenheit gegeben, um tief schlafen zu können. Außerdem hat er sie mit einem Frühstück im Bett überrascht. Das wurde natürlich nicht von ihm selbst zubereitet, sondern von einem Angestellten des Tegerngold, doch trotzdem freut Lucy sich nicht weniger. Nachdem sie gestärkt ist und die beiden Hunde beim Spielen beobachtet hat (normalerweise dürfen sie nicht ins Schlafzimmer, aber heute hat Alex eine Ausnahme gemacht), schaut sie ihren Freund herausfordernd an.

„Also gut", sagt sie. „Ich bin bereit. Rück sie raus, die bittere Medizin!"

„Bittere Medizin?" Scheinbar ahnungslos guckt er sie an.

„Alex!", bittet sie. „Du weißt genau, was ich meine. Ich habe keine Zweifel, dass du die Süddeutsche nicht nur hier irgendwo herumliegen hast, sondern sie auch schon nach neuen Artikeln über unseren kleinen Hausskandal durchforstet hast. Also los, her damit. Lucy ist bereit für die Schlacht."

Er lächelt sie an. „So mag ich dich."

Dann holt er tatsächlich gleich hinter seinem Rücken die Zeitung hervor und wirft sie ihr zu.

„Seite vier", sagt er.

„Oh, wir sind weiterhin an prominenter Stelle!" Absurderweise kann sich Lucy einen gewissen Stolz nicht verkneifen. Aber größer als das ist die Neugierde.

„Das Chalet ist allerdings nicht mehr wirklich der Star", dämpft Alex ihren Übermut. „Es ist jetzt Henriette. Die arme, betrogene Ehefrau. Zwar nicht mit einer anderen Frau betrogen, aber dafür mit allem anderen."

Lucy nickt kurz, schlägt die Zeitung auf und tatsächlich, da schaut ihr ein großes Porträt Henriettes entgegen. Und zwar nicht die Henriette, die sie kennt, immer laut und fröhlich, sondern mit Mundwinkeln, die an Angela Merkel erinnern. Vielleicht möchte sie ja in deren Fußstapfen treten – jetzt, wo Helmut von der Bildfläche verschwunden ist.

Und tatsächlich, in dem Artikel geht es vor allem um ihre Enttäuschung, von ihrem Mann so hintergangen worden zu sein. Was Henriette wohl besonders erstaunt, ist, wieso er das Ganze hier am Tegernsee gemacht hat. Klar hatte sie Sachen zum Arbeiten dabei. Das hat sie immer. Leider diesmal auch vertrauliche Unterlagen. Aber das hat sie doch zu Hause auch. Da hätte er doch nicht auf den Urlaub warten müssen. Das ergibt für sie keinen Sinn. Lucy lässt die Zeitung sinken. Für sie macht das ebenso wenig Sinn. Aber vielleicht hatte Helmut nur hier die Zeit, alles in Ruhe zu durchstöbern, während seine Frau anderweitig beschäftigt war. Was für sie allerdings noch weniger Sinn macht, ist, wie man sich nach so etwas gleich an eine Zeitung wenden und ein Interview geben kann. An Henriettes Stelle hätte sie sich erst mal in Ruhe die Wunden geleckt. Das muss doch wehtun, so ein Vertrauensbruch. Aber gut, Lucy ist auch keine Politikerin. Die ticken wahrscheinlich anders.

Dann springt sie auf, geht unter die Dusche und zieht sich an. Sie pfeift Rosie zu sich und verabschiedet sich von Alex.

„Sag Tschüss zu deiner Celebrity-Freundin", befiehlt sie ihm und hält ihm ihren Mund zum Kuss hin. „Sie muss da unten so einiges klären."

„Auf in den Kampf, meine Liebe", sagt er und klatscht ihr auf den Po. Keine drei Minuten später ist sie draußen und atmet die frische Luft ein. Sie wundert sich über sich selbst. Sie scheint dieses Drama emotional gut zu überstehen. Kann Aspekte davon sogar mit Humor nehmen. Das hätte sie früher nicht geschafft. *Gut gemacht, Lucy*, lobt sie sich. *Du machst dich!*

KAUM IST sie wieder im Chalet, bittet sie Emma zum Kriegsrat in die Küche. Die Engländer kommen auch dazu. Sie hatten eigentlich geplant, heute wandern zu gehen, aber sie wollen Lucy jetzt nicht verlassen.

„Das ist doch Quatsch", versucht diese sie zu beruhigen. „Geht nur. Emma und ich schaffen das hier schon allein. Es ist schließlich kein Beinbruch."

„Na ja, viel besser aber auch nicht", grummelt Aishley, die gleich von Sophie unterstützt wird: „Kommt gar nicht infrage, wir lassen dich hier nicht allein. Das ist eine PR-Krise, und wir haben hier schließlich unsere PR-Experten." Damit zeigt sie auf die beiden Männer.

„Ich bin nur Journalist", zieht sich Nicolai gleich aus der Affäre und lehnt sich gemächlich zurück.

„Und wenn du meine Meinung hören willst", sagt Patrick, „dann ist das eigentlich ganz einfach. Du kannst gar nichts tun. Was willst du denn schon machen? Du weißt auch nicht mehr als die Zeitungen, lass die also schreiben. Es behauptet ja niemand, dass dich eine Schuld trifft. Es gibt also auch nichts klarzustellen. Warte es außerdem mal ab, diese Dinge haben die Neigung, flugs wieder von neuen Skandalen abgelöst zu werden."

„Übrigens", schaltet sich jetzt Emma ein, der immer noch unwohl zu sein scheint, wenn sie vor den selbstbewussten Londonern Englisch sprechen muss, „ich glaube, du musst dir gar nicht so viele Sorgen machen."

Wie so oft bei Menschen, die sonst nicht viel sagen, werden alle still und aufmerksam, sobald diese Person einmal den Mund aufmacht. So gucken jetzt auch alle Emma erwartungsvoll an.

„Was meinst du damit, Emma?", fragt Lucy sie.

„Na, wir sind komplett ausgebucht!" Emma strahlt übers ganze Gesicht. „Und zwar die ganze Saison hindurch. Keine Lücke mehr drin. Du wirst danach viel Urlaub brauchen, Lucy!"

Lucy lässt den Kopf in die Hände sinken. „Oh nein, ist das dein Ernst? Wie konnte das passieren?"

„Na, du weißt doch, es gibt keine schlechte Presse", beantwortet Patrick ihre Frage. „Alle Presse ist gute Presse."

„Du siehst gar nicht so glücklich aus", stellt Sophie verwundert fest. „Solltest du dich nicht freuen? Das war doch dein Ziel, oder?"

Lucy guckt hoch und schaut ihre Freunde erschlagen an. Ihr Kampfgeist von zuvor ist verschwunden. „Sollte ich sein, oder? Erfreut? Doch leider empfinde ich das irgendwie nicht. Die Vorstellung, hier die ganze Zeit solche Leute wie die jetzigen in meinem Chalet zu haben und sie versorgen zu müssen, behagt mir nicht. Es stresst mich."

Dann erzählt sie ihnen, wie sie mit Emma und Josephine ein Retreat-Center geplant hat, wohin wirklich nur Menschen kommen, die Yoga machen, meditieren, die Natur genießen und an sich arbeiten wollen. „Nicht so Aasgeier, die sich auf Sensationen jeglicher Art stürzen", schließt sie ab.

Die anderen denken nach. „Was willst du denn da jetzt tun?", fragt Emma sie besorgt. „Allen absagen?"

Lucy sieht den betroffenen Ausdruck auf Emmas Gesicht und beeilt sich, sie zu beruhigen.

„Nein, nein, Emma, das werden wir nicht. Wir können das Geld gebrauchen und wir können die Zeit zum Üben nutzen. Uns noch besser aufeinander einspielen, auch mit Josephine. Aber dann machen wir einen Schnitt und probieren das mit den Retreats aus. Das gefällt mir vom Konzept her viel besser, als einfach nur ein Gasthaus zu sein."

Sophie nickt. „Kann ich total verstehen", beteuert sie. „Ich könnte auch nicht einfach nur designen. Ich brauche auch einen tieferen Zweck dahinter, das ist wichtig."

„Ja, und das andere bin mehr ich, wisst ihr? Ich bin nicht nur Gastgeberin, ich möchte den Menschen meine Denk- und Lebensweise näherbringen und auch von ihnen lernen. Etwas, wo wir uns alle gegenseitig befruchten. Aber gut, dann muss ich mir ja ums Marketing für die nächsten Wochen keine Sorgen mehr machen", bemerkt sie lächelnd an Emma gewandt. „Und damit könnt ihr", sie schaut die anderen an, „jetzt endlich wandern gehen und aufhören, Babysitter für mich zu spielen. Auch, wenn ich das riesig zu schätzen weiß!"

„Ja, ich habe auch das Gefühl, dass Lucy hier alles bestens im Griff hat", bestätigt Patrick, erhebt sich und streckt seinen durchtrainierten Körper. Lucy kann sehen, wie Sophie ihm einen bewundernden Blick zuwirft, und muss schmunzeln. Sie hofft, dass sie Alex nach ein paar Jahren Beziehung auch immer noch so toll finden wird. Aber eigentlich hat sie daran keine Zweifel.

Am frühen Abend sitzt Lucy in der Küche an ihrer verhassten Buchhaltung, die jetzt glücklicherweise zum größten Teil von Emma übernommen wird (durch den

Skandal werden sie zumindest keine finanziellen Sorgen mehr haben), als die Tür aufgeht und mit einem lauten Stöhnen Henriette hereinkommt.

„Puh, man kann sich gar nicht vorstellen, was ich hinter mir habe", sagt sie zu niemand Speziellem. Lucy ist sich noch nicht einmal sicher, ob Henriette sie hier an ihrem Tisch gesehen hat.

„Guten Abend, Henriette", antwortet sie kühl. „Das waren zwei interessante Tage, was?"

Jetzt schaut Henriette zu ihr hin. „Ah, Lucy, was bin ich froh, dich hier zu sehen! Ich kann es gar nicht erwarten, gleich ein schönes Bad auf der Terrasse zu nehmen. Meinst du, du könntest ein Schatz sein und mir einen Tee machen? Ich habe die Hölle hinter mir!"

Lucy schaut sie fassungslos an. Diese Frau ist wirklich unglaublich!

„Du weißt, wo die Sachen für den Tee stehen", bemerkt sie noch eine Nuance kühler. „Du kannst dich gerne bedienen. Ich habe nämlich auch die Hölle hinter mir!"

„Aber du wurdest wenigstens nicht von deinem Mann hintergangen. Öffentlich! Hast du eine Ahnung, wie sich das anfühlt? Die Demütigung!"

„Ja, so haben wir alle unsere eigenen Probleme, nicht wahr?", stellt Lucy fest und wendet sich wieder ihrer Buchhaltung zu. Dann guckt sie nochmals auf.

„Übrigens, kommt Helmut wieder? Und falls ja – wie lange gedenkt ihr zu bleiben? Mir wäre es recht, wenn wir den Abschied ziemlich schnell einleiten könnten."

Henriette seufzt wieder dramatisch auf und setzt sich dann Lucy gegenüber.

„Lucy, kann ich da eine gewisse Kälte in deiner Stimme ausmachen? Hör zu, es tut mir leid, okay? Ich konnte das doch auch nicht ahnen. Für mich ist es ebenso ein Schock wie für dich. Müssen wir Frauen nicht zusammenhalten?"

Lucy guckt auf und verschränkt die Arme. Interessiert blickt sie Henriette an. Diese ist wie ein Insekt aus einer anderen Welt für sie.

„Schau Henriette", beginnt sie jetzt ruhig und langsam, als würde sie einem Schulkind etwas erklären. „Versuch es doch einmal aus meiner Perspektive zu sehen. Mein Chalet, das ich mit viel Mühe, Liebe und Arbeit aufgebaut habe – von dem Geld ganz zu schweigen –, wurde vor zwei Tagen von Polizisten auf den Kopf gestellt. Es ist ein totales Eindringen in meine Privatsphäre und ich fühle mich dadurch immer noch beschmutzt. Dazu wird es in allen Medien mit eurer dreckigen Geschichte in Verbindung gebracht und als sei das nicht genug, kommst du hier reingestolpert, forderst mich auf, dir einen Tee zu machen, und erzählst mir von der Hölle, durch die *du* gegangen bist. Wie wär's mal mit einer Entschuldigung mir gegenüber? Und vielleicht auch den anderen Gästen gegenüber, deren persönliche Sachen von Fremden durchforstet wurden?"

Sie lehnt sich zurück und wartet auf die Antwort, nach der Henriette offensichtlich sucht. Wäre es nicht so eine verfahrene Situation, wäre es fast eine Freude, die gestandene Politikerin so sprachlos zu erleben. Aber schnell hat sie sich wieder gefangen und wirft theatralisch die Hände in die Höhe.

„Du hast vollkommen recht, ich habe mich unmöglich benommen", gibt sie jetzt zu. „Wir werden natürlich für die Reinigung und alles andere aufkommen."

„Das werdet ihr." Lucy nickt bestätigend.

„Gibt es sonst noch etwas, das wir tun können?", fragt Henriette leicht beschämt.

„Nicht viel, nein. Wie gesagt, ich erwarte eine Entschuldigung. Das ist mir mehr wert, als dass ihr für den finanziellen Aufwand aufkommt."

„Ich würde mich ja entschuldigen", antwortet Henriette

und in ihrem Ton schwingt eine gewisse Verzweiflung mit. „Aber ich weiß einfach nicht, wofür. Ich bin doch genauso ein Opfer wie du." Wieder wirft sie die Hände in die Luft und Lucy kann sich genau vorstellen, wie sie vor einer Menschenmenge steht und versucht, diese mitzureißen. Aber auf sie hat die Eloquenz dieser Frau heute keine Wirkung.

„So siehst du das vielleicht", antwortet sie ihr. „Aber du wirst verzeihen, dass wir Normalmenschen Politiker nur mit Mühe als Opfer betrachten können." Dann besinnt sie sich ihrer Worte und rudert etwas zurück. „Okay, das war jetzt vielleicht etwas harsch. Und es tut mir natürlich leid, dass dein Mann dich hintergangen hat, wirklich. Trotzdem werde ich das Gefühl nicht los, dass du da auch nicht ganz unschuldig bist." *Das liegt an dem Zeitungsinterview*, denkt sie sich. *Welcher wirklich verletzte Mensch nutzt gleich die nächste Möglichkeit, sich an die Zeitung zu wenden und sich dort auszuheulen?* Das ist nach ihrer Ansicht alles Teil des Wahlkampfs. Doch das sagt sie nicht laut. Sie hat jetzt keine Lust, mit Henriette zu diskutieren. Stattdessen schließt sie ab: „Die Einzigen, die wirklich nichts dafürkonnten, sind ich und meine englischen Gäste sowie eure armen Freunde – Tanja und Dick. Denen habt ihr den Urlaub sicherlich auch ganz schön vermiest."

„Ach was, die sind hart im Nehmen", entgegnet die Politikerin. „Aber gut, ich sehe deinen Standpunkt. Und ich mache mir meinen Tee selbst. Du hast recht, ich hätte dich nicht fragen sollen. Um dir auf deine andere Frage zu antworten: Ich denke, ich bleibe noch zwei bis drei Tage hier, falls das okay für dich ist. Es gibt noch einiges, das ich zu regeln habe. Was mit Helmut ist, weiß ich jedoch nicht. Sollte er bis dahin nicht zurück sein, nehme ich seine Sachen mit. Die Polizei scheint ihn ganz schön gnadenlos zu verhören. Zu Recht, falls du mich fragst. Angeblich bestreitet er alles. Aber gut, wen wundert das? Männer werden ja mit dem

Talent geboren, alles sofort zu bestreiten. Dieses Talent verfeinert sich im Laufe des Lebens nur noch. So, ich mache mir jetzt meinen Tee. Möchtest du auch einen?"

„Nein danke. Und zwei bis drei Tage sind okay. Aber dann wünsche ich mir, dass dieses Kapitel abgeschlossen ist."

„Wird es sein, Chefin!" Henriette salutiert ironisch und macht sich dann daran, ihren Tee aufzusetzen. Lucy entschließt sich, sich mit ihrer Buchhaltung in ihr Apartment zu verziehen. Sie muss diese Frau jetzt nicht um sich herumhaben. Abends geht sie wieder mit Rosie zu Alex. Sie will erst wieder in dem Chalet schlafen, wenn Henriette weg ist.

25

D er nächste Tag verläuft ungewöhnlich ruhig. Fast langweilig. Lucy kann es kaum glauben. Ein Tag ohne Zwischenfälle, sollte das möglich sein?

Sie bekommt jedoch mit, dass bei denjenigen Düsseldorfern, die sich momentan im Chalet befinden, außergewöhnlich viel Aktivität herrscht. Als sie Tanja im Flur begegnet, erkundigt sie sich, ob alles okay sei.

„Alles okay so weit", antwortet Tanja, die trotz des ganzen Trubels immer noch frisch und fit aussieht. Henriette hatte recht gehabt. Die junge Frau ist wirklich hart im Nehmen. „Aber Henriette fährt morgen", ergänzt sie. „Und Dick und ich reisen übermorgen auch weiter. Ich weiß, wir hatten noch ein paar Tage länger gebucht, aber wir bezahlen dir die Differenz."

Lucy winkt ab. „Um das Geld geht es nicht. Ich kann verstehen, dass ihr wegwollt. Du sagtest weiterreisen – wo wollt ihr denn hin?"

Tanja zuckt mit den Schultern. „Wir haben noch keine Ahnung, wohin. Jedenfalls an einen Ort, wo die beiden nicht sind." Sie deutet mit dem Kinn nach oben. „Vielleicht nach

Italien, wir schauen mal. Ich zumindest habe das Gefühl, dass ich jetzt mal Urlaub brauche!"

„Das kann ich mir vorstellen", antwortet Lucy und streicht Tanja kurz über den Arm. „Es kann nicht einfach für euch gewesen sein, mit diesem Betrug hinter eurem Rücken. Aber du weißt, Tanja – du und Dick, ihr seid hier weiterhin herzlich willkommen. Nur muss Dick dann auch mit Yoga anfangen", sagt sie lachend. „Denn ich werde das hier mehr und mehr zu einem Yogabetrieb umfunktionieren, zu einem richtigen Retreat. Hört sich gut an, oder?"

„Ja, das hört sich gut an und du wirst das bestimmt auch super machen", stimmt Tanja ihr lächelnd zu. „Aber ich glaube, wir sind mit dem Tegernsee erst mal durch. Zu viele Erinnerungen, die wir nicht brauchen. Ich hoffe, du verstehst das?"

„Ja klar. Und was ist jetzt mit dir? Wirst du für Helmut weiterarbeiten?"

„Für Helmut weiterarbeiten?" Tanja guckt sie an, als hätte sie zwei Köpfe. „Wie stellst du dir das vor, Lucy? Helmut gibt es nicht mehr. Er kann froh sein, wenn er nicht im Knast landet. Damit ist auch mein Ruf ruiniert. Die Partei zumindest will mit mir nichts mehr zu tun haben. Das haben sie mir heute unmissverständlich mitgeteilt."

Lucy muss schlucken. Ein schlechtes Gewissen breitet sich in ihr aus. Da denkt sie seit Tagen nur an ihr Chalet, obwohl dieses über die nächsten Monate hinweg ausgebucht ist, und hier ist eine junge Frau, deren Karriere gerade mit einem Schlag zerstört worden ist.

„Das tut mir so leid, Tanja", sagt sie bedrückt. „Daran hatte ich bislang noch gar nicht gedacht." Dann wird sie wütend. „Diese verdammten Politiker", bricht es aus ihr heraus. „Denken nur an sich und ihre Vorteile. Wen sie damit auf der Strecke lassen, das scheint ihnen egal zu sein!"

„Wenn du wüsstest, wie recht du hast." Tanja streicht

sich über die Stirn. „Für Henriette ist es ja jetzt alles ganz passend. Helmut ist aus dem Weg geschafft und sie hat das Mitleid der Nation. Damit steht ihr als Bürgermeisterin nichts mehr im Wege."

Lucy guckt sie mit offenem Mund an. „Aber du glaubst doch nicht, dass sie …" Sie wagt es kaum auszusprechen. „Du glaubst doch nicht, dass das ein abgekartetes Spiel war? Dass Henriette das eingefädelt hat, um Helmut vom Spielfeld zu treiben?" Sie kann selbst nicht glauben, was sie da gerade von sich gegeben hat.

Aber Tanja zuckt nur mit den Achseln. „Wer weiß das schon? In der Polit-Arena ist alles möglich. Selbst Dinge, die du und ich für unmöglich halten würden."

„Aber sie würde doch nicht ihren eigenen Mann opfern?" Lucy ist immer noch fassungslos.

„Lucy, ich weiß es doch auch nicht. Ich habe nur gesagt, dass es ihr – zumindest politisch gesehen – sicherlich nicht ungelegen kommt. Wie es ihr privat geht, das steht auf einem anderen Blatt."

„Aber ihr steht euch doch recht nah." Wieder kommt ihr das von Sophie und Aishley beschriebene Bild in den Kopf.

„Ja, das schon. Aber wie du weißt – man kann den Leuten immer nur vor die Stirn sehen. Was dahinter vor sich geht, das weiß keiner."

„Recht hast du. Nun gut, ich bin jedenfalls froh, dass Henriette morgen weg ist und dass ich Helmut nicht mehr sehen muss. Und wenn ihr für euren Weg noch etwas benötigt, Essen oder so, dann sagst du Bescheid, okay?"

„Klar, mache ich." Tanja nimmt sie kurz in den Arm. „Aber wir fahren ja erst in zwei Tagen. Noch mal, Lucy – tut mir leid, dass du da durchmusstest."

„Kein Thema", beteuert Lucy und findet sich dabei sehr spirituell – nicht alle in einen Topf zu werfen!

· · ·

AN DEM ABEND entschließt sie sich, zu Hause zu schlafen und nicht nochmals bei Alex. Auch wenn Henriette noch nicht weg ist, möchte sie doch sicherstellen, dass diese morgen auch wirklich verschwindet. Was wird sie froh sein, nie wieder etwas von dieser Frau hören zu müssen! Sie weiß ja, eigentlich ist Helmut der Schuldige und Henriette auch ein Opfer, aber so kann sie es einfach nicht sehen. Für sie sind Politiker Politiker und sicherlich hat Henriette auch irgendeinen Dreck am Stecken. Nach dem, was Tanja heute gesagt hat, ist das sogar sehr wahrscheinlich. Also versucht sie, ihre Gäste den Tag über zu meiden, und geht abends mit ihren Londoner Freunden essen. Alex kommt auch dazu. Das ist das einzig Gute bislang an dem Drama – dass sie ihn viel mehr sieht. Und sie hat ihm sogar fast verziehen, dass er ihr die Düsseldorfer Meute auf den Hals gehetzt hat.

Sie gehen zu einem netten Italiener um die Ecke und Lucy genießt es, sich verwöhnen zu lassen. Wenn man selbst Gastgeberin ist, so weiß man es viel mehr zu schätzen, wenn man auch mal Gast sein darf. Das Essen ist so gut, dass selbst Nicolai es über alle Maßen lobt, und sie schlingen, als hätten sie seit Wochen nichts mehr bekommen. Als sie sich später bei einem Grappa gemächlich und satt zurücklehnen, schneidet Patrick ein Thema an, das ihm schon länger am Herzen zu liegen scheint:

„Lucy, ich hoffe, ich überschreite hier keine Grenzen, aber beruflich fühle ich mich einfach verpflichtet, dich darauf anzusprechen."

Lucy ist froh, den Grappa getrunken zu haben. Was jetzt auch kommen mag, sie ist gewappnet.

„Raus mit der Sprache, Patrick, was gibt's? Du und Sophie, ihr habt bei mir so viele Bonuspunkte, da wird es schwer für dich sein, diese aufzubrauchen."

Sie denkt daran zurück, als die beiden sie vor gar nicht

allzu langer Zeit bei sich in London aufgenommen haben. Das wird sie ihnen nicht vergessen.

„Es geht um die Geschichte bei dir. Das ist mittlerweile von internationalem Interesse geworden. In den Zeiten, als es Trump noch gegeben hat, hätte das wahrscheinlich niemanden interessiert. Er hat jeden Tag mit einem einzigen Tweet für interessantere Schlagzeilen gesorgt. Aber der jetzige Präsident tut uns diesen Gefallen glücklicherweise nicht. Und ja, es ist Sommerloch, das spielt auch noch eine Rolle. Aber verschiedene meiner Redakteure haben mich schon gefragt, wieso keine meiner Publikationen die Geschichte bislang aufgenommen hat. Ich habe es bewusst gestoppt, um dich zu schützen. Aber wenn ich weiter nicht darüber schreiben lasse, wird es langsam unprofessionell. Kannst du das verstehen?"

Lucy denkt kurz nach. Natürlich passt es ihr nicht, dass die Geschichte solche Kreise zieht. Aber klar, Patrick hat natürlich recht. Er ist der Inhaber eines riesigen Medienimperiums, da kann er News nicht einfach ignorieren.

„Du hast es bis jetzt gestoppt?" Sie schaut ihn interessiert an.

Er fährt sich durch die Haare und wirft einen leicht beschämten Blick zu Nicolai hin, der öfter mal Artikel für ihn schreibt.

„Ja, das habe ich und glaub mir, das ist ethisch nicht gerade einwandfrei. Der Inhaber sollte niemals in den redaktionellen Teil eingreifen. Ich habe es jedoch getan, da unsere Freundschaft mir zu wichtig ist und du für das Ganze ja wirklich nichts konntest. Zudem war die Geschichte nicht groß genug, als dass ich das Gefühl hatte, wichtige News zu unterschlagen. Aber das ändert sich langsam. Die Bundestagswahl in Deutschland steht bevor und da sind solche Dinge durchaus von Bedeutung, selbst wenn sie nicht auf nationaler Ebene stattfinden. Helmuts Partei hat klar einen Schaden davongetragen. Mittlerweile gibt es in Deutschland kaum einen mehr, der nicht von der Geschichte gehört hat, und die deutschen Wähler können ganz schön gnadenlos sein. Sie strafen gerne ab. Gut für Henriettes Partei!"

„Die ja sowieso in der Partei ist, die immer auf dem hohen Ross sitzt", murmelt Lucy und fragt ihn dann: „Kannst du nicht darüber schreiben, ohne das Chalet zu erwähnen? Einfach nur über die politischen Umstände?"

Patrick windet sich ein wenig. „Das ist es ja gerade, Lucy. Dass es hier in diesem idyllischen Örtchen passiert ist, im Urlaub in einem süßen Yoga-Chalet, das gibt dem Ganzen erst die Würze, den Saft. Das macht es für den normalen Leser greifbarer, interessanter. Denn obwohl wir gerne nur hochintellektuelle Publikationen herausgeben würden, muss ich doch zugeben, dass auch wir von Klatsch- und Tratschblättern nicht frei sind. Die haben leider auch ihren Weg in unser Portfolio gefunden."

Lucy bemerkt, dass dieses Gespräch Patrick nicht leichtfällt und sie will es ihm nicht noch schwerer machen.

„Was schlägst du also vor?", fragt sie mit einem entwaffnenden Lächeln. „Dass deine Redakteure auch hier aufschlagen dürfen?"

„Um Gottes willen, nein!" Abwehrend hebt Patrick die Hände. „Nicolai und ich sind schließlich schon hier, wir saßen ja sozusagen in erster Reihe, wenn auch unbewusst. Was ich vorschlagen würde, ist, dass Nicolai den Artikel schreibt, er wird ihn so stilvoll wie möglich halten, aber leider wird das Chalet wohl erwähnt werden müssen. Und den Artikel veröffentlichen wir in unserer Hauptzeitung, die ein seriöses Blatt mit Niveau ist. Die anderen Zeitungen können dann aus diesem Artikel zitieren. Was hältst du davon, Lucy?"

Sie muss nicht lange nachdenken.

„Ich glaube, ich kann dir schon dankbar sein, dass du

mich bislang geschont hast. Keine Frage, Patrick, ich vertraue dir und Nicolai. Kann ich den Artikel denn vorher sehen?"

„Das geht leider nicht, wir müssen schon ein wenig unsere journalistische Unabhängigkeit wahren, aber wir werden unser Bestes geben, okay? Mir ist es nur wichtig, dass unsere Freundschaft nicht darunter leidet."

„Oh ja, mir auch", stimmt seine Frau ihm bei und auch die anderen nicken.

„Keine Sorge", beruhigt Lucy die Runde und drückt unter dem Tisch Sophies Hand. „Zwischen uns wird nichts kommen. Mir ist bewusst, dass ich bei einigen Dingen ein wenig empfindlich reagiere, aber glaubt mir, ich arbeite daran. Und ich gehe mit meinen Gästen durch eine harte Schule. Damit meine ich nicht euch", fügt sie lachend hinzu und die Stimmung lockert sich sogleich. Sie beschließt, auf ihre Kosten noch eine Runde Grappa für alle zu bestellen, und dann machen sie sich leicht angeschickert auf den Heimweg.

„Kann ich bei dir schlafen?", fragt Alex, der kaum mehr die Augen aufhalten kann.

„Nur wenn du dich benimmst", erwidert Lucy und beißt ihm zärtlich in den Hals.

„Keine Sorge, heute werde ich mich so was von benehmen, da kannst du knabbern, soviel du willst."

AM NÄCHSTEN MORGEN wacht Lucy orientierungslos auf. Sie ist Grappa nicht gewohnt und hat das Gefühl, dass ein unglaublicher Tumult um sie herum stattfindet. Träumt sie noch oder hört sie das wirklich? Langsam macht sie die Augen auf und sieht, wie Alex neben ihr das Gleiche tut.

„Was ist denn hier los?", fragt er verschlafen. „Sag mal, klopft es da an der Tür?"

„Ach Gott, und ich dachte, das sei das Klopfen in

meinem Kopf", stöhnt Lucy auf. „Aber du hast recht, es ist die Tür." Sie ist leicht erstaunt. Sonst wird sie eigentlich nie geweckt. Emma ist schon immer vor ihr unten, aber ansonsten ist sie selbst eine der Ersten, die auf ist. Und sollte es mal nicht so sein, dann lässt man sie gemeinhin in Ruhe. Nicht heute. Denn abgesehen von dem Klopfen hört sie auch noch Türen knallen, etwas, das im Chalet nun wirklich nie vorkommt.

„Ich kann nicht aufstehen, Alex", stößt sie zwischen zusammengepressten Zähnen hervor. „Kannst du nachsehen, wer das ist? Und vor allem, was da im Flur los ist? Es ist ja, als sei ein Krieg ausgebrochen."

Alex sieht nicht gerade begeistert aus, aber er steht auf, wirft sich ein T-Shirt über und macht in Shirt und Boxershorts die Tür auf.

„Stören wir euch?", hört Lucy die atemlose Stimme von Sophie. „Tut mir leid, aber das müsst ihr euch angucken." Keine fünf Sekunden später stehen Sophie und Aishley bei ihr vor dem Bett. Sophie bebt am ganzen Körper und hat eine Zeitung in der Hand, während Aishley so zufrieden dreinschaut wie eine Katze, die gerade Milch geschleckt hat. Alex geht ins Badezimmer.

„Ich muss mir zumindest mal die Zähne putzen bei diesem Hühnerauflauf", knurrt er.

Lucy hingegen ist sofort hellwach und setzt sich auf. Dann fällt ihr ein, dass sie gar nichts anhat, und sie zieht schnell das Laken hoch.

„Nichts, was wir nicht schon gesehen hätten." Grinsend verdreht Aishley die Augen. „Außerdem hast du nun wirklich nicht so viel Oberweite, dass wir gleich Riechsalz bräuchten."

„Wollet ihr mir etwas erzählen oder seid ihr hier, um meine Brüste zu kritisieren?", fragt Lucy.

„Da gibt es nichts zu kritisieren." Alex ist wieder da und setzt sich neben sie aufs Bett.

„Also los", fordert er die beiden auf. „Mag uns jemand berichten, wieso Sophie wie Espenlaub zittert? Und wieso ich – statt ausgiebigen Morgensex mit meiner Freundin zu haben – wieder auf diese verdammte Zeitung starren muss? Das scheint mittlerweile zu meiner Morgenroutine zu gehören."

Jetzt sieht auch Lucy, dass es sich mal wieder um die SZ handelt, und ihr Magen dreht sich sofort um. Nicht schon wieder!

„Ich hatte recht, ich hatte recht", trällert Aishley fröhlich vor sich hin, nimmt Sophie die Zeitung ab und hält die geöffnete Seite zu Lucy und Alex hin.

„Na, seht ihr das? Wer hat das schon die ganze Zeit gepredigt?"

Und tatsächlich – sofort fallen einem die großen Bilder ins Auge, die Tanja und Henriette zusammen zeigen – und zwar in Positionen, die auf weit mehr als Freundschaft hinweisen. Es handelt sich natürlich nicht um Sexfotos, aber trotzdem wurden intime Momente eingefangen. Die beiden Hand in Hand, Arm in Arm und sich küssend. Und zwar so küssend, wie sich Liebhaber küssen, nicht gute Freundinnen. Auf einem Bild hat Henriette sogar eine Hand auf Tanjas Brust gelegt. Lucy kann ihren Augen kaum trauen und reißt Aishley die Zeitung aus der Hand. Es ist ihr egal, dass ihre eigenen Brüste jetzt gut sichtbar sind. Alex bedeckt sie, so schnell er kann.

„Was ist das denn?", fragt Lucy atemlos und ihr Puls rast in die Höhe. „Wo kommt das denn wieder her? Die beiden haben tatsächlich eine Affäre?"

Wenn sie sich vorher schon wie im Film vorkam, so wird dieser immer schräger. Ein Tarantino-Film, oder so.

„Ja klar, eine Affäre", bestätigt Aishley. „Ich weiß gar nicht, wieso du so erstaunt bist. Ich hab's doch immer gesagt! Aber mir glaubt ja keiner."

„Es muss der Tag gewesen sein, als auch wir die beiden

gesehen haben", sagt Sophie aufgeregt. „Denn sie haben das Gleiche an. Jemand muss Henriette erkannt und die Fotos heimlich geschossen haben. Kein Wunder, hier in dem Ort wimmelt es ja nur so von Düsseldorfern!"

„Leute gibt's", flüstert Lucy und schüttelt den Kopf. „Erzählt schon, was steht da sonst noch? Ist es für die Zeitung wirklich so interessant, dass die beiden eine Affäre haben?"

„Na, sag mal", gibt Aishley empört zurück. „Gestern heult sie sich noch bei der SZ aus, wie hintergangen sie sich fühlt und wie ihr Mann alle Familienwerte zerstört hat, und heute sieht man, wie sie sich mit einer wesentlich jüngeren Frau im Heu wälzt. *Während* ihres Familienurlaubs, wenn ich das mal so sagen darf!"

„Das ist allerdings ein Ding", stimmt Lucy ihr fassungslos zu, während Alex aufsteht und hinzufügt: „Außerdem darfst du nicht vergessen, dass sie eines der konservativsten politischen Programme überhaupt vertritt. Da ist Helmut regelrecht ein Liberaler gegen. Sie brabbelt die ganze Zeit etwas von Familienwerten und jetzt das. Das nenne ich doch mal ein Umdrehen des Klischees. Wir Männer sollten ihr dankbar dafür sein!"

Dann verlässt er die drei und geht ins Bad, um zu duschen. Lucy hat das Gefühl, dass er sich nicht ganz wohlfühlt – nur in Boxershorts und T-Shirt neben seiner nackten Freundin im Bett mit zwei anderen Frauen im Zimmer, die sich lesbische Bilder angucken. Das wäre wahrscheinlich für die meisten Männer ein wenig zu viel gewesen.

„Und was machen wir jetzt?", fragt sie ihre Freundinnen. Dies scheint die Frage zu sein, die sie seit Tagen ständig stellt.

„Wir machen gar nichts", entgegnet Aishley. „Das ist zum Selbstläufer geworden. Aber vielleicht könnte Alex, wenn er aus dem Bad kommt, die tollwütige Frau da draußen ein wenig beruhigen. Sie läuft durch das Haus wie ein Löwe im

Käfig, schreit herum, knallt Türen und benimmt sich auch sonst wie ein wild gewordenes Tier. An deiner Stelle würde ich sie des Hauses verweisen und nie wieder hereinlassen."

„Stimmt", bestätigt Lucy, „da ist er jetzt hin, ihr Traum von der großen Politik. Dabei hat Helmut doch gestern so großzügig den Thron geräumt. Aber offensichtlich nicht für Henriette."

„Nicht für Henriette, nein", stimmt Aishley ihr zu. „Der Traum hat sich ausgeträumt. Und ich denke mal, deren beide Parteien werden auch alles andere als glücklich darüber sein. Aber das soll nicht unser Problem sein. Sondern vielmehr, wie wir das Haus vor bleibenden strukturellen Schäden bewahren können."

„Ich kümmere mich darum", versichert Alex, der mittlerweile vollständig angezogen in der Tür steht. Lucy ist immer wieder fasziniert, wie schnell Männer sich duschen und anziehen können.

„Ist wirklich ein Affenhaus hier", grummelt er noch, bevor er sich auf zu Henriette macht. Kurze Zeit später hört man kein Türknallen mehr.

„Mannomann." Lucy schüttelt den Kopf. „Könnt ihr mir mal meinen Bademantel reichen? Ich glaube, es wird Zeit, dass ich mich auch fertig mache. Hier kehrt einfach keine Ruhe ein."

„Ein Sündenpfuhl ist das hier", sagt Aishley mit seligem Grinsen. „Wird Zeit, dass ich noch ein paar Fotos mache. Jetzt wird's langsam interessant!"

Sophie hingegen fragt: „Brauchst du mich hier noch, Lucy? Denn ich muss sagen, so sensationell Aishley das Ganze auch findet, mir ist das doch ein bisschen viel. Ich würde mich dann in den Garten setzen und ein wenig designen, glücklich darüber, dass ich solch ein ruhiges Leben führe."

„Ich dachte, dieses ruhige Leben würde ich auch haben",

antwortet Lucy lachend. „Und schau, was dabei herausgekommen ist. Geh nur in den Garten und mach es dir schön, ich mache das hier schon mit Emma. Ich nehme an, Alex wird gleich wieder ins Tegerngold fliehen. Da ist wesentlich weniger los als hier. Aber es macht ja keinen Sinn, wenn wir uns alle verrückt machen!"

„Danke!", sagt Sophie und verschwindet so schnell, wie sie gekommen ist.

„Was willst du jetzt machen?", fragt Aishley.

„Duschen, was sonst? Also, raus aus meiner Wohnung. Reicht schon, dass ihr mir den Morgen kaputt gemacht habt. Jetzt amüsiere dich mit deiner Kamera!" Dann hält sie kurz inne.

„Aishley?"

„Ja?"

„Das warst doch nicht du, die die Fotos gemacht hat, oder?" Sie hat das Gefühl, sie wird langsam paranoid, aber sie kann sich nicht helfen.

„Ich?" Aishley fühlt sich glücklicherweise nicht angegriffen. „Ich wünschte! Aber nein, Lucy, ich habe die Bilder nicht gemacht. So wie die geschossen sind, ist das auch gar nicht mein Stil, was du wüsstest, wenn du dich ein wenig mehr mit meiner Kunst auseinandersetzen würdest!"

Damit haut sie ihr spielerisch den Bademantel auf den Kopf und Lucy greift ihn schnell, um ihn überzuziehen.

„Ja, war auch 'ne blöde Frage", sagt sie jetzt. „Sorry. Aber irgendjemand muss doch hinter dem Ganzen stecken."

„Ja, irgendjemand schon. Aber ganz sicher nicht ich. Also, ab unter die Dusche. Ich glaube, du wirst gebraucht. Ich höre die Alte schon wieder schreien!"

Sobald Lucy fertig geduscht und angezogen ist, holt sie tief Luft und geht in den Flur. Henriettes Stimme dringt durch das ganze Haus. Alex kommt ihr entgegen und rauft sich die Haare.

„Ich gebe auf, Lucy, ich gebe wirklich auf. Und ich zahle dir Schadensersatz dafür, dass ich diese Menschen zu dir gebracht habe. So was habe ich echt noch nicht gesehen."

„Was ist denn los?"

„Das politische Ungeheuer dort ist wütend, so was von wütend, das habe ich nur selten erlebt. Das Türenschlagen habe ich ihr unter der Androhung von Polizei abgewöhnt, aber gegen das Schreien komme ich nicht an. Sie scheint mit ihren Parteigenossen zu telefonieren, die sie wohl so schnell wie möglich loswerden wollen. So hört es sich für mich zumindest an. Aber Henriette geht nicht ohne einen Kampf! Übrigens, dein Telefon klingelt wohl wie wild. Hat mir Emma mitgeteilt. Journalisten von überallher. Sie hat jetzt einfach den Hörer danebengelegt. Ich denke, das ist eine gute Idee. Was meinst du?"

Lucy fasst sich an den Kopf. „Keine Frage, die beste Idee!" Dann guckt sie ihn hilflos an. „Du musst jetzt gehen, oder?"

„Ja, leider, Lucy. Ist das okay? Kann ich euch hier allein lassen? Oder soll ich jemanden aus dem Tegerngold runterschicken?"

„Nein, nein, lass nur, das schaff ich schon. Wo sind denn unsere englischen Männer?"

„Schon früh golfen gegangen, es sind also nur Frauen hier. Aber das ist doch kein Problem, oder?"

„Ach was! Kannst du mir nur einen Gefallen tun?" Dabei öffnet sie die Tür von Henriettes Apartment und schielt hinein. Diese bekommt das nicht mit, da sie unten in der Diele ist.

„Ja klar, was denn?"

„Es ist offensichtlich schon alles gepackt. Kannst du die Koffer nach unten tragen und draußen vors Haus stellen? Ich will die Frau nicht mehr in dem Apartment sehen und in meinem Haus ehrlich gesagt auch nicht mehr."

„Mache ich gerne!" Mit einem Grinsen nimmt Alex die erste Ladung Koffer und Taschen und trägt sie runter. Lucy geht mit ihm und gibt ihm einen Abschiedskuss. Dann geht sie den Geräuschen nach ins Wohnzimmer, wo sich Henriette mittlerweile aufhält und wie ein Tiger im Käfig auf und ab läuft. Dabei hält sie sich das Handy ans Ohr.

„Nein, du hörst mir jetzt mal zu, du inkompetenter Analphabet! Ohne mich wärst du gar nichts, NICHTS, hast du gehört? ... Ja genau, Analphabet habe ich gesagt, das hätte ich dir vor langer Zeit schon sagen sollen ... Ich habe dich gemacht und wenn ich will, dann zerstöre ich dich auch! ... Diese Partei ist nichts ohne mich, hörst du? Ohne mich ist sie höchstens ein Vorstadtverein ... Oh, nein, ich werde nicht einfach so gehen!" Und so geht es weiter und weiter.

Lucy lehnt mit verschränkten Armen am Türrahmen und hört ihr gelassen zu. Dann geht sie zu der weitaus größeren Frau hin, entwendet ihr in einem Überraschungsmoment das Telefon und legt auf. Henriette starrt sie mit offenem Mund an. Dann japst sie wie ein Fisch im Wasser.

„Was ... was ..." Sie bekommt vor lauter Stottern kaum einen Ton heraus. „Was nimmst du dir heraus, du freches Ding?"

„Dieses Haus ist meins und du verlässt es umgehend", sagt Lucy in bestimmtem Tonfall. „Die Sachen von dir und deinem Mann stehen draußen. Genau da, wo ich jetzt auch dein Handy hinbringen werde. Und dann möchte ich von euch beiden nichts mehr sehen!"

Henriette starrt sie weiter an, aber Lucy dreht sich um und bringt das Handy hinaus. Sie legt es auf eine der Reisetaschen, wo es gleich wieder zu klingeln beginnt.

„Henriette ist in zwanzig Minuten erreichbar", sagt sie in das Mikrofon hinein und legt wieder auf. Dann wartet sie, bis Henriette sich samt ihrem Gepäck und Telefon vom Acker macht.

Mittlerweile steht auch Emma neben ihr. Von Henriette sehen sie nur noch den Rücken.

„Wow, wie hast du das denn geschafft?", fragt Emma sichtlich erschöpft. „Ich habe es schon den ganzen Morgen versucht."

„Irgendwann habe ich genug", erwidert Lucy. „Und dann soll man mich lieber nicht weiter provozieren. Ich glaube, das hat Henriette bemerkt."

Dann gehen sie und Emma wieder rein und überprüfen, ob das Türknallen irgendeinen Schaden hinterlassen hat. Doch glücklicherweise ist das Chalet sehr robust gebaut. Weitaus robuster als Lucy jedenfalls ...

Sie nimmt ihr Telefon und ruft Alex an.

„Sie ist weg", teilt sie ihm voller Erleichterung mit.

„Respekt, Baby, da warst du sehr viel effektiver als ich. Selbst von meiner Muskelkraft hat sie sich nicht einschüchtern lassen."

„Ich glaube, sie spürt, wenn eine Grenze erreicht ist", erwidert Lucy lachend. „Jetzt sind nur noch Dick und Tanja da und die wollen morgen fahren. Was ich dich fragen wollte – wir haben doch den ganzen schönen Abend bei dir eigentlich verpasst. Wollen wir den nicht heute wiederholen? Und zwar ohne das ganze Pipapo, sondern ganz simpel, mit ein wenig Brot und Aufschnitt oder Pasta oder so."

Alex muss lachen. „Das können wir gerne machen, aber du vergisst, dass wir hier im Tegerngold das Pipapo, wie du es so schön nennst, jeden Tag kredenzen. Das ist unser Business und da ist es kein Problem, ein paar Portionen mehr für uns zu machen. Aber ich kann den Restaurantchef auch um eine einfache Brotzeit bitten, wenn dir das lieber ist."

„Ja, das ist mir viel lieber. Ich habe auch ein schlechtes Gewissen, wenn wir das ganze teure Zeug bei dir essen und trinken. Wir machen das wie selbstverständlich, aber jemand muss das ja auch zahlen."

Wieder lacht Alex. „Mein Schatz, erst einmal teile ich alles gerne mit dir. Du weißt schon. Was meins ist, ist deins und so. Außerdem ist Geld nun eine Sorge, die ich glücklicherweise nicht habe. Da bin ich sehr dankbar für, aber dafür teile ich mein Glück auch gerne mit anderen, und zwar am allerliebsten mit dir. Aber wenn eine einfache Brotzeit das ist, was dich glücklich macht, so soll es das sein. Ganz wie die Dame wünscht!"

„Ja, das würde mich heute am glücklichsten machen", antwortet Lucy mit einem Lächeln im Gesicht. „Einfach nur mit dir und unseren Freunden zusammen sein. Es ist so ein schöner Abend und bald sind die Engländer auch weg, da müssen wir die Feste feiern, wie sie fallen. Und dank dieses ganzen Albtraums bin ich danach so ausgebucht, dass ich in dieser Saison nicht mehr viel Zeit haben werde. Ich kann dir gar nicht sagen, wie froh ich bin, wenn morgen auch Dick und Tanja weg sind. Dann kann ich das Ganze wirklich hinter mir lassen."

„Doch, das kann ich mir vorstellen", bestätigt Alex. „Was machen denn unsere englischen Freunde gerade?"

„Na, die Männer sind, wie du weißt, golfen und Aishley schleicht die ganze Zeit herum und macht Fotos. Seit das Chalet Schlagzeilen gemacht hat, scheint es einen ganz besonderen Reiz auf sie auszuüben. Die Einzige, die ganz normal zu sein scheint, ist Sophie. Die sitzt im Garten und zeichnet und gibt ihren Damen im Londoner Studio gelegentlich Anweisungen. Ich glaube, da kommt wieder eine großartige Kollektion auf uns zu. Ach ja, und Tanja und Dick habe ich heute noch gar nicht gesehen. Sie muss sich wahrscheinlich vor ihrem Ehemann rechtfertigen, wieso sie mit einer Familienfreundin eine Affäre hatte."

„Stimmt, bei dem Gespräch würde ich auch gerne Mäuschen spielen", erwidert Alex lachend.

„Ich nicht mehr, glaub mir. Ich habe genug davon. Aber

es kommt zumindest kein Gebrülle aus ihrem Apartment. Dick scheint die Sache mit Fassung zu tragen. Oder vielleicht steht er ja sogar darauf. Bei euch Männern weiß man ja nie."

„Ja, bei uns Männern weiß man nie. Also, hast du den anderen schon Bescheid gesagt?"

„Nein, ich wollte erst mal dich fragen."

„Okay, dann kümmere ich mich um alles und werde auch den anderen Bescheid geben. Du sorgst dich um deinen Trubel da unten und ich freue mich dann, wenn wir uns später sehen. Sieben Uhr?"

„Sieben Uhr!", bestätigt Lucy, legt auf und atmet tief ein. Was für ein paar Tage das waren! Ist sie froh, dass alles vorbei ist!

ALS SIE GERADE LOSZIEHEN WILL, kommen ihr im Treppenhaus tatsächlich noch mal Tanja und Dick entgegen. Und zwar in trauter Zweisamkeit, als sei nie etwas gewesen. Lucy wusste es doch! Kaum ist eine andere Frau im Spiel, kommen Männer bestens damit klar. Wäre es hingegen ein anderer Mann gewesen, hat sie keine Zweifel, dass ihre Türen nicht nur geknallt worden wären, sondern sich jetzt nicht mehr in ihren Verankerungen befinden würden. Denn wenn diese Amerikaner mal ausflippen, dann flippen die wirklich aus. So hat sie es zumindest gehört. Wenn sie ehrlich ist, dann weiß sie nicht, was sie zu den beiden sagen soll, aber dann entschließt sie sich, den Elefanten im Raum anzusprechen.

„Mal wieder ein interessanter Artikel in der Zeitung heute." Sie schaut Tanja leicht vorwurfsvoll an. Denn auch, wenn diese nur den Fehler gemacht hat, sich in die falsche Frau zu verlieben, so ist sie doch enger mit dem Ganzen verflochten, als Lucy es anfangs gedacht hat. Sie hätte sich den vorwurfsvollen Blick jedoch sparen können, denn der prallt knallhart an Tanja ab.

Mit leicht hochgezogener Augenbraue kommentiert diese: „Ich wusste nicht, dass ich hier irgendjemandem moralische Erklärungen schuldig bin. Morgen früh sind wir weg, dann bist du auch uns los. Ach, weißt du was – können wir die Rechnung vielleicht jetzt schon begleichen? Dann können wir morgen einfach verschwinden."

Lucy ist das mehr als recht, zumindest werden sie so nicht die Zeche prellen. Aber sie hat ja zur Not immer noch deren Ausweise. Da Emma sich entschieden hat, heute Abend nicht mitzukommen („Einmal die Woche ausgehen ist genug für mich, Lucy, und du siehst ja, was das letztes Mal nach sich gezogen hat."), schlägt Lucy den beiden vor: „Klar könnt ihr das heute schon machen. Ich muss jetzt los, aber Emma ist da, macht das doch bitte mit ihr aus." Dann hebt sie zum Abschied die Hand: „Also, nichts für ungut. Und ich hoffe sehr, es kommen keine weiteren Artikel mehr. Das Chalet hat ausreichend PR für ein ganzes Leben."

Die beiden nicken ihr höflich zu und drehen sich nach einem kurzen ‚danke für alles' um, um Emma suchen zu gehen. Lucy ist froh, heute Abend nicht hier sein zu müssen. Zeit, sich auf den Weg zum Tegerngold zu machen!

Wie nicht anders zu erwarten war, hatten alle ihre Freunde Zeit und sind schon bei Alex versammelt. Nur die Engländer kommen ein wenig später, da die beiden Herren nach dem Golf so erschöpft waren, dass sie sich noch hinlegen und eventuell im See schwimmen wollten. Aber Lucy ist zuversichtlich, dass sie auch bald da sein werden.

Diesmal gibt es kein Buffet, sondern Alex hat den Tisch auf der Terrasse richtig decken lassen.

„Gefällt mir auch besser so", sagt Babs, während sie Lucy mit einer Umarmung begrüßt. „So merken wir alle, wenn ihr in der Mitte der Festlichkeiten wieder abhaut, um eine Razzia aufzulösen."

„Recht hat sie", wirft Hannah ein, die zu ihnen gestoßen ist. „Denn diesmal kommen wir mit, wenn ihr geht. Da führt kein Weg dran vorbei."

„Und wenn wir uns nur auf ein Schäferstündchen verabschieden wollen?", fragt Alex, der Lucy ein Glas Champagner in die Hand drückt und ihr dann zärtlich um die Taille greift.

„Dann sind wir auch dabei", erwidert Hannah achselzuckend. „Bei dem, was da unten im Chalet abgeht, sollte euch das auch nicht mehr schocken."

Lachend entwindet Lucy sich Alex und deutet zur Terrassentür. „Schatz, deine anderen Gäste sind da. Begrüß sie doch mal."

„Ah, die englischen Bleichnasen!" Strahlend geht Alex auf ihre Freunde zu und Lucy fühlt sich fast, als sei alles ganz normal.

Das ändert sich aber, sobald sie alle nach ihrem ersten Aperitif am Tisch sitzen.

„Erzähl!", fordert Babs sie mit gebieterischer Stimme auf.

„Erzähl was?", fragt Lucy und beißt genüsslich in ihr Brot mit Käse und Tomaten. Dazu nimmt sie einen großen Schluck Rotwein. Einfach herrlich, so eine ehrliche Brotzeit hier an der frischen Luft! Aber so einfach lässt Babs sich natürlich nicht abschütteln.

„Jetzt bewege ich mich schon zum zweiten Mal in einer Woche hierher und das jedes Mal auf deinen Befehl hin, da wird man ja wohl noch ein wenig Unterhaltung erwarten können."

„Eben! Du sitzt schließlich an der Quelle des heißesten Skandals der Republik!", bestätigt Sven, während er zärtlich Hannahs Rücken streichelt.

Da hat er allerdings recht, wie Lucy zugeben muss. Während die Geschichte am Anfang vielleicht noch niemanden interessiert hat, sind jetzt die Nachrichten voll damit. Zumindest die inoffiziellen, auf allen Social-Media-Kanälen. Sobald Sex zur Politik dazukommt, wird es plötzlich für alle interessant. Auch für die, die sich sonst einen feuchten Kehricht um Politik scheren. Wobei es hier auch daran liegen mag, dass es sich bei Tanja um eine besonders attraktive Gespielin handelt. Und dann natürlich noch das Lesbische – das lässt keine Fantasie unerfüllt. Trotzdem – Lucy hätte sich gewünscht, nicht gerade im Center dieses Skandals zu stehen.

„Ich habe da auch nicht viel mehr zu erzählen", sagt sie daher jetzt. „Mehr als die Zeitungen weiß ich auch nicht. Henriette ist jedenfalls heute Morgen ausgezogen und Helmut kommt auch nicht mehr wieder. Das heißt, der Spuk ist vorbei!"

„Na ja, zwei sind ja noch da. Und zwischen denen ist die Luft wohl auch eher dick, was?", fragt Hannah und stößt leicht genervt Svens Hand weg. Sie scheint sich nicht so gut auf Lucys Worte konzentrieren zu können, wenn er an ihr herumspielt.

„Gar keine dicke Luft, das ist ja das Schräge!" Jetzt kommt Lucy sich doch recht wichtig vor, hier diese Insider-News zu haben. Vielleicht sollte sie ihre Geschichte noch an eine Zeitung verkaufen! Doch dann erinnert sie sich wieder daran, wer sie ist, und schiebt den Gedanken aus ihrem Hirn. So weit kommt es noch!

„Sie waren heute in trauter Zweisamkeit zusammen, ganz so, als sei nichts passiert."

„Ich hab' doch die ganze Zeit gesagt, dass der schwul ist. Dem ist das total schnuppe", mischt sich nun Michi ein, der heute überraschend ruhig ist. Marcel musste leider zu Hause bleiben, da er zu viel zu tun hat.

„Du mit deinem Schwul", geht Lucy abfällig über seinen Kommentar hinweg.

„Mir wollte sie auch nicht glauben." Aishley guckt Michi schulterzuckend an. „Du siehst ja jetzt, was sie davon hat."

„Was ich ja am unglaublichsten finde", wirft Hannah ein, „ist, dass wir alle über Lucy gelacht haben, als sie solch einen Horror vor diesen Gästen hatte und auf keinen Fall Düsseldorfer Politiker dahaben wollte. Und schaut mal, wie sich das bewahrheitet hat!"

„Seht ihr!" Lucy blickt ihre Freunde um Bestätigung heischend an.

„Ach was, das war wahrscheinlich eine selbsterfüllende Prophezeiung", gibt Babs ihr psychologisches Halbwissen zum Besten. „So wie die Angst hatte, da hätte es gar nicht gut gehen können."

„Was mich am meisten wundert", meldet sich jetzt Nicolai zu Wort, „ist, dass wir immer noch keine Ahnung haben, wer das Ganze angezettelt hat. Irgendjemand muss der Polizei doch den Tipp gegeben haben. Und woher wusste die Presse davon?"

„Vielleicht hat die Presse bei der Polizei jemanden sitzen?", überlegt Sophie.

„Ja, das kann sein", stimmt Nicolai ihr zu. „Aber es ist trotzdem eigenartig. Vor allem dieser zweite Artikel. Wer hat die Fotos gemacht? Und was hatte diese Person davon?"

„Das kann jeder gewesen sein", sagt Lucy. „So unbekannt ist Henriette in ihren Kreisen ja offensichtlich nicht. Da hätte ich wahrscheinlich auch ein Foto von gemacht, wenn ich plötzlich meine erzkonservative lokale Politikerin an der Brust einer jungen Frau gesehen hätte."

Nicolai grinst sie an. „Schön ausgedrückt", lobt er. „Trotzdem, bevor ich meine Story schreibe, wüsste ich gerne ein wenig mehr. Ich halte immer noch viel davon, wenn Journalismus aufdeckt und nicht einfach nur den anderen Zeitungen nachplappert. Patrick, ich hoffe, das ist okay für dich?"

„Ja, absolut okay, aber lass dir nicht zu viel Zeit. Bald verliert die Geschichte an Fahrt und wir wollen nicht die Letzten sein."

„Also, ich weiß ja nicht, wie's euch geht", wirft Lucy ein und hebt ihr Glas, „aber ich zumindest würde jetzt gerne über etwas anderes reden. Wieso beginnen wir nicht damit, dass wir auf diesen schönen Abend anstoßen!"

26

Am nächsten Morgen wacht Lucy beschwingt auf und schmeißt sich gleich bei Alex unter die Dusche. Sie hofft, dass Emma schon das Apartment der beiden übrig gebliebenen Düsseldorfer gesäubert hat und sie diese Episode endgültig hinter sich lassen kann.

„Was bist du denn so gut drauf?", fragt Alex, als sie tropfend aus der Dusche kommt. Er nimmt ein Handtuch und rubbelt sie ab. Dann versucht er, sie wieder aufs Bett zu ziehen.

„Nicht jetzt, Alex", kichert sie. „Ich muss los. Genießen, dass meine ersten echten Gäste weg sind!"

Alex lacht. „Die meisten freuen sich, weil sie Gäste bekommen, und du freust dich, wenn sie weg sind. Aber ich denke, unter diesen Umständen kann dir das niemand verübeln."

Er setzt sich auf, hält sie aber weiterhin fest im Arm.

„Also sag schon, was hast du gelernt?", fragt er jetzt.

„Was ich gelernt habe?" Erstaunt guckt Lucy ihn an. „Was meinst du damit?"

„Na komm, Lucy, ich kenne dich doch! Du lässt keine

Krise an dir vorbeiziehen, ohne irgendeine spirituelle Weisheit dabei herauszuholen. Also, was hat diese Krise dir beigebracht?"

Lucy lächelt ihn an.

„Willst du es wirklich hören?"

„Aber unbedingt. Ich bin ganz Ohr."

„Okay!" Lucy hebt einen Zeigefinger, um mit dem Aufzählen anzufangen. „Zunächst habe ich etwas für mich wirklich Großes gelernt. Und zwar, dass ich nicht alles kontrollieren kann oder sollte. Die Menschen sind, wie sie sind, Situationen kommen und gehen, was kann ich da schon machen? Am besten ist es, die Dinge so zu nehmen, wie sie sind, im ‚Flow' zu sein und sich nicht gegen das ‚Sosein' der Dinge zu wehren." Dann denkt sie kurz nach. „Das heißt, so ganz verinnerlicht habe ich das noch nicht. Aber ich werd's in Zukunft versuchen. Macht Sinn?"

„Oh, wow, ich bin beeindruckt. Macht sogar sehr viel Sinn. Aber du sagtest, da sei noch etwas Weiteres. Also?"

„Ja, nämlich, dass ich das, was ist, zwar hinnehmen sollte, aber trotzdem mein eigenes Leben gestalten und bestimmen kann. Und selbst entscheide, mit welchen Energien ich mich umgeben will. Den Rest kennst du. Von meinen Retreat-Plänen habe ich dir schon erzählt. Denn ich habe gemerkt, dass ich nicht einfach irgendwelche Leute unter meinem Dach haben möchte, sondern eher Gleichgesinnte. Klar, auch da gibt es solche und solche, aber zumindest ist dann da ein roter Faden neben der Schönheit des Tegernsees. Daher werde ich jetzt die Gäste für die restliche Saison noch akzeptieren, aber die Zeit vor allem dazu nutzen, gute Konzepte für Yoga-Retreats auszuarbeiten. Ich beneide Sophie so, wie sie immer im Garten sitzt und völlig in ihren Designs aufgeht, ich will auch mal wieder meine Kreativität bedienen."

Alex gibt ihr lachend einen Kuss auf die nackte Schulter.

„Du hast bis vor gefühlten fünf Minuten dein Chalet umgebaut und eingerichtet. Wenn das nicht kreativ war, dann weiß ich nicht, was! Aber ich verstehe dich. Yoga und dieses ganze Spirituelle ist dein Leben und das macht dich in meinen Augen auch zu dem wundervollen Menschen, der du bist. Wenn du das an andere weitergeben willst, dann kann ich dem nur applaudieren."

Lucy lächelt ihn an. „Schön, dass du das verstehst. Und ja, das ist meine Berufung. Die möchte ich leben. Das Chalet stellt dafür einen wunderschönen Rahmen dar, aber es ist nicht der Zweck an sich. Und das, mein Lieber, habe ich durch diese verrückten Leute gelernt. Vielleicht kann ich dir also doch dankbar sein, dass du mir diese Mischpoke auf den Hals geschickt hast."

Schnell versucht Alex, sie wieder in die Horizontale zu ziehen. „Und da meinst du nicht, dass ich mir eine Belohnung verdient habe?" Er knabbert sanft an ihrem Ohr.

Lucy schiebt ihn lachend weg. „Eine Belohnung? Dafür, mein Lieber, ist es noch definitiv zu früh. Sei du einfach nur froh, dass ich der ganzen Geschichte etwas Positives abgewinnen konnte. Dazu gehört schon viel Goodwill! Sehr viel sogar!"

„Okay!" Alex lässt sie widerwillig los. „Ich versuche es dann ein andermal. Wenn ein bisschen Gras über die Sache gewachsen ist."

„Das würde ich allerdings auch vorschlagen", antwortet Lucy und zieht sich lächelnd an. Zeit, eine neue Ära zu beginnen!

UNTEN ANGEKOMMEN, kann sie es kaum erwarten, die Luft rein vorzufinden. Tanja hat schließlich angekündigt, dass sie und Dick früh losfahren wollten. Trotzdem hat Lucy sich beim Heruntergehen zum Chalet extra Zeit gelassen. Sie hat kein Bedürfnis, den beiden nochmals zu begegnen.

Emma ist nirgendwo zu erblicken, also geht sie zu Tanjas und Dicks Apartment hinauf. Pro forma klopft sie kurz an die Tür, macht diese dann aber sofort auf. Sie weiß nicht, wer einen größeren Schrecken bekommt. Sie oder Tanja, die auf der Couch zwischen Unmengen von halb gepackten Sachen sitzt und sie anstarrt. Aber das Erstaunlichste ist, dass Tanja eine Glatze hat! Zumindest fast eine Glatze, ein feiner Flaum umrahmt ihr hübsches Gesicht.

Tanja ist die erste von den beiden, die sich wieder fasst. „Krebs", sagt sie und deutet auf ihren Kopf. „Aber bevor du jetzt in Mitleid ausbrichst, es ist alles wieder gut. Die Chemo ist hinter mir und ein neues Leben liegt vor mir."

„Dann ist ja gut", stottert Lucy und will rückwärts wieder hinausgehen. Aber Tanja stoppt sie.

„Wo du schon einmal hier bist, kannst du mir auch helfen. Ich kann meinen Ausweis nicht mehr finden."

Lucy kommt hinein und zeigt auf einen Stuhl.

„Darf ich?"

„Ja klar."

„Der Ausweis ist noch unten an der Rezeption. Emma hätte ihn dir gestern beim Auschecken geben sollen."

Tanja schlägt sich vor die Stirn.

„Ich Dummkopf. Das hatte ich total vergessen. Dick hat gestern schon ausgecheckt, er ist auch schon weg, aber ich brauchte noch ein bisschen und wollte das erst heute tun. Die Krankheit hat mich etwas langsamer gemacht."

„Fahrt ihr denn nicht zusammen?", fragt Lucy erstaunt. Wie von allein fällt ihr Blick immer wieder auf Tanjas kaum vorhandene Haare. Vor allem sind diese nicht dunkel, sondern blond, fast hellblond sogar.

„Du bist eine Blondine", stellt sie jetzt fest, ohne eine Antwort auf ihre letzte Frage abzuwarten. „Steht dir gut."

„Ja, aber keine Blondine im Herzen, glaub mir. Da ist es dunkler, als so mancher ahnen würde."

Mittlerweile erstaunt Lucy fast nichts mehr.

„Ja, so geht es wahrscheinlich den meisten von uns." Dann guckt sie sich um.

„Ziemliches Chaos, wenn du mich fragst. Soll ich dir beim Packen helfen?" Tanja sieht im Augenblick so verletzlich und jung aus, Lucys ganze Wut ist verflogen. Man weiß doch wirklich nie, was bei den Menschen vor sich geht.

„Ja, gerne", nimmt Tanja ihr Angebot überraschenderweise an. „Ich bin fast wahnsinnig geworden beim Suchen. Ich hoffe, die Chemo hat nichts mit meinem Erinnerungsvermögen gemacht."

„Ach was", versucht Lucy sie zu beruhigen. „Das passiert uns doch allen mal." Aber dann kommt sie wieder auf das Thema von vorhin zurück. „Sag mal, wo ist denn Dick? Wo ist er hingefahren, anstatt dir zu helfen?"

„Der? Ich glaube, der wollte nach Barbados oder so fliegen, hat irgendwas mit einer seiner Briefkastenfirmen dort zu tun. Ich hingegen werde mich gleich in den Süden Frankreichs aufmachen und mir dort ein schönes Plätzchen zum Niederlassen suchen."

Lucy kriegt einen Schrecken. Dann hatte das Ganze doch größere Auswirkungen, als sie vermutet hatte. Dick hat Tanjas Seitensprung also offenbar doch nicht so locker weggesteckt, wie von ihr angenommen.

Sie räuspert sich vernehmlich, während sie ein paar Dinge vom Boden räumt.

„Das heißt, Dick hat die News mit Henriette nicht so gut aufgenommen?", fragt sie vorsichtig.

Tanja guckt sie erstaunt an. „Was meinst du?"

„Na, ihr wolltet doch eigentlich zusammen weg. Und jetzt ist er auf Barbados. Hat er dich wegen der Geschichte mit Henriette verlassen?"

Tanja lacht laut auf. „Lucy, du glaubst doch nicht, dass ich mit diesem Typen jemals ins Bett gegangen wäre!"

Lucy kann ihren Ohren kaum trauen. Entweder ist Tanja verrückter, als sie dachte, oder sie selbst wird es langsam.

„Er ist doch dein Ehemann", sagt sie und kommt sich irgendwie beschränkt vor. Was von Tanja auch sogleich bestätigt wird.

„Mein Gott, Lucy, du bist ja wirklich noch naiver, als du aussiehst. Dabei versuchen deine englischen Freundinnen doch schon die ganze Zeit, dich mit der Nase darauf zu stoßen. Die lassen sich nicht so schnell täuschen wie du. Dick ist so viel mein Ehemann, wie Pierce Brosnan deiner ist."

Lucy sieht sie mit offenem Mund an. Sie weiß nicht, was sie mehr irritiert. Die ausgesprochene Beleidigung oder der Inhalt der Aussage. Sie entscheidet sich, die Beleidigung einfach mal so stehenzulassen.

„Dick ist nicht dein Ehemann?", fragt sie stattdessen baff.

„Natürlich nicht! Denkst du wirklich, ich würde mit diesem Typen schlafen? Er mit mir übrigens genauso wenig. Dick ist stockschwul. Mit Henriette war es allerdings auch nicht viel appetitlicher", fügt sie hinzu und schüttelt sich kurz. „Aber was tut man nicht alles für Geld."

„Geld?" Lucy kommt sich jetzt wirklich vor, wie jemand, dem ein paar Gehirnzellen fehlen. Aber sie ist sich sicher, auch Menschen mit größerer Intelligenz würden da nicht durchblicken.

„Ja klar, Geld. Was glaubst du, weshalb ich die ganze Chose hier abgezogen habe? Doch nicht freiwillig."

Lucy hat es mittlerweile aufgegeben, die Sachen vom Boden aufzuklauben. Stattdessen lässt sie sich wieder auf den Stuhl fallen und guckt Tanja an. „Erzähl."

„Was gibt's da schon zu erzählen. Ist das nicht klar?"

„Ganz und gar nicht."

„Na gut." Tanja setzt sich wieder auf die Couch und fängt an, Lucy wie einem kleinen Mädchen zu erläutern: „Dick ist Unternehmer. Ein sehr erfolgreicher Unternehmer, wenn du es genau wissen willst. Nur macht er leider Dinge, die nicht so super für die Umwelt sind. Daher wird es für ihn immer schwieriger, vor allem hier in Deutschland, wo wir ja dieses ganze Umweltzeug so unglaublich ernst nehmen. Da hat er's in Amerika einfacher. Jedenfalls habe ich ihn in Düsseldorf auf einer Party kennengelernt, du willst gar nicht wissen, auf was für einer Party, da würde dein hübsches Gesicht sicherlich ganz rot werden." Lucy wird tatsächlich rot, halb vor Scham und halb vor Wut. Ihr Mitgefühl Tanja gegenüber ist wie von Geisterhand verschwunden. Diese fährt indessen ungerührt fort: „Jedenfalls haben Dick und ich uns bestens verstanden und ziemlich schnell gemerkt, dass wir aus ähnlichem Holz geschnitzt sind. Für Geld würden wir so ziemlich alles tun, mit dem Unterschied, dass Dick viel davon hat und ich nicht. Zumindest damals nicht. Denn sobald er hörte, dass ich in einer PR-Agentur arbeite, die sich auf Krisenmanagement spezialisiert hat, teilte er mir einen Plan mit, zu dem ich einfach nicht Nein sagen konnte. Er setzte mich auf Henriette an, von der er wusste, dass sie lesbische Tendenzen hat, und von der er glaubte, dass sie auf mich stehen würde. Ich sollte mich im Fitnessstudio unauffällig an sie ranmachen. Seine Hoffnung war, dass ich dadurch Interna sowohl über sie als auch über Helmut herausfinden würde. Dinge, die er danach nutzen könnte."

„Aber wofür nutzen?", fragt Lucy mit zusammengekniffenen Augenbrauen und versucht, sich kein Wort des Gesagten entgehen zu lassen.

„Wart's doch mal ab, Lucy. Geduld ist eine Tugend, hast du das schon wieder vergessen?"

Mit gleichmütiger Stimme fährt sie fort: „Der Plan hat geklappt. Und zwar noch viel besser als erwartet. Denn

Henriette fing nicht nur eine Affäre mit mir an und begann, mir immer mehr anzuvertrauen, nein, sie schleuste mich sogar bei ihrem Mann in der Partei ein, damit ich ihn für sie ausspionieren kann. Das nenne ich mal zwei Fliegen mit einer Klappe schlagen. Mit ihm habe ich übrigens auch eine Affäre angefangen. Ich glaube, Henriette ahnt das, aber sie hat mich nie direkt gefragt."

Jetzt kommt Lucy sich wirklich wie ein Dorftrottel vor. „Du hast mit ihr *und* mit ihm geschlafen?", fragt sie mit großen Augen. „Nur mit dem Mann nicht, der eigentlich dein Ehemann sein sollte?"

„Richtig gefolgert, Sherlock", bestätigt Tanja fröhlich und Lucy hat das Gefühl, dass diese stolz auf sich ist. „Wenn du willst, darfst du auch mal ran."

Lucy zuckt regelrecht zurück. „Nein, danke, ich verzichte", deklariert sie und schüttelt sich innerlich. „Aber du hast mir immer noch nicht gesagt, warum das Ganze. Wenn Dick doch so erfolgreich ist, was kümmern ihn da irgendwelche Vorstadtpolitiker?"

„Ha, du vergisst, dass sich das Ruhrgebiet gleich bei Düsseldorf befindet. Dort passiert trotz des steigenden Dienstleistungsgewerbes immer noch sehr viel im Bereich der Schwerindustrie. Nicht, dass ich sehr viel davon verstehen würde, aber Dick tut es und deshalb hat er sich diesen Ort als seinen europäischen Hauptsitz ausgesucht. Aber so verkommen die Parteien von Helmut und Henriette auch sind, es macht sich doch gemeinhin ein gewisses grünes Gewissen breit. Und das passt Dick gar nicht in den Kram. Wenn es nach ihm ginge, wären Umweltthemen so ungeregelt wie möglich, aber da macht ihm die Politik immer wieder einen Strich durch die Rechnung. Doch wie du weißt, gibt es überall faule Eier und so hat Dick in dem Wahlkreis von Helmut und Henriette einen Politiker in seiner Hand, den er an die Macht holen will. Für ein paar fette Spenden hat dieser versprochen, Dick nicht in die Quere zu kommen. Das heißt, sobald Helmut und Henriette aus dem Weg geräumt sind und er selbst den Bürgermeisterposten belegen kann. Gar kein leichtes Unterfangen, dachten wir. Denn dass wir die beiden so aalglatt loswerden, das hätte nun wirklich keiner erwartet. Es ist fast, als hätten wir Hilfe von oben bekommen."

Sie hat tatsächlich die Dreistigkeit, dankbar nach oben zu schauen, als würde der Allmächtige ihnen persönlich helfen, unsere Erde hier weiter zu verschmutzen und Dick noch reicher zu machen.

„Wow", sagt Lucy. „Das ist wirklich starker Tobak. Aber was hindert mich daran, das jetzt weiterzuerzählen? Damit würde man Dicks Mann vielleicht noch von der Machtübernahme abhalten können."

„Tu, was du nicht lassen kannst, Lucy, aber täusch dich da mal nicht. Die Räder der Justiz mögen sich langsam drehen, aber die der Politik können Lichtgeschwindigkeit annehmen, wenn es um Machtübernahmen geht. Ich denke nicht, dass da ein kleines Mädchen vom Tegernsee viel bewirken kann."

Lucy muss schlucken. Tanja ist kaum älter als sie selbst, aber benimmt sich, als sei sie ihre weise Tante.

„Man kann's ja mal versuchen", beharrt Lucy.

„Ja, versuchen kann man alles. Viel Spaß dabei. Mir ist es eh schnuppe. Dick und ich sind jetzt geschiedene Leute. In jeder Hinsicht", fügt sie lachend hinzu. „Er hat mir mein Geld gegeben, ich habe getan, was von mir erwartet wurde, und jetzt können die sich da im Ruhrpott die Haare ausreißen, soviel sie wollen. Ich werde es mir in Frankreich schön machen. Wenn es nach mir ginge, müsste ich Düsseldorf nie wiedersehen."

„Aber deine Eltern?", fragt Lucy nach.

Tanja lacht ein lautes Lachen. „Du meinst die, die mich

in den Industrieclub mitgenommen haben? Lucy, wenn du wüsstest, wie ich aufgewachsen bin! Denn dann wüsstest du, dass ich sicherlich noch nie im Industrieclub war. Es war dumm von Dick und mir, uns so eine Geschichte auszudenken. Der Vater deiner Freundin hätte uns fast entlarvt. Jedenfalls habe ich meine Eltern seit meiner Teenagerzeit nicht mehr gesehen. Ich war eine von denen, die früh ausgezogen sind."

Lucy weiß nicht mehr, was sie an Tanja zuvor so hübsch fand. Deren Gesicht hat sich verzogen und sie sieht nur noch Verbitterung. Lucy schüttelt sich. Sie wird Emma anweisen müssen, das Zimmer danach gut durchzulüften. Sie steht auf und bewegt sich Richtung Tür.

„Wolltest du mir nicht beim Packen helfen?"

„Keine Lust mehr", gibt Lucy zurück. „Aber wenn es dir allein zu anstrengend ist, frage ich Emma." Dann bleibt sie stehen. „Wieso, Tanja?", fragt sie. „Wieso machst du das alles? Hast du das nötig? Und bedeuten andere Menschen dir gar nichts?"

Tanja zeigt auf ihren Kopf. „Ich habe dem Tod ins Auge geschaut, Lucy. Und es war keiner da, der wirklich daran interessiert gewesen ist. Da habe ich gemerkt, dass ich auch nicht an dem Wohl der Menschen interessiert sein muss."

„Hm", Lucy denkt nach. „Dann hätte es sich vielleicht gelohnt, echte Freundschaften aufzubauen, anstatt nur an sich selbst zu denken. Du hast doch so vieles, was für dich spricht!"

„Bitte werde nicht gönnerhaft, Lucy!" Tanja hört sich regelrecht empört an.

„Na, das sagt die Richtige", murmelt Lucy und macht die Tür auf. Aber im Hinausgehen möchte sie doch noch eines wissen: „Wieso hier im Chalet? Wieso nicht bei euch zu Hause?"

„Ach, hier war ich näher an denen dran, das war wesentlich leichter. In deren Haus ist immer alles weggeschlossen, hier konnte ich hingegen einfach ins Apartment gehen. Der Schlüssel hing ja immer unten, wenn sie nicht da waren. Diese Gelegenheit konnte ich nicht ungenutzt vorüberziehen lassen."

„Das heißt, du hast auch die Polizei und Presse informiert?"

„Ja klar!" Wieder macht sich ein stolzer Ausdruck auf Tanjas Gesicht breit, aber Lucy kann nur noch Mitleid für die Frau empfinden.

„Und die Fotos? Die hast du auch extra machen lassen?"

„Ja, von dem Detektiv, der auch sonst viel für Dick tätig ist. Passte alles ganz wundervoll zusammen. Und schon wieder sind wir deinen Freundinnen begegnet! Die beiden sind wirklich eine Pest!"

„Na, ich frage mich, wer hier die Pest ist", murmelt Lucy. „Sag Bescheid, wenn du hier fertig und bereit zum Auschecken bist. Ich würde mich freuen, wenn es nicht zu lange dauert. Wir brauchen das Zimmer wieder."

Damit geht sie nach unten, macht sich einen Tee und geht in den Garten hinaus. Sie setzt sich auf eine Bank und schaut nachdenklich über den Tegernsee. Wer hat noch mal gesagt, dass dies einer der schönsten Plätze der Welt ist? Das kann durchaus sein. Aber es ist sicherlich auch einer der intrigenreichsten. Selbst, wenn die Sonne, das stille Wasser und die herrliche Berglandschaft einen fast über die Skandale am Tegernsee hinwegtäuschen könnten.

Sie steht auf, pfeift nach Rosie und verlässt mit der Hündin den Garten. „Komm, Rosie. Zeit, das alles für ein paar Stunden hinter uns zu lassen und die Berge zu genießen. Denn du weißt ja – auf der Alm, da gibt's koa Sünd!"

EPILOG

Wow, was für ein Bericht!" Lucy lässt langsam die Zeitung sinken.

„Ja, damit hat Patrick wirklich einen Coup gelandet", bestätigt Alex anerkennend und flicht geschickt eine Kette aus Gänseblümchen. Sie sitzen bei strahlendem Sonnenschein auf einer Bank auf dem Golfplatz und Lucy hat gerade den von Nicolai verfassten Zeitungsartikel zu Ende gelesen. „Die Insider-Informationen, die du den beiden zugespielt hast, waren Gold wert", ergänzt er.

„Und dann noch die Bilder, die Aishley ununterbrochen geschossen hat", bestätigt Lucy nickend. „Das ist doch was ganz anderes als diese immer Gleichen von der SZ. Meinst du, der Artikel wird irgendetwas bewirken? Dass zum Beispiel der Typ, den Dick an der Macht haben wollte, nicht an die Macht kommt? Das wäre doch zu schade für unsere Erde, wenn solche Umweltgegner das Sagen haben!"

„Ich weiß es nicht. Helmut und Henriette sind für den Moment weg vom Fenster, das steht fest. Und ich bin mir nicht sicher, ob ich traurig wegen der beiden bin. Der Artikel hat jedenfalls für einiges Aufsehen gesorgt und die deutschen Zeitungen haben gleich aus ihm zitiert. Ich denke mal, irgendeinen Einfluss wird das schon haben. Patrick ist jedenfalls super happy. Da hat er so lange gewartet und dann hat er doch den Artikel veröffentlicht, der alle anderen in den Schatten stellt."

„Ja, und ich war zum ersten Mal die ungenannte, verlässliche Quelle." Lucy strahlt übers ganze Gesicht.

„Also, du ungenannte, verlässliche Quelle, du weißt ja, dass die vier uns heute Abend groß zum Dinner einladen wollen, um diesen Erfolg zu feiern? Bist du traurig, dass sie morgen weg sind?"

„Ja, irgendwie schon, aber sie kommen ja auf dem Rückweg von Mailand noch mal vorbei. Es war schön mit ihnen, nicht wahr?"

„Ja, wirklich schön, das gebe ich zu. Und für jeden ist etwas dabei herausgekommen. Nicolai und Patrick haben den Megaartikel publiziert, Aishley veröffentlicht mit den Fotos eine Spionage-Serie, Sophie kommt mit ihrer neuen Kollektion gut voran, du hast viel Klarheit gewonnen und gleichzeitig den Ruhm einer ungenannten, verlässlichen Quelle erworben und ich – na ja, ich bin zumindest hier mit dir auf dem Golfplatz."

„Hm, zu diesem Thema, Alex", Lucy druckst ein wenig herum. „Ich glaube, mit Golf und mir, das wird nichts mehr. Wie du sagst – ich habe viel Klarheit erlangt und dazu gehört, dass ich Golfspielen nicht mag. Du bist mir nicht böse, oder? Ich hab's zumindest versucht."

Alex guckt sie enttäuscht an, aber dann fängt er an zu lachen.

„Lucy, glaubst du, mir macht es riesigen Spaß, mit dir auf den Golfplatz zu gehen? Dass du keinen Liegestuhl dabeihast, grenzt an ein Wunder. Sonst ist ja alles dabei, was dir irgendwie zur Ablenkung dienen könnte. Wir brauchen bald einen Caddy, nur für deine Sachen."

Schützend legt Lucy ihre Hand auf den großen Rucksack, in den sie tatsächlich alle möglichen Freizeitsachen eingepackt hat. Selbst ein Beachvolleyballset ist dabei.

„Es ist dir also aufgefallen?", fragt sie und schaut ihn keck von unten her an.

„Aufgefallen! So langsam wie mit dir habe ich noch nie gespielt. Ständig fällt dir etwas Neues ein, das wir statt Golfspielen machen könnten. Und glaubst du, sonst habe ich die Zeit, das hier auf dem Golfplatz zu machen?"

Lachend hält er seine diversen, aus Gänseblümchen gefertigten Schmuckstücke hoch.

Jetzt muss auch Lucy lachen. „Ich wollte dich schon die ganze Zeit fragen, was du da eigentlich machst. Das ist nicht sehr sexy, Alex! Ein Mann, der Gänseblümchenkränze macht!"

„Was, nicht sehr sexy?" Alex spannt seine Muskeln an und bläht seinen Brustkorb auf. „Sag das nicht noch mal, oh holde Maid." Dann atmet er wieder aus und gesteht verschmitzt: „Das haben mir meine Nichten beigebracht. Sie lieben es, Waldprinzessinnen zu spielen, und haben mir befohlen, die dafür erforderlichen Fertigkeiten zu erlernen. Und mit den beiden legt man sich besser nicht an."

Lucy hebt lächelnd die unterschiedlichen Stücke hoch.

„Nicht schlecht!"

„Gefällt es dir?"

„Na, sag mal, wie könnte es mir nicht gefallen? Was für zwei Prinzessinnen gut genug ist, ist für mich schon lange gut genug."

„In diesem Fall …" Zu Lucys Erstaunen kniet Alex sich vor sie hin. Dann nimmt er einen Gänseblümchenring und hält ihn zu ihr hoch.

„Möchtest du, Lucy Davenport, Königin meines Herzens, meine mir anvertraute Ehefrau werden? Falls das so ist, sag bitte Ja!"

Lucys Herz fängt an zu rasen und ihre Hände werden schweißnass.

„Alex, was machst du denn da?" Sie spürt, wie auch ihr Mund zu zittern beginnt. *Er macht Witze, nicht wahr? Ja, das muss ein Witz sein!*

„Ach, du wunderst dich wahrscheinlich über den Ring", antwortet Alex gleichmütig und schaut die Gänseblümchen in seiner Hand stirnrunzelnd an. „Kein Wunder, ich verspreche dir, der wird ausgetauscht. Gegen einen, der einer Königin gerecht ist." Lächelnd guckt er wieder zu ihr hoch. Lucy hat Schwierigkeiten, ihn zu verstehen, so laut ist das Rauschen in ihren Ohren.

„Alex, was soll das?", fragt sie leise und schaut sich um. Die Leute fangen schon an, sie zu beäugen.

„Was das soll?" Er schüttelt erstaunt den Kopf. „Lucy, dies nennt sich gemeinhin Heiratsantrag und es gibt Frauen, die einfach Ja sagen. Kannst du nicht einfach mal eine von ihnen sein?"

Aber so einfach geht das nicht.

„Wieso?", fragt sie ihn und spürt, wie ihr Tränen in die Augen treten.

„Wieso?" Alex seufzt auf. „Das ist schwerer, als ich gedacht habe. Außerdem wird es langsam unbequem. Aber gut: zunächst, weil du die Gabe hast, dich immer wieder in Situationen hineinzukatapultieren, die etwas verzwickt sind, um es gelinde auszudrücken. Und durch deinen Stolz, den man auch Dickkopf nennen könnte, musst du da immer allein durch. Und ich möchte dir zeigen, dass du nicht mehr alleine bist. Egal, was kommt – ich bin da. Und ich will, dass du dich darauf verlassen kannst. Ich will auch zu einer verlässlichen Quelle werden", sagt er grinsend. „Ach so, und dann ist da noch die kleine Sache, dass ich dich liebe und verrückt nach dir bin. Und mein Leben mit dir verbringen will!"

„Aber kann ich denn im Chalet wohnen bleiben?", fragt Lucy mit großen Augen.

Jetzt muss Alex endgültig lachen. „Lucy, willst du wirklich Logistik mit mir besprechen, während ich hier vor dir knie? Können wir das nicht ein andermal machen? Also, bitte, mein Schatz. Sagst du Ja? Der Ring verwelkt langsam!"

Lucy strahlt übers ganze Gesicht und alles Zittern fällt von ihr ab. Sie springt auf und fällt auf Alex drauf.

„Ja, ja, ja", flüstert sie ihm zu, während die beiden sich lachend auf dem Boden tollen. „Aber musstest du das unbedingt auf dem Golfplatz machen?", fragt sie ihn dann, während ihr vor Glück und Lachen die Tränen über die Wangen fließen.

„Was meinst du, wieso ich es gerade jetzt gemacht habe?", fragt Alex und strahlt mindestens genauso wie sie. „Mir war plötzlich klar, dass ich dich nie wieder auf einen Golfplatz bekommen werde. Diese Chance konnte ich mir nicht entgehen lassen. Denn auch wenn du wiederkommen wolltest, jetzt haben wir wahrscheinlich beide Hausverbot."

„Wieso?", fragt sie, während sie rittlings auf ihm sitzt. „Darf man hier keine Liebe machen?"

„Das machen wir gleich woanders", flüstert er ihr zu, rollt sie herum und hebt sie vom Boden auf. „Los, schnapp deinen großen Rucksack. Wir haben eine interessantere Freizeitgestaltung vor uns."

„Und wir müssen Rosie von der Verlobung berichten!"

„Und das!"

„Und meinen Freunden!"

„Das auch, aber erst hinterher. Jetzt halt endlich deinen Mund, Lucy Davenport, und küss mich endlich. Ein Vorspiel auf dem Golfplatz habe ich mir schon immer gewünscht."

Und sie versinken in einen Kuss, der Lucy vergessen lässt, wie wenig sie Golfplätze eigentlich mag. Von der Gruppe hinter ihnen ertönt lauter Applaus. *Von wegen Hausverbot*, denkt sich Lucy. Dann gibt sie ihren Golfschlägern unauffällig einen Tritt.

ÜBER DIE AUTORIN

ANNA CAMILLA KUPKA wuchs in Düsseldorf auf, wo sie erst Jura studierte und dann ihren Doktortitel an der Universität Münster erwarb. In Folge studierte sie an der STANFORD GRADUATE SCHOOL OF BUSINESS in Kalifornien und lebte 10 Jahre in Dublin. Heute lebt Anna in Zürich und lässt sich dort von den täglichen verrückten Geschichten in und rund um ihren Freundeskreis inspirieren. Wenn du dich für ihren Newsletter anmeldest, bekommst du ihre spirituelle Fabel TICKET ZUR ERDE UND ZURÜCK als Geschenk.

www.annakupka.com